落花狼藉

朝井まかて

双葉文庫

目次

落花狼藉

一　売色御免

桜の花が風にほどけて、はらはらと行き過ぎる。

花仍は駕籠の揺れに身を合わせながら左手の綱を握り直し、半身を右へと傾げた。帰り道の堤に、一本の桜樹が見える。石神井川に向かって大きく枝を張り出すそれは、枝々から花弁が湧くかのようだ。

今、女たちを引き連れて花を見てきたばかりである。

御城の虎の御門から愛宕にかけては早緑の田地が広がっており、その畔では毎年、千本万本とも謳われる桜が常磐木の合間で白や薄赤の花を爛漫と咲かせる。ゆえにその辺りは江戸者に「桜田」と呼ばれ、田の中をゆるゆると光りながら流れていた川は「桜川」だ。

けれど、この一本の散りようの潔いこと。

花仍はふと、右の手を差し出してみる。花弁に惹かれてであったけれど、掌は三月の陽射しを掬った。

そういえば、御城の周囲の濠も空の色を映して長閑に青かった。

花仍は物心ついてから、戦の行方をごく当たり前に耳にして育った。戦乱はこのかた数百年も続いており、三年前の慶長十九年冬、そして二年前の夏も大坂で戦があった。豊臣家の大坂城はついに滅ぼされ、炎で焼かれて崩れ落ちたらしい。これでようやく定まったかに見えた天下の形勢だったが、昨年、また怪しくなった。大御所様、つまり徳川家康公が薨去したのである。

けれど御門前には乱世の物々しさがなく、城郭も春の深まりの中で泰然としていた。

満ち足りた心地になって、花仍は風の香気を思うさま味わう。桜の足許には一面に菜花の黄色も咲いているので、温い土の匂いもする。

「えいッ」「ほいッ」

堤の道を進む舁声は、空を突くように拍子が良い。城下の南から東に向かって五挺もの駕籠が連なり、しかもすべて女を乗せているので、行き交う男は目を瞠る。

「吉原だ」

男が振り向いたまま、連れに囁いた。大きな布包みを背に担いでいるので、小間物や反物を売り捌く商人だろうか。

「ありゃあ、参詣で出てきたのかい」

「まあ、参詣という名目の花見だろうて」

「なんと、仕合わせのよいことよ。目の極楽だ」

火照ったような横顔のそばを、花仍の駕籠が行き過ぎる。

前の四挺に乗っている女は皆、誰の目にも傾城屋の遊女だとわかる装いだ。白粉も刷かぬ素顔に紅だけを挿し、頭も水髪を白い元結でつかねているだけだけれども、身に着けているものが違う。

先頭を行く瀬川という名の格子女郎などは、水色地の波紋に蝶を刺繡で遊ばせた小袖をつけ、さらにその上にゆったりと菜花色地に桃花の咲く小袖を重ねて羽織っている。他の三人も同様の華麗さで、神社の鳥居前でも駕籠から降り立つなり、衣に薫きしめた香と共に匂い立つようなさまだった。誰もが「ほう」と熱い息を洩らし、境内を引き返す時にはもう幾重もの人垣ができていた。

「南無、阿弥陀仏、ありがたやありがたや」

観音菩薩を拝むかのように、手を擦り合わせて頭を垂れる年寄りもいたほどだ。

ただ一人、花仍だけは装いを別にしていて、白と紅殻色をだんだらに染め分けた小袖で、腹の下で低く結んだ細帯も渋い柳色である。それでも堅気の女には見えないだろう。ただでさえ女の少ない江戸では、町を歩く女といえば頭に籠をのせた青物売りや花売りくらいで、藍の野良着を縄や麻紐で結んでいるだけだ。むろん御城や大名屋敷の奥には大勢の佳人が住まっているらしいけれど、高貴の筋は滅多と出歩かない。外出の際は黒漆の引戸か御簾が付いた乗物で、こんなふうに姿形が露わになる駕籠は使わないものだ。

「ええいッ」

「ほッ」

前の駕籠からも、雪白の小さな手が出ていることに気がついた。花仍と同じ心地になったものか、掌をかざしている。神社のあと近在の増上寺にも詣でたので手首にはまだ数珠が揺れていて、水晶珠が透き通る。

男らが言ったように参詣を名目にして大門の外に出てきたのは本当だが、ちゃんと寺社を巡って拝むし、拝まれたりもするのである。

横顔がひょっくりと出て、こちらを振り返った。

「姐さん、かような日和に参詣できるとは、お茶を挽くのもたまには有難いことでありいすな」

遊女たるもの、微かに笑むだけが作法であるのに、若菜ときたら悪戯っぽく目を光らせ、糸切り歯を見せている。桜を照り返すかのように頰が染まって、あどけないほどだ。この愛嬌と素直な物言いが客に可愛がられ、若菜はこの正月に格子女郎に格上げされた。

遊女の序列は下から端女郎、格子女郎、そして最上位が太夫だ。

「そうだね。ゆっくり気をお伸ばし」

目を細め、うなずいて返した。

花仍は日本橋のはずれに在する傾城町、吉原は西田屋の女将である。

とはいえ歳は二十三で、遊女の中には年嵩の者がたくさんいる。まして花仍が西田屋の主、甚右衛門の女房になってまだ一年だ。ゆえに見世の者からは「女将さん」と呼ばれず、「姐さん」だ。それはべつだん気にしていない。自分でも、まだ半人前にも足りぬと思っている。

見世は昼も夜も開けてはいるが稼ぐのはもっぱら夜で、というのも傾城屋でも大見世の主な客はほとんどが武家であるので、日中は見物がてらの素見客が多い。町人の上客といえば、江戸の普請続きでにわかに財を成した材木商や廻船問屋の主くらいだろうか。

しかも近頃は、昼間の客の入りが少しばかり減っている。隣町には芝居小屋や風呂屋がずらりと軒を連ね、安く遊べる岡場所も増えているからだ。

それで花仍は女たちに声をかけ、大門の外に出てきた。家の中でしんねりと客を待っているより、風に吹かれた方がよほど心地好いというものだ。

「駕籠を奢(おご)るけど、江戸に出たい者はついといで」

吉原では、廓(くるわ)の外に出ることを「江戸に出る」と言い慣わしている。その理由をよくは知らない。御城の天守閣はどこからでも見え、晴れた日には西田屋の二階から富士の山を見晴るかすことさえできるけれども、城下とは幾筋もの川や濠で隔てられている。

自分たちの住む土地は、江戸の埒外(らちがい)だ。

いつしか、誰ともなく、そう考えるようになったのだろう。

遊女が参詣で外出をする場合、姉格の太夫が皆を引き連れて面倒を見るのが尋常だ。

西田屋は、夕霧(ゆうぎり)と辻花(つじはな)という二人の太夫を抱えている。格子女郎から最上位の太夫に格が上がるのは大変難しいもので、吉原では千人近い遊女がいるが、太夫はすべての見世を合わせても五十人に満たない。

だが今日、夕霧と辻花は朝から御公儀の評定所に出張っている。御奉行の集まりに吉原の家々から太夫を差し向け、茶菓を給仕する勤めを賜っているのだ。これは開府以来の慣いで、そちらには甚右衛門と番頭の清五郎が付き添っている。

それで花仍の誘いに乗ってきたのが、瀬川と若菜ら四人だった。

前を行く若菜はとうに身を戻していて、朱赤の袂の先だけが駕籠から零れている。見れば四挺とも袖が少し出ていて、色とりどりに揺れている。

「兄さん、ゆっくり行っとくれな」

花仍は駕籠を舁く陸尺に声をかけた。

酒代を弾んだので、返事も「へいッ」と威勢がいい。花仍が今朝、若い衆に大門通りまで呼びに行かせたところ、いつものごとく賽で暇を弄んでいた陸尺らは「五挺」と聞いても顔を上げなかったが、注文の主が「西田屋の女将」と耳にするや、我勝ちに立ち上がったらしい。

「前にもそう伝えとくれ。さほど急ぐこともないって」

こんなふうにしみじみと春野を行くのは久方ぶりなのだ。見世に帰れば、また夜の喧騒が始まる。若菜をねぎらったつもりの「ゆっくり気をお伸ばし」は己に投げた言葉だったかと、花仍は少しばかり苦笑して肩をすくめた。

その時、急に駕籠が斜めに動いた。いきなり躰がのけぞる。咄嗟に、両手で綱をひっ摑んだ。

何ごと。

小太鼓の音が聞こえる。女の声もある。やけに通る怒声だ。はっとして、顔を外に出した。と同時に、陸尺に命じていた。

「降ろしとくれ」

すぐさま駕籠が揺れ、土の上へと床が下がる。

「先で、揉めてるみたいですぜ」

陸尺の二人が肩を盛り上げ、少し昂ぶるように言った。花仍は黙って草履に足を入れ、前に向かう。

前の四挺が思い思いの向きになって止まっており、陸尺らの腕越しに瀬川の後ろ姿がある。そのかたわらには端女郎の二人も見える。道を塞ぐように対面しているのは、七人ほどか。身形から察するに、歌舞妓の連中だ。

厄介な連中に引っ掛かった。不穏な予感がして、小走りになる。前の若菜がちょうど草履を手にして駕籠から降りようとしていて、「姐さん、喧嘩」と訊いてくる。

「駄目、降りるんじゃない」

走りざまに言い捨て、さらに足を速めた。

「何様のつもりや」

懐手をした女が、瀬川に嚙みついている。

「乙に澄ましたとて、しょせんは女郎やないか」

「前を開けておくれとお願いしたのが、何ゆえそうもお気に召さぬ。ここは天下人馬の往来道、お前らだけの道ではありいせん」

花仍は舌打ちをしたい思いで、足を運ぶ。

瀬川さん、相手になっちゃいけない。口を返したら、必ず揚足を取られる。

「ありいせんとは、どこぞのお訛りやろう。わっちらには皆目、見当がつきいせん」

あんのじょう、廓の里言葉を真似てあげつらってきた。

口争いの相手はやはり踊子のようで、唐渡りらしき極彩色の衣だ。珍しい草木や花、獅子も染め出してある。他の者も同様の男装で、腰には鞘巻を佩び、短く切った髪を唐輪髷に結っている。皆、袖をゆらゆらと揺らしながら嘲笑している。

その背後には太鼓や笛、篳篥、鉦を持った男らがにやついて、腰を前後左右にくねらせる。額や頬には青や黄色の星、波線を描いており、それが刺青か化粧なのかはわからない。たちまち、瀬川ら三人の周囲を踊りながら回り始めた。

花仍はようやく瀬川の背後に追いつき、腕に手を置いた。

「瀬川さん、駕籠に戻って」

他の二人にも顎をしゃくり、この場を離れろと目で命じた。

「でも、姐さん。このまま引き下がったら、吉原の名折れになりいす」

「いいから、お戻り。お前さんがたに何かあったら、親仁(とと)さんに申し訳が立たぬ」

三人を押し返すようにしたが、歌舞伎連中は「ありいす」「ありいす」と唄うように煽(あお)ってくる。両肘を大きく左右につき出し、脚を高く掲げては踏み鳴らす。足首に鈴をつけているらしく、いつしか皆で拍子を取り始めた。

気がつけば、四人もろとも取り囲まれていた。

「ありいす、ありいす」

「吉原にゃ、何がありいす」

「ぼぼが、ありいす」

「ほな、歌舞伎芝居には何がありいす」

「歌舞音曲(かぶおんぎょく)、阿国(おくに)の芸がありいす」

「ありいす、ありいす」

挑み、誘うような卑猥な踊りだ。どろどろと太鼓が鳴る。

花仍は瀬川らを背後に回し、連中をぐいと睨め回した。

京の鴨川の河原を根城にする踊子の集まりが江戸に下ってきたと騒ぎになったのは、十年ほど前のことだっただろうか。頭領は出雲の国と名乗る女で、男装で踊りながら今様を唄い、語り、江戸者の大評判を取った。花仍も一度だけ観たことがあるけれど、その唄、詞、笛太鼓や鼓の音の生々しさに引き込まれて、総身が熱くなったほどだ。いきなり胸の裡に入り込み、魂を惑わせにかかってくる。

しかも御城にも召され、大御所様や公方様の御前で歌舞伎踊りを披露した。徳川家は太閤秀吉公ほど贔屓にして愛でることはなかったが、時の権力者の上覧を賜ったことで、さらに市中の人気が高まった。

その芸を誇り、吉原の遊女は売色しかできぬだろうと見下げてかかっているのだ。しかし歌舞伎の踊子がしていることも同じで、派手に興行を打っては幕裏に客を引っ張り込む。

以前は吉原は武家、歌舞伎は商人や職人と客のすみ分けができていたが、近頃はこなたが押されつつある。

ひと昔前までの諸大名は屋敷の中に能役者や太夫を抱え、扶持を与えていたほどだ。吉原はその代わりの場として座敷をしつらえ、上級武士の格にふさわしい手順、決まり事を作って磨いてきた。

太夫の馴染みと決まれば盃事を行ない、つまり仮初めの夫婦になるわけで、その日を迎えるためにいくつもの儀式を重ね、見世を挙げての慶事を執り行なう。しきたりの元は大坂新町や京六条の傾城屋にあり、吉原も上方に倣い、さらに武家の嗜好に合わせて興趣を高めてきた。

一方、歌舞妓の踊子や風呂屋の湯女は目と目が合えばすぐにまぐわえ、後腐れもない。目の前の踊子は「我らに芸があるゆえ客が集まるのだ」と言いたいらしいが、そのじつは売色の手軽さが受けているだけだ。

「手前は傾城町吉原の西田屋にござりまするが、見世の女が何か粗相をいたしましたか」

言いようは丁寧を心掛けたが、中央の踊子の眉間にぴたりと目を据えた。

相手は唐輪髷を振り立てるようにして睨み返してくる。鮮やかな小袖の内着は、花の芯のようにぬめりを帯びている。前を軽く合わせているだけなので、白い乳房の半分は剝き出しだ。

「あんた、女あるじか」

歌舞妓の者は皆、こんな上方訛りを遣う。

「あるじの女房にござりまするが、あなたはよもや、名にしおう阿国様ではありますまいな」

わざと訊いた。国という頭領でないことは、見ればわかる。国は五年前ですでに四十を超えており、江戸では自身で踊らず、振り付けや唄の節回しを指図するのみとの噂が巡っていた。ばかりか、すでに江戸を去って京に帰った、内輪揉めで殺された、病死だという話も耳にしている。

この踊子はまだ若い。せいぜい、十七、八だろう。

踊子はそうだとも違うとも言わず、紅をたっぷりとつけた唇の端を吊り上げた。

「こなさんも、えろう気取っておいでやこと。ああ、臭い、臭い。やれ太夫や格子女郎やと見栄を張ったとて、もとは戦場で首を洗うてた女どもやないか」

遊女は馴染みの武将に招かれれば戦場にも従いてゆき、夜は舞い、酌をして閨を務める。それが稼業だ。戦が長引けば、敵方の首級を川や沼で洗う仕事も引き受ける。

この踊子も一度ならず、洗ったことがあるのではないか。

ふと、そんな考えが過った。

見れば白粉で塗り込めた肌は荒れ、目の周りの隈取りは撚れて滲んでいる。唇にも皺が目立つ。

「うちら歌舞妓者は違うで。宮中にも上がって舞（も）うてきた、白拍子（しらびょうし）の末や」

あまりにつまらぬことを言い出すので、ひとたび寄せた想いが消え失せた。今度はこちらが嗤（わら）う番だ。

「素姓（すじょう）の知れぬ田舎者に限って出自（しゅつじ）を飾るは、世の常人の常。さぞ、京の河原でご苦労をなさったのでありましょうな」

半分は皮肉で、半分は同類だというつもりだ。鴨川沿いも吉原も、場末の河原に違いはない。

踊子は「何やて」と、さらに前に出てきた。

「傾城屋ふぜいが、うちら芸の者を見下げるか」

ずんと、胸を突かれた。咄嗟に身を立て直し、その拍子に瀬川ら三人を背中で輪の外に押し出した。背後で「姐さん」と瀬川が声を震わせる。

「駕籠へ」

小声でそれだけを告げ、後ろ手で「行け」と命じた。

堤道はいつしか、大変な人だかりになっていた。七人と四人で相対し、五挺の駕籠も下ろしたままであるので、道を堰（せ）き止めた恰好になっている。

まごまごしている暇はない。結着をつけよう。

「そうは申しておりませぬ。ただ……」

　突かれた胸の前を、ゆるりと掌で払った。

「天下の形勢に色目を遣うて江戸に下ってきた連中に、こちとら、大きな顔をされる謂れはないんだよ」

　言い放つや、踊子の胸を突き返した。尻からどっと土の上に落ち、裾が無様に開く。太腿の奥の繁りまで露わになった。

「何をするのや」

　金切り声でわめいている。笛を手にした男が、「しっかりせえ」と腕を持って助け起こした。その脇から、若衆髷の男が前に出てきた。随分と若く、やけに妖艶な目をしている。

「西田屋とやら。気取りくさって、手ひどい真似を働くもんやな」

「己から難癖つけといて、身構えもしない方が悪い。踊子なら、ひらりと飛び退いてみせなよ。五条の橋の、牛若のごとく」

　見物人の間から「そうだ、飛べ飛べ」と、声が上がった。

「吉原と歌舞妓の喧嘩ってか」

「こいつあ、久しぶりに面白ぇ見世物だ」

人波は堤下まで押し寄せ、川を行く舟までが留まってこちらを見上げている。

若衆髷の若者は横笛を手にしながら奇妙に躰をくねらせ、間合いを詰めてきた。近(ちか)勝(まさ)りのする、怖いほどの美形だ。歌舞妓といえば男装の女と決まっているので、若者は鳴物(なりもの)を受け持っているのだろう。そして幕の陰では、男でも女でも相手にする遊郎(ゆうろう)だ。

笛を持つ左手の手首を回している。ひゅい、ひゅいと、風を切る音がする。

身構えると、「姐さん、これ」と背後から声がした。顔だけで見返れば、人垣の間から若菜が顔を出している。

「駕籠の中でお待ちと言っただろう」

「違いいすよ。これ」

棒のような物を突き出してよこしたので、とっさにそれを摑んだ。若菜は瞬(また)く間に頭を引っ込めて姿を消した。瀬川らの声がするので、皆で駕籠に逃げ帰ったのだろう。

なら安心だ。腕っぷしの強い陸尺らがそばにいる。

花仍は棒を右手に持ち替えて、それが杖(つえ)だと察した。若菜が陸尺から借りたか、奪ってきたか。

肩と肘の力を抜き、杖を両の掌で握って構えた。遊郎が片頬で嗤う。

「生意気な。剣術の真似をしくさるか」

遊郎は蟷螂のごとく、ゆらりと両の腕を振り上げた。

おあいにく。脇が甘い。

花仍は見て取り、右足だけで踏み込んで杖の先を咽喉許に突き当てた。皮一枚分は残してあるが、遊郎の咽喉がぐうと音を立てた。寸分も動けないようだ。

仲間の者らが血相を変え、いきり立った。

「おい、遠慮は要らん。やってまえ」

「そうや、撲ちのめせ」

五月の蠅みたいに、うるさい連中だ。腰の物を抜き、鞘を払って土の上に叩き落している。しかし身を飾るためだけの、薄く軽い鈍刀だ。饂飩だって切れやしないだろう。

花仍は頭を澄ませて思い描く。いちどきに叩きのめすには、まず腰を低め、連中の膝を打つ。三人、いや、五人はやれる。こちらは右腕が伸びて躰が開く前に腰骨を回して、残りの連中の肩を打ち、背中を突く。

どれ、さっさと片づけてしまいましょう。

視線の端にある膝を目がけて、杖を突き出した。

また桜の風が吹き寄せてきた。

その刹那、なぜか動けなくなった。肘を摑まれている。背後からだ。

何たる不覚。いつのまに回り込まれた。

こうなれば、どう動く。このまま腕を捩じ上げられたら、かなり厄介なことは察しがつく。ありとあらゆる顚末を覚悟して、息を整えた。

そろそろと相手を見上げて絶句した。

肘を掴んでいるのは、亭主の甚右衛門だ。

「随分と楽しそうだが、そろそろ幕を引いてもらおうか」

その背後には、供として出ていた番頭の清五郎の顔も見える。清五郎は「まったく」と片頰をしかめて、仰向いた。

陽物を祀って榊を飾った縁起棚の前で、花仍はうなだれている。

大火鉢をはさんで甚右衛門が五ツ紋の羽織と袴をつけたまま正坐しており、黙って煙管を遣っている。その脇に並んでいるのが清五郎と遣手のトラ婆で、トラ婆がもっぱら説教役だ。

「参詣帰りに大立ち回りを演じるとは、いったいどういう料簡だえ」

ふだんから燻したような悪声だが、ひときわ険がある。今朝、花仍が外出に誘わなかったことも含めて肚を斜めにしているようで、しかし婆さんは町内の長屋からの通いなのだ。朝はまだ顔を見せていなかったし、口うるさい遣手が同道すれば遊女らの気伸ばしにならない。むろん、花仍にとっても。

「お前さんはともかく、瀬川らにもしものことがあったら取り返しがつかなかった」

「皆、無事だったじゃないか」

「瀬川が寝込んじまったんだよ。当たり前さね。外で怖い目に遭わされて、気晴らしどころか肝が縮み上がっちまってるよ」

「さっき部屋を覗いたら顔色はよかったよ。危ないところを助けてもらいしたって、頭を下げてくれたけど」

「ええい、まだ口を返すか。歌舞妓連中もその口で追っ払えばいいものを、五人も相手にして刀を振り回すとは、開いた口がふさがらないわえ」

「刀じゃないさ。杖。陸尺の杖。それに相手は五人じゃなくて、七人」

背後の小屏風の向こうで、ふふ、ふふと笑い声が立った。

夜見世が始まる前に、遊女らが賄い飯を食べている最中なのだ。部屋持ちの太夫は自室で膳を取るが、その他の者は一階の内所で腹を埋める。

傾城屋でも大見世となればいずこも土間に大竈をずらりと据えてあるもので、料理番の男たちが盛んに煮炊きをする。大鍋の芋と干瓢、蒟蒻が湯気を立て、大鉢で胡麻を擂る音もする。

頭上では、二階を忙しなく行き交う足音だ。二階廻しと呼ばれる男らが、春火鉢や碁盤を運んだり花を活けたりと、座敷をしつらえて回っている。宴席や床入りの世話をし、遣手のトラ婆と一緒になって遊女らを差配するのも二階廻しの仕事だ。

夕暮れが近づいた表回りを掃き清めている見世番は妓夫と呼ばれ、通りに面した妓夫台に坐って客引きをし、遊女によっては馴染みの客があるのでその取り次ぎも行なう。遊女らは朝、見世の湯を使うので、その風呂番や、夜じゅう二階の廊下を拍子木を打ちながら回る不寝番もいる。

彼らは皆、西田屋の「若い衆」だ。五十、六十の歳でも、そう呼ばれる。

若い衆の筆頭が番頭で、清五郎は帳場に坐って金銀を出納し、奉公人を差配し、客の良し悪しにも目を配る。

華やかな女ばかりの世界に映っても、傾城屋を切り回しているのは男たちなのだ。

西田屋には遊女が五十七人に、男の奉公人は三十人ほどもいる。女の奉公人は料理番の下働きか、縫物を受け持つお針女くらいだ。

花仍はその男たちの中で時に可愛がられ、時に邪魔にされながら育った。

「若菜さん、姐さんの大立ち回りは、いかなるさまでありいいしたか」

遊女の誰かが声をひそめて訊いているが、こちらにも筒抜けだ。

「わっちが陸尺から杖を奪って、お渡ししたのでありいすよ。姐さんはさっとそれを取って、こう、構えなすって」

若菜はなぜか自慢げな口ぶりだ。それを聞いて、姉格の遊女らが「まあ」と呆れ半分の笑声を立てた。

「姐さんはほんに、外に出ると元気になるお方でありいすなあ」

「わっちも一見してみたかったこと。内所にいなさる時は何とも頼りないと言おうか、火鉢の前ではいつもつまらなそうに、手持ち無沙汰に坐っているじゃありいせんか」

「そうそう。まるで役に立ってない。茹で過ぎた青菜のごとく、手ごたえのない風情にありいす」

まったく、どの女も悪口となればとたんに口調が生き生きとする。

「それがひとたび杖を構えたらきりりとして、別人みてえに見えいいしたよ。あれは水を得た魚、いや、勇ましい河童のごときさまにて」

若菜め。お前は河童を見たことがあるのか。

「夕霧さんも、姐さんが歌舞妓連中を撲ちのめすところを見たかったと仰せでありいした」

「辻花さんも。聞けば、そもそも、向こうが先に瀬川さんの駕籠に絡んで、道を塞いだのでありいしょう」

「さようですとも。あんな無礼を働かれて黙っていたら、これから恥ずかしゅうて外を出歩けなくなりいす」

トラ婆は大きな目玉をぎょろりと光らせて、花仍を睨み返す。

「あまり大きな顔をして出歩かれるのも困るわえ。昼見世はただでさえ、気を入れぬ女どもが多いのに」

女たちが口をつぐんだ。トラ婆が聞こえよがしに大仰な息を吐く。

「やれやれ。いつになったら、お前さんは女将らしゅうなるものやら」

西田屋が長い婆さんは「姐さん」とすら言わず、いまだに「お前」呼ばわりだ。

花仍は遊女上がりではなく、西田屋の娘分として内所で育った身である。生国はむろん、親のことも知らない。ただ、若菜らのように「買われた」のではなく、「拾われた」ことは、昔、トラ婆から聞いた。四、五歳の頃、城下の普請場を一人でうろついていたらしいのだ。迷子か捨子かも判然としない。

その頃、甚右衛門は京橋で遊女屋を兼ねた宿屋を開いていた。それで市中に出た際に、花仍を拾ったのだという。

それも甚右衛門ではなく、トラ婆が口にしたことだ。

お前さんは顔立ちはまあ人並みだが、えらく骨太な躰つきで、しかもほんに色が黒かった。だから売り物になりゃしないんだよ。脛や肘は垢と泥でまっ黒、虱やら大鋸屑やらが髪の根元にびっしりさ。それでも、わっちはひょっとしてと思うて、手ずから洗ってやったもんだ。烏の子がさては鶴になるかと思いきや、いくら磨いても烏は烏だったわえ。

歯の何本かが欠けた婆さんは、そくそくと音を立てて笑ったものだ。

しかも、口をきいたら無闇に勝気な子ときた。わめく、暴れる、時々、ぷいと家を出てはまた黙って帰ってくる。親仁さんも奇特なこったと思ったよ。牛蒡みたく見目の悪い子にいくらおまんまを喰わせたって、銭失いもいいとこだのに。

烏やら牛蒡やら、悪口三昧だった。が、ともかくその見目と気性のせいで、そして婆さんいわく甚右衛門の「奇特」のおかげで、娘分として育てられた。

遣手は誰しもそうなのだけれど、トラ婆もその昔は名のある遊女で、江戸で西田屋を開いたばかりの甚右衛門を随分と儲けさせたというのが自慢の種だ。年季が明けた後、二度ばかり嫁いだが、結句、舞い戻ってきたようだ。

太夫の夕霧と辻花は、トラ婆の昔語りをさほど信じていないらしい。

また、夢物語を語っておりいすな。

やりてであるのに、何でももらいたがる婆さんとは、これいかに。

周りにくれるのは、寝物語にもならぬ法螺ばかり。

二人はふだんは何かと張り合う仲なのだが、こと婆さんについては気が合う。

「ともかく、これで西田屋は江戸じゅうの笑い物だ。吉原の他の見世だって、迷惑千万なこったろうよ。乱暴者の、鬼花仍のせいで」

花仍は「勘弁してよ」と、唇を突き出した。

「それ、子供時分の綽名だ」

「だからお前さんは、どこにも貰い手がなかったのさ」

婆さんなる者は何ゆえ、こうも昔のことを引っ張り出しては責め道具に使うのだろう。

「へいへい。すみませんでした」

「何だい、その言いようは。ちょいと、番頭さんも何かお言いよ」

トラ婆が清五郎を肘で突いた。

「あたしばかり、口うるさいみたいじゃないか」

「おや、違うみたいじゃないか」

「何だってッ」

屛風の向こうで、今度は遠慮のない笑い声が沸いた。トラ婆は振り返りもせず、すかさず大きな口から唾を飛ばす。

「いつまでも食べてんじゃないよ。さっさと二階へ上がって、支度をおし」

清五郎は苦り切った面持ちで、溜息を一つ落とした。

「姐さん。向後はどうぞ、お控えなすって」

「何だい。番頭さんも生ぬるいわえ」

「もう見世を開く頃合いじゃないか。あんたも着替えをした方がいい」

清五郎は膝を改めて、甚右衛門に向き直った。

「あたしはこれで帳場に坐らせていただきますが、よろしゅうございますか」

甚右衛門は「ん」と、うなずく。トラ婆は清五郎に顔を向け、

「外出はしばらく禁じた方が、よくはないかえ」

と、そのかしにかかる。

「また道端で行き遭うたら、歌舞伎連中が仕返ししてくるかもしれないよ」

すると甚右衛門が、煙管の雁首を火鉢に打ちつけた。

「まあ、秋までは控えた方がいいだろう」

屏風の向こうで、「ええ」と不服が上がった。甚右衛門は「いや」と首を横に振り、こちらに目を落とす。

「お花仍だけだ。女たちの参詣には、清五郎、若い衆を何人か付けてやれ」

「え。私だけですか」

花仍は尻を浮かしたが、清五郎は「へい」と頭を下げ、さっさと立ち上がった。屏風の向こうに出て、若い衆に何やら命じている。

トラ婆は甚右衛門の下した仕置にいたって満足の体で、ふふんと花仍に向かって鼻を鳴らした後、歳に似合わぬ素早さで女たちの場に入っていく。

「さあさ、商い、商い。今夜もせいぜい、お稼ぎ」

追い立てるように手を鳴らした。

「お花仍」

甚右衛門が低い声で呼んだ。「はい」と、少し時をおいて返事をする。

「表に」

おもむろに立ち上がり、袴の襞を手で払っている。

花仍はおずおずと亭主を見上げた。

甚右衛門は齢四十を過ぎているが、目尻の皺がなければまだ三十代に見えるだろう。顔立ちの彫りが深く、躰つきも精悍だ。しかしいつも静かに黙しており、己の喜怒哀楽を滅多と表さない。

花仍は女にしては大柄で、立てば嵩が高い。しかも甚右衛門の前では少し気が臆して、つい猫背になってしまう。振り返ると、トラ婆が女たちを引き連れて二階に上がるところだった。女らは皆、気の毒そうな、そして面白がってもいるような顔つきで花仍を見やっている。

親仁さんは、見世の外でじっくりとお灸を据えなさるんだろう。

そう察しているらしい。それにしても、トラ婆の小面憎いこと。「せいぜい、お叱りを受けてきな」とにやついて、鼠を前にした猫のごとく尻を振っている。

甚右衛門に続いて板間に下りると、若い衆までが笑いを噛み殺したような面持ちで小腰を屈めた。暖簾の向こうでは、清五郎が「お出かけで」と甚右衛門に訊いている。

「郭内をちょいと歩いてくる」

「行ってらっせえまし」

束の間、甚右衛門を見送る清五郎と目が合った。咎めはしていない。しかしまだ呆れていて、「次はないぞ」という意も含んでいるような気がした。

わかってるってば。

少しむくれながら目顔で返して、花仍は夕暮れの通りに出た。ふうと、大きく息を吐く。

花仍に剣術を教えたのは、清五郎なのである。

番頭になる前の妓夫だった時分のことで、花仍にしてみれば少し歳嵩の兄さんだった。日中、暇を見つけては見世の裏手で遊んでくれたのだ。禿らのように人形や手玉、ままごとといった遊びにはまるで気持ちをそそられず、水汲みや薪運びのついでに飛んだり跳ねたりするのが好きだった。それで何がきっかけだったかもう忘れてしまったけれども、清五郎は花仍に細い薪ざっぽうを持たせて相手になってくれたのだ。それがいつしか、剣術めいたものの指南になった。むろん、真っ当な手合わせなどしたことがないので、己の腕のほどは知らない。

きつく口止めをされていたので花仍は誰にも話したことがないし、町内の洟垂れどもを相手にする時は大いに手加減をしていた。

西田屋を出ると甚右衛門はすぐに左に折れ、通りへ出た。

左に行けば吉原の入り口である大門(おおもん)、右手は吉原町の真中を貫く仲之町(なかのちょう)だ。その左右には路地がいくつも延びており、傾城屋や揚屋(あげや)が並んでいる。奉公人らが住む長屋はむろんのこと、古着屋に下駄屋、小間物屋、酒屋から味噌屋、搗(つ)き米屋も他の町と同じように暖簾を出しており、稲荷(いなり)神社もいくつもある。町の外に出ずとも用は足りるのだ。

それでも無性(むしょう)に、江戸に出たくなるのはなぜなんだろう。

花仍は己でも訝(いぶか)しく思いながら、甚右衛門の二ツ柏(がしわ)の背紋を見ながら歩く。

春の夕空には白い月が出ている。右手の西空は薄い紅色の暮れ始めだ。

「親仁(とと)さん、こんばんは」

甚右衛門が歩くと、方々から挨拶が飛んでくる。

西田屋は吉原で最も古い大見世で、甚右衛門は町の顔役だ。というより、江戸の方方に散在していた傾城屋を一ヵ所にまとめ、京や大坂のように傾城町を造りたいと御公儀に願い出た、その当人である。

これからは、江戸だ。

甚右衛門はそう睨み、周囲の仲間と遊女らを引き連れて江戸に下ってきた。

慶長の初め頃と聞いたから、今から二十年ほど前になるだろうか。駿府(すんぷ)の「吉原」という在所(ざいしょ)から出てきたのである。隅田川沿いの葦(あし)が生い繁る地に生まれた傾城町ゆえ「葦原」、後に葦を吉の字に変えて吉原になったというのが巷(ちまた)に出回っている由緒だが、西田屋の者は甚右衛門が郷里の名をつけたのだと知っている。

甚右衛門が江戸に出てきた当時は二十歳をいくつか過ぎたばかりの若者で、甚内(じんない)と名乗っていたらしい。

かつての甚右衛門が江戸に抱いた読みは、見事に的を射た。

天下を分けた関ヶ原の戦を経て、慶長八年、江戸城の主である徳川家康公が征夷(せいい)大将軍に任ぜられた。開府した家康公は辺境の土地を開拓させ、城下の町を造成させた。家臣団や譜代(ふだい)大名も次々と屋敷を建て、江戸は年を追うごとに繁華(はんか)を誇るようになった。普請仕事を目当てに近在の百姓や漁師、無宿者(むしゅくもの)が集まり、商機を見て取った大工の棟梁(とうりょう)や左官(さかん)、材木商も続々と上方から引き移ってくる。

男が動けば、女も動く。

甚右衛門は稼ぎに稼いだ。やがて諸方から、遊女を引き連れた同業が江戸に乗り出してきた。京の伏見(ふしみ)、六条、大坂の瓢箪(ひょうたん)町や奈良の木辻(きつじ)からも流れ込んできた。

江戸の町は年々、広く大きくなる。海に向かって櫛(くし)の歯のように流れていた江戸の河川や沼沢(しょうたく)が次々と埋め立てられ、あるいは流れがつけ変えられた。

また男が増える。女は足りない。

甚右衛門はさらに稼いだ。

だが、儲けを注(つ)ぎ込んで見栄えのよい家を構えても、その地に大名が屋敷を建てる、寺を勧請(かんじょう)するとなれば、いとも気易く他所へ追い払われてきたようだ。天下獲(と)りに命を懸ける武家にとって、傾城屋を動かすなど蠅を追うより雑作(ぞうさ)のないことだった。

甚右衛門の背中を見ながら、花仍はふと不安を覚える。

大御所亡き後の江戸は、どうなるのだろう。

客あしらいを受け持つ若い衆が言うには、上客らの宴席での話柄はもっぱら、向後の外様(とざま)の出方のようだ。伊達(だて)や前田(まえだ)、毛利(もうり)や島津(しまづ)といった豊臣家恩顧の大名家がいかなる手で打って出るかを、酒を酌(く)み交わしながら推(すい)しているらしい。そこはたとえ仲間内であっても、決して臆しはせず弱気を見せない。太夫や格子、禿らを侍(はべ)らせ、豪気に派手に遊ぶ。

一方、編笠で顔を隠して端女郎を買いに訪れる客は陰鬱だ。そのたいていは関ヶ原で負けて取り潰された大名家の家臣で、総身から血腥(ちなまぐさ)さを発している者もある。

何ゆえ己が仕えた主家は負け、滅ばねばならなかったのか。何ゆえ己は、かような身に堕ちているのか。

たとえ勝った側の家臣であっても、戦場(いくさば)で手柄を挙げられなかった者や失敗を犯した者は領地を取り上げられ、身分を落とされている場合もある。その手合いは「次の戦場でこそは、身を立てる」と、拳(こぶし)を固めている。

こういう客を相手にする遊女は、相当な忍耐を要する。躰の扱いが荒いのだ。上客らのようにしばし夢の世界で戯れようなどという悠長なものではない。暗く凝(こご)った情念が女を突き刺し、貫く。憤慨し、咽(むせ)び、憤懣(ふんまん)を晴らすかのように精を吐く。

西田屋ではあまりな無体(むたい)を働いた客に対してはまずトラ婆が掛け合いに出て、それでも手こずる場合には清五郎が今後の出入りを差し止める。何と談じているのか、その場に居合わせたことがないので花仍は承知していないけれども、清五郎も元は戦場を駈けた武士であったらしいので、もしかしたら若い衆に命じて見世の裏手に客を引き込み、多少は手荒な真似を働いているかもしれない。

今でもかようなありさまなので、ひと昔前は身も心も荒(すさ)みきった武者が多かった。二度と売色できぬ躰にされたり、客が帰った後、手慰みに殺されていることもあったようだ。それで甚右衛門は他の傾城屋の主らに声をかけ、「傾城町を造りたい」と御公儀に願い出た。

今から十二年前、慶長十年のことだと聞いた。甚右衛門ではなく、これも清五郎やトラ婆からだ。甚右衛門には己を誇ることよりも大事な、肝心要（かんじんかなめ）があるらしい。

甚右衛門はともかく、江戸じゅうの主（おも）だった傾城屋を回り、「我らの町を造らん」と説いた。おおかたは「至極もっとも」と賛同したが、京の角町（すみちょう）が出跡の傾城屋をまとめている顔役だけは不賛成であったらしい。

傾城屋なんぞ一ツ処にかたまったとて、いつまた、どこぞへ追い払われるものやら知れたものやおませんえ。だいいち、大きな声では言えまへんけど、徳川様の天下がいつまで続きますことやら。他のお大名の手に渡ってしもうたら、御公儀もへったくれもおませんやないか。江戸なんぞたちまち寂れることでっしゃろう。あたしはな、次は薩摩（さつま）の島津様やないかと睨んでますねん。そやから様子を見て九州に下るかもしれまへん。あんさんも、あんまりこの地にこだわらはらんと、さっと動けるように覚悟を決めておくがよろし。大枚を投じて町ごと焼き払われてしもうたら、これまでの苦心惨憺（さんたん）が水の泡どすがな。ああ、阿呆らし。角町はこのまま、好きなようにやらせてもらいますわ。

供をしていた清五郎いわく、ねっとりと長広舌（ちょうこうぜつ）をふるったようだ。そもそも、甚右衛門の音頭で行なう事業に参画するのが気に喰わぬ様子で、京者はとかく頭が高い。
「売色稼業にかけては、白拍子の時代から己らが先駆だという気持ちがあるんだろう。駿府者に指図されるのは我慢ならぬという口ぶりだった」

清五郎は眉間にきつい皺を刻んでいた。

甚右衛門は結句、角町をあきらめ、二十五人の主の名を揃えて御公儀に願い出た。その際、傾城町を造りたい理由を江戸町奉行に問われ、「三つの悪行が防げる」と答えたらしい。

一、引負、横領之事
一、人を勾引し、並養子娘之事
一、諸浪人、悪党、並欠落者之事

まずは、盗みや横領を防ぐことができるという考えで、武家、町人に限らず、傾城屋通いを続ける者の中には酒色に溺れて奉公を怠り、やがて手許に困って他人の懐に手を出したり、主家の金子を使い込んだりする例が後を絶たなかった。その破滅がわかっていても、客に長逗留を勧める見世があるのだ。これを一ヵ所の町にまとめれば、一日一夜以上の泊まりはできぬ決まりを設けるなど、傾城屋での統制が可能になる。

二つめは、当時、年端も行かぬ娘を女衒に勾引させてきて、遊女として働かせる見世が少なからずあった。あるいは今日明日の食い扶持に困っている貧窮者の娘を端金で貰い受け、これを自らの養女としたうえで遊女奉公に出す者もある。

もしかしたらと、花仍はふと思うことがある。

私もどこか近在の百姓家から勾引しに遭い、江戸まで連れてこられた口だったのかもしれない。

今も西田屋には女衒が訪れて、女児の何人かを披露しにくる。西田屋に出入りする女衒は筋目の通った者ばかりではあるけれど、それでも娘らの寒そうな顔を見るたび、幼い己の姿を重ね合わせてしまう。

いまだにしばしば起きている所業ではあるが、甚右衛門はその時、女衒や親の悪行も町で防げると申し述べたようだ。

三つめは、不逞の輩が客として潜り込んだ場合、町ぐるみであればこれを見逃がさず、御公儀に届け出ることができるとしたのである。関ヶ原の戦からすでに十数年経っていたけれども、それゆえに西軍の残党が流浪の末、江戸に入り込んできていた時世だった。今は大坂での冬、夏の陣があって数年であるので、さらに牢人者が増えている。

そしてもう一つ、甚右衛門が口にしなかった目的があったのだろうと、花仍は思う。たぶん、女たちを守るためだ。売色でしか生きていけぬ女を守るには、見世一軒では足りぬのだ。同業が力を合わせて「町」にならなければ声を上げられぬ、上げた声が届かぬ。

許しはまもなく下った。だがその内容たるや、「隅田川沿いの場末であれば、埋め立ててもよい」という素っ気ないものだった。つまり「土地を己らで何とかするのであれば、好きにせい」という、半分投げたような返答だ。

大枚を投じて埋め立てたところで、角町の顔役が指摘したように、ひとたび都合が変われば他所へ追い立てられる可能性は十分にある。

当時、すぐ近くの川には幅の広い日本橋が架かっており、隅田川沿いには芝居者や湯女を抱える風呂屋が掘立小屋を並べて「京の鴨川のごとし」などと言われる賑やかな場所ではあったようだ。が、東の隅田川と西の石神井川に挟まれた中洲である。地盤は湿って柔らかく、雨ですぐに形を変えるほど脆弱だった。何軒かは怯み、手を引きかけたけれども、甚右衛門は皆を説得した。そして自費を出し合い、埋め立ての普請に掛かった。およそ七年を掛けて川水を堰き止め、今の二町四方の土地を造ったのだ。

花仍が憶えているだけでも、吉原の周囲の景色はずいぶんと変わった。十数年前もまだ汐混じりの川水が浸潤してくる湿っぽい土地で、冬は枯れた葦が風に吹かれる音が侘しかった。

それが今は町の周囲に板葺きや藁屋根の家々、長屋が建ち並び、堅気の衆が住むようになっている。

日に日に賑わいを増す吉原の町と共に、花仍は生きてきた。

ゆえに甚右衛門は、抱えの遊女や内所の奉公人のみならず、吉原の他の見世の者からも「親仁さん」と呼ばれている。花仍も同様だ。幼い頃からずっと、昨春に女房になってからも呼び方は変えていない。

「親仁さん、お珍しい。乙な夕暮れに、そぞろ歩きでござるか」

誰かがまた甚右衛門に声をかけている。吉原に出入りして長い、鼓打ちの男芸者だ。その昔は能役者の一座にいたようで、腰は曲がっているが軽妙な口跡は衰えを知らない。

「おやおや、なお珍しいおひとがお供をしてなさる」

爺さんは「そういや」とそばに寄ってきた。

「あんた、やりなすったってね」

にんまりと笑う。すると他の見世の前で提燈に灯を入れている奉公人らも花仍に目を留め、「やあ、やあ」と囃し立てた。

「聞いたよ、聞いたよ。歌舞妓連中との喧嘩沙汰」

花仍はもういいからと目で制するが、誰しもやけに嬉しそうだ。

「拙者、痞えが下り申した」と、爺さんはしみだらけの手で胸を撫でている。

「おうさ。奴ら、客にえらく吹いてんだぜ。吉原は金子がかかるだけで、女どもは芸も色気もねえって」

「後から江戸にやってきやがって、行儀の悪いにもほどがあらあな。己らこそ、風情もへったくれもねえ売り方のくせによ」

　前を行く甚右衛門にもそれは聞こえているだろうがまるで意に介していないようで、挨拶を受ければ微かに頭を動かして返し、花仍のことは振り向きもしない。

　これは、町内を引き回して晒しものにしようという仕置なのだろうかと、足取りが重くなる。さすがに神妙な気持ちになってきた。己が女将の役を果たしていないことは、承知しているのだ。といおうか、何をどうしたらよいのか、さっぱりとわからない。清五郎に何を相談されても頭の中が空回りをして、即座に判じられない。「ああ」とか「そう」とか曖昧に応えて時間を稼ぐけれど、結句、「それは、親仁さんが帰ってから相談しておくれな」と先延ばしをするので精一杯だ。

とうとう、水道尻まで来た。その先は行き止まりで、さすがに喧騒が遠い。

静かに水の音がする。

甚右衛門は何を思ってか、ふいに足を止めて屈み込んだ。

「ここも底を浚って、護岸の土台からやり替えないといけねえな。石積みがところどころ崩れて、杭も腐ってやがる」

ほぼ方形に埋め立てた吉原町の周囲には、隅田川を細く引き込んで四角く巡る流れがある。町の者はそこから出入りするので、小さな橋が架かっている。柳の木が数本植わっていて、夕陽で枝々についた新芽が時々、小さく光って揺れる。

「夏が近いですから」と、花仍も肩を並べて流れを覗き込んだ。

甚右衛門らが埋め立てたこの土地は、御公儀がここなら使ってもよいと指定するだけあって、葦原であった土地の名残りが相当にしぶとい。

夏は蚊に悩まされ、葦は見世の暖簾前でもいつのまにやら旺盛に伸びてきて、抜いても抜いても生えてくる。若い衆らはその始末に随分と手を取られ、花仍も昔はよくそれを手伝わされたものだ。茎に巻きついた葉の鋭い毛で、しじゅう指の腹を切った。

しかも日照りともなれば流れが塵芥ごと淀んで苔臭い悪臭が町内に漂い、長雨となれば易々と溢れて押し寄せてくる。仲之町の通りの方々に水溜まり、泥溜まりができ、太夫らが揚屋まで道中するにも徒歩では行けず、若い衆らが数人がかりで背中に負って運ばねばならないほどだ。そのさまはさすがに風情の欠片もなく、客足も落ちる。

「いっそ、ここも埋め立てちまった方がよくはないですか」

甚右衛門が黙っているので、花仍はしまったと片目を閉じた。思ったらすぐに口に出してしまう癖は、いくつになっても治らない。

すると甚右衛門が顔を動かして、こちらを見た。

「お前は何ゆえ、そう思う」

「葦が生えてきますゆえ」と、口ごもりながらも答える。

「あれは流れが溢れた時に種が運ばれてきちまうんだって、若い衆が言ってました」

「たしかに。草引きは苦労だ」

「臭います。雨の後も難儀です」

「それに」と花仍は言葉を継いだが、その後に詰まった。

客の中には、遊女らが逃亡せぬように溝で囲っていると解している者もいる。それは花仍には、口惜しい。少なくとも西田屋では遊女らの外出を好きにさせているし、年季の明けぬ前に逃げ出した者もいない。

だいいち、流れを「溝」だと言うのが気に喰わない。売色の町で遊びながら、心の底では見下げているのがわかるのだ。

「溝と嗤われているのは、私も承知してる」

甚右衛門は花仍の意を汲んでか、すうと息を吐いた。

「お武家にとってはただの溝にしか見えねえだろうが、私にとっては濠だ」

花仍は黙って甚右衛門を見返した。

「城にも濠が巡っているだろう。いざとなれば、あの濠が敵の侵入を防ぐ」

「この町を、城に見立ててなさるんですか」

甚右衛門の面持ちは片影になり、真意のほどが知れない。

「城」と再び呟いて、花仍は何かに行き当たった。

「女らを守る城ですか」

即座に「いや」と返された。

「お花仍。守るだなんぞ、軽々(けいけい)に口にするんじゃねえ。傾城屋は、女の躰で稼がせてもらってる畜生だ。それを忘れちゃならねえ」

胸を衝(つ)かれて、息を呑み下すのがやっとだ。

私は何か、とんでもない思い違いをしていたんだろうか。育ったこの町が好きだ。半人前なりに誇りも持っている。それだけでは、足りぬのだろうか。

甚右衛門が立ち上がった。煙草と香の混じった匂いがする。花仍は流れの前で屈んだまま、腰を上げることができない。また気配がして、肩に手を置かれた。

気がつけば、甚右衛門の手が花仍の手を握っていた。引かれるようにして、ようよう立ち上がった。

なぜか、胸の中が鳴る。

夫婦らしい話をほとんどする暇(いとま)もなく、甚右衛門はいつも仰ぎ見る相手だ。幼心のままに、ただ「えらいお人」である。遊女らが間夫(まぶ)に寄せる想いは知っているけれど、どこまでが夢か現(うつつ)か、差し引いて捉えてきたのだ。

そういう世界で生きてきた。

けれど、胸の奥からよくわからぬ、慕わしさのようなものが湧いてきて戸惑った。

ふと過る景色がある。

あの日。拾われたあの日も、こうして手を差し出してくれた。

腹、減ってるだろう。

そんなことを言った。桜の風が吹いていた。

　私はなぜあの時、疑いもせずにこの人に従ったのだろう。

「見てみねえ」

　甚右衛門に言われて、身を返した。辺りはすっかりと暮れ、仲之町に面した家々のすべてに提燈が掲げられ、二階からも光が零れている。灯が星々のように瞬（またた）いている。町に夜空が降りてきたようだ。妓夫らは盛んに客引きの声を上げ、客らは見世先を覗いては行き交う。上客は供を引き連れて、賑やかに出迎えられている。

　夜見世の始まりだ。

「吉原は売色御免（ばいしょくごめん）の町になった」

　甚右衛門が呟くように言った。

「お許しが出たのですか」

　声が弾み、爪先立つ。

「これからは、吉原以外では売色ができなくなる」

「何年になりましょうか」

「十三年越しの願い出だ」

　吉原を「売色御免」の町にすることは、甚右衛門の長年の念願であった。

　方々に散在している傾城屋を一ヵ所にまとめたいと願い出た際、御公儀の「御免」

の町にしたいとの願いも併せて出していた。つまり、公に認められた傾城町にしたいと考えたのだ。だが返答を得られぬままで、町を造ってからもたびたび願いを上げては有耶無耶にされてきた。

今は甚右衛門の横顔が灯に照らされて、よく見える。目尻に大きな皺を寄せ、微かに笑んでいる。

「ついては、御奉行から町役も承った」

意味がわからず、黙って見返した。

「他の町同様、御公儀の命じられた仕事を受け持つ。火事場の後の監視や御城の畳替え、煤払いの手伝い、役所や道や橋の普請の際には人夫を出す。他にもいろいろあるが、つまり吉原は公に町として認められたってことだ。傾城屋の主も、町人同等の身分になる」

そこで自嘲気味に、声を低めた。

「浮かぶ瀬をやっと得た」

花仍は黙ってうなずく。

「私には、町の惣名主になれとのお指図だ」

「それでこの流れを浚い、護岸を普請し直される、と」

「それだけじゃねえ。町の衆に諮（はか）って、大門と家々、道や路地も、手を入れられる限りを尽くそうと思う。お前（め）ぇも忙しくなるぞ。秋までには町を一新するからな」

「秋……」

たしか、外出を禁じられたのは秋までだった。そういうことかと得心する。秋までは普請があるので、どのみち外出どころではなくなる。

やっぱり、このお人にはかなわない。

「精一杯やります。半人前なりに、お役に立つように。またへまをしちまうかもしれないけれど」

握り拳に力を籠め、肘を左右に張った。甚右衛門はしばし花仍を見つめていて、ふと眉を下げた。

「気張り過ぎるのは勘弁してもらいてえな。喧嘩、いざこざも願い下げだ」

「ほんに、軽はずみにござりました」

心底から詫びていた。今日の騒動で奉行所の手下が駈けつけでもしたら、せっかくの御免が取り消される可能性もあったのだ。そうと気づくと、ぞっとする。

再び吉原の景色に目を戻せば、三月の風がそよぐ。艶な光と、男と女の嬌声が風に運ばれてくる。花仍は風に靡（なび）いた後れ毛を手の甲で払い、「親仁（とと）さん」と呼んだ。

「何だ」

「仲之町に、桜の樹を植えることはできないものですか」

「桜」

「そうです。華を懸命に抜く一方の吉原でなく、ここを訪れるお客らが目を細めて見上げるような、桜の群れを」

甚右衛門は「なるほど」と言い、「考えてみよう」と頰を緩めた。

「なあ、お花仍」

「はい」

「もういい加減、その、親仁さんはやめてくれねえか」

「じゃあ、何とお呼びしたら」

「そのくらい、手前で考えろ」

少し呆れたような口調だ。

「帰るぞ」

大股で踏み出した。慌てて、その後を追った。

三日の後、甚右衛門は清五郎と話し合い、しばらく昼見世を開かないことに決めた。

やはり家の方々に手を入れるようで、毎日のように大工の棟梁が訪れている。

遊女らは「骨休めができる」と言って歓ぶ者もあれば、「稼ぎが減る」と暗くなる者もある。上級の遊女ほど悠揚で、それも一度の座敷で稼ぐ金子が違うからだ。端女郎はただ客の相手を務めるだけであるので、そのぶん数をこなさなければ一向に借金が減らない。

傾城屋はいずこもそうだが、女を買う時にその親や兄弟、時には亭主に金子を渡す先払いだ。年季はそれぞれによって異なり、七年の者もいれば十年の者もいる。ただ、見世が遊女らしい衣裳や化粧道具、身の回りの物を整える、その掛かりはすべて当人の借金になるのだ。

太夫ともなれば、禿を育てる費えも自身で持つ。衣裳拵えだけでなく和歌や踊りの師匠を招き、読み書き算盤も教える。

その昔、西田屋に梓という太夫がいた。西国の出で、豊臣の太閤殿下に取り潰された大名の家老の息女であるらしかった。今のように家ごとに遊女言葉が使われるようになる前であったけれども、それは柔らかな物言いをして、けれど花仍が手習いを怠けて裏庭で遊んでいると、二階から厳しい声が落ちてきた。

花仍さん。そもじは学ばせてもらえる仕合わせを、むざと捨てしゃんすか。

そう言われると取り返しのつかぬことをしたような気になって、摑んでいた蛙を慌てて放り出し、二階へ駈け上がったものだ。

梓太夫はたとえ大名の宴席に侍っても堂々と振る舞い、甚右衛門にも対等の口をきいた。ゆえに花仍は何となくではあるけれど、梓が甚右衛門の女房であるように感じていた時期がある。

それは美しい、そして頼もしかった梓太夫は、花仍が十五の歳に流行り病で亡くなった。あっけなかった。

「姐さん、湯に行ってきいす」

顔を上げれば、若菜が包みを胸に抱いて数人と並んでいる。

「ああ。行っといで」

湯殿は見世の中にもあるのだが、若菜らは時々、町内の湯屋に出掛ける。そこで他の見世の女らと喋り、愚痴を吐き合い、帰りに団子を喰うのが愉しみなようだ。江戸では躰を洗い浄める店が「湯屋」で、女を置いて売色をする店は「風呂屋」と区別をつけて呼ぶ。

「休みをいいことに、羽を伸ばし過ぎなんじゃないのかえ」

トラ婆が後ろを振り返りながら口の両端を曲げ、「よっこらしょ」と長火鉢の前に対座した。盆に置いた土瓶の中を揺すりながら覗き、勝手に茶椀に注いでいる。眉間はしわめたままだ。

「たしかに」

売色御免の町になったと甚右衛門が見世の者に披露したのは花仍が聞かされた翌朝のことだったが、歓声を上げたのは若い衆だけで、女らはきょとんとしていた。それの何がめでたいのか、よくわからないらしかった。

清五郎が咳払いをして、女らを見回したものだ。

吉原以外の土地で傾城商いをしてはならねえと、御公儀が正式にお認めになったんだ。

それでわッと声が上がり、女らは口々に「おめでとうござります」と言った。ただし甚右衛門ではなく花仍を取り囲んで、だ。

歌舞妓連中の口惜しがる顔を、見てやりたいものでありいすな。

喧嘩沙汰を起こしたのが花仍であったので、花仍が溜飲を下げると早呑み込みしたようだった。少し決まりが悪かった。

「おやおや」と婆さんが、両の眉を持ち上げる。

「珍しいこともあるもんだ。春に雹が降る」

「何さ」

「いつもなら庇うじゃないか。たまには気伸ばしさせてやらねば、羽を伸ばさせてやらねばって、どうせお前さんがゆっくりしたいんだろう。大して働いてもいないくせして、遊ぶことにかけては一人前だ。まったく、お前さんみたく甘やかしてたら、まともな遊女なんぞいなくなっちまうよ。うちだって商いが成り立たないさ。傾城屋はとどのつまり、客とどれだけしげるかにかかっているんだからね」

客と枕を交わすことを、吉原では「しげる」と言う。敵娼を決めた客を部屋に送り込んで襖を閉める前にトラ婆が投げる文句も、「旦那、精々、おしげりなさいまし」と決まっている。その際、へらりと崩す顔がほんに厭らしいと、客にも遊女らにもいたって不評なのだけれども。

「そうだねえ」と、花乃は長火鉢の猫板の上に頰杖をついた。

「お前さん、どうなってんだい。こっちの拍子が狂っちまうわえ」

己でもよくわからないが、この数日、ことあるごとに考えてしまうのだ。

吉原の女と、歌舞妓の踊子らとの違いは何なのか。いや、本当に違いはあるのか。夕霧や辻花はすでに立派な太夫で、若菜も人気があるけれども、梓太夫とは何かが違う。奈辺を知りたいが、わからない。

そして売色御免となった吉原は、これから何がどう変わるのか。

これもまだ見当がつかぬままだ。

「ちょいと、お呼びだよ」

顔を上げると、トラ婆が茶椀に半分顔を埋めたまま目で促した。清五郎が膝をついて、様子を窺うように小さく頭を下げた。

「親仁さんが、奥の客間にとおっしゃっておいでです」

「私に。何だろう」と首を傾げながら立った。

「また、何かやらかしたか。くわばら、くわばら」

トラ婆が、ずるっと麦湯を啜った。

清五郎の後ろに従って板張りの廊下に入った。廊下は坪庭に面して鉤形に巡っており、芭蕉や蘇鉄が植わっている。どちらも南国の樹で、出入りの庭師に言わせれば、冬の風と冷えがきつい江戸では珍しく傷んでいないそうだ。

角を曲がりしなに清五郎が振り向き、小声で告げた。

「客人がお見えです」

清五郎は人目がない時は昔通りの言葉を使うのに、今日はやけに丁寧だ。

「お客の席に、私が出るの」

「角町で傾城屋を営む、九郎右衛門というお人で」

「角町って」

清五郎が首肯した。

「親仁さんがこの吉原に傾城屋を集めたいと御公儀に願いを出された時、ああだこうだと理由を並べ立てて加わらなかった連中の筆頭でさ」

思い出した。甚右衛門の音頭で行なう事業に参画するのがそもそも気に喰わぬ様子だったと、清五郎が憤っていたことがある。

「その京者が、今さら何の用」

「吉原に入れてくれと泣きついてきやした。女将も同伴です」

「女将も」

それで私も来いということかと、腑に落ちた。

花仍は裾前をぱんと音を立てて払い、蹴るように歩く。

今さら、どの面下げてやってきたんだ。

清五郎が障子の前で膝を畳み、中に声をかけた。

「おつれしました」

障子が引かれる。花仍はいったん廊下で手をつかえてから、客間に足を踏み入れた。

再び腰を下ろし、下座に並んでいる二人に頭を下げる。

「甚右衛門が女房、花仍にござります」

「これはまあ、何とお若い女将さんやこと」

ねちゃねちゃと、餅を口に含んだような喋り方だ。

「なあ、お前様」

女房は隣の亭主の袖を引く。

「うちの娘とかわらしまへん。可愛らしいこと。なあ」

亭主の九郎右衛門はすでに甚右衛門とやり合ったのか、むんと押し黙っている。歳は六十前後に見え、でっぷりと脂の浮いた顔に猪首だ。二人とも金目のかかった着物で、女房など髷にいくつも櫛や簪を挿している。吉原では太夫でも頭を飾らないので、京の流行りなのだろうか。

思わず口の端を下げそうになる。

吉原の町ができる前から、少なくとも十三年以上はこの地で商いをしているくせに、まだ京風誇りか。

「なあ。女将さんからも口添えしてくれはらしまへんやろか。この町だけが売色御免をいただかはった以上、私らもここに移らせてもらわんことには、おまんまが食べていけませんのどす」

「蔵の中の物をお売りになればよろしいのでは。随分と蓄えておいででしょう」

顔はにこやかにつくろって言ってやった。女房は「あれ、まあ」と痩せた頬をすぼめる。

「怖いこと、おっしゃる。西田屋さんといい女将さんといい、もうそないに苛(いじ)めんといとくれやす。後生(ごしょう)どす」

袂を目に持っていくが、芝居じみている。

それにしても、この女房の化粧の念入りなことと言ったらと、花仍は呆れて目をそらした。白粉がぬめぬめと照って、見ているだけで息が詰まりそうになる。

上座の甚右衛門と目が合う。なぜか苦笑いをしている。途端に花仍は首をすくめ、そっと頭を下げた。

あいた。また、やってしまったような気がする。

「西田屋さん」と、九郎右衛門が身を乗り出した。

「何とか、あんさんのお力で、角町の移入をお許し願えませんやろか」

懐から何かを出し、甚右衛門の膝前に差し出している。袱紗(ふくさ)包みだ。甚右衛門はしばらくそれに目を落としていたが、顔を上げた。

「これは、何です」

「またまた、とぼけんといとくれやす。魚心あれば何とやら、ですがな。あんさんも奉行所のお歴々に、黄金色のお餅をたんと撒かはったんどすやろう。それで吉原町の惣名主にまでならはったんやから、大したご手腕どすわ。聞くところによれば、姓までお許しになられたとか」

「惣名主を命じられた者は、皆、同様でしょう」

「何と聞いたんやったかいな」

九郎右衛門は女房に顔を向ける。

「たしか、しょ、何とかと違いますか」

庄司だ。甚右衛門は庄司という姓を名乗ることになった。

「あんた方、わざわざ無礼を働きに来たのか」

きつく問うたのは、花仍の背後に坐っている清五郎だ。

「親仁さんは、今、躰がいくつあっても足りねえほどなんだ。チャラを言うんなら、帰っておくんなせえ」

しかし九郎右衛門は顔色も変えず、咽喉の奥でくつくつと笑声を立てる。

「戯言も通じまへんのか。ほんまに、これやから」

「これだから、何だとおっしゃりたいんでやす」

「ほな、はっきり申しましょう」と、九郎右衛門は甚右衛門に向き直った。

「西田屋さん。角町の傾城屋には、ほんまもんの太夫がおります。今も京からしか娘を入れてまへんし、歌舞音曲もすべて京から師匠を呼び寄せて仕込ませてます。吉原も売色御免になったとはいえ、歌舞妓の踊子や風呂屋の湯女風情にけっこう客を持っていかれてますやろう。いや、とぼけはったかて無駄どっせ。蛇の道は蛇や。うち、ぜぇんぶ承知のうえで、吉原に入らせてもらおうと言うてますのや。ほんまもんの、遊女をたんと引き連れて。……どうどす、昔のことはここいらで水に流して、手打ちとしようやおませんか」

「断る」

間髪を容れぬ返答だ。

「お客人のお帰りだ。お見送りしろ」

清五郎も即座に「へい」と応じた。振り返れば、障子を引き、掌で示している。

「何と、情のない」

女房が甚右衛門を睨む。亭主の九郎右衛門はいったん差し出した袱紗包みを懐に戻し、憤然と立ち上がった。

甚右衛門は九郎右衛門から目をそらさない。

「お花仍、お前がお見送りしろ」

静かに命じた。

「かしこまりました」

廊下へと先に出た。客の夫婦をはさみ、後尾に清五郎がついてくる。奥の裏玄関で草履に足を入れた二人は顔色を変えていた。亭主は怒りのあまりか首から上が酔ったように赫く、女房の顔は鈍色だ。

木戸まで送ると、それまで押し黙っていた九郎右衛門がついと花仍を見た。

「なんちゅう権高さや。えらそうに」

「そちらさんこそ」

花仍は辞儀をして、腹の中で塩を撒いた。

二度と来るな。図々しい、恥知らずめが。

大門の向こうに夫婦の姿が紛れてしまうと清々する。振り向けば、清五郎に並んで甚右衛門が立っていた。花仍は「はあ」と伸びをして、町を見渡した。もう普請を始めている見世もあり、槌の音がそこかしこで響く。

「お花仍。桜だがな」

甚右衛門が腕を組んで、仲之町の通りにまなざしをやった。

「ええ、桜」

「ここの土では厳しいらしい。それに秋になれば桜の葉は黄変する。庭師は景色が侘(わび)しくなるんじゃねえかと言った」

「この町に桜は駄目でしょう」と、清五郎が呆れ顔で口を添える。

「落葉掃きに手間がかかるし、冬は裸の枝が寒々しい」

それもそうだと思いつつ、花仍は不思議と気落ちはしなかった。

何か手があるはずだ。しきりと、そんな気がする。目の中に泛(うか)んでしかたがないのだ。

はらはらと落花(らっか)の美しい中を、遊女らが歩く姿が見える。

城だ。

私は親仁さんが築く城を、桜花の風で彩りたい。

「女将(かか)さん、戻るぜ」

甚右衛門に言われて踵(きびす)を返し、「ん」と立ち止まった。今、たしか、「女将さん」と呼ばれたような気がする。花仍は首を傾げ、目をしばたたいた。

春空の中で、雲雀(ひばり)がるりるりと鳴いている。

二　吉原町普請

煙草盆や茶菓をようやく供し終え、花仍は奥座敷の広縁に腰を下ろした。晩春のことで、背後の中庭から注ぐ陽射しは白く明るい。そっと胸許に指をかけ、わずかに襟を抜いた。生来、暑がりの汗かきなのだ。

私はたとえ遊女稼業に入ったとて、名妓にはなれなかったな。

ふと、そんなことを思って己が可笑しくなる。遊女らの、ことに格の高い太夫ともなれば、炎天下の仲之町を道中しても汗粒一つ浮かべることがない。花仍が幼い頃にこの西田屋にいた梓太夫など、真夏でもそれは凜と涼しげであった。そして、しんしんと冷える真冬には人恋しくなるような温もりを感じさせる。

あれが「風情」というものなのだろう。あるいは、極上の遊女だけが持つ肌の力か。

ただ、花仍が汗ばんでしまったのは陽気のせいだけではなく、三十人もの客を急に迎え入れたからでもある。客といっても遊客ではなく、この吉原の町衆だ。座敷に居並んだのは傾城屋のみならず揚屋の主、そして古着屋や筆屋、酒屋に油屋など、おもだった店の顔ぶれが揃っている。

皆を呼び集めたのは花仍の亭主である庄司甚右衛門で、半月ほど前、御公儀評定所から吉原傾城町の惣名主に任ぜられた。その評定衆の一人である江戸町奉行、島田弾正忠様からの遣いが訪れたのは、今日の朝五ツ頃だっただろうか。

遊女らはまだ二階で寝静まっていた。というのも、客と共に床にいる間は眠り込んでしまわず、常に半睡を保つのが遊女の弁えだ。夜更けに客が目を覚まして雪隠に立ったり、煙草を一服つければ湯茶を所望されることもあるので、その世話をおさおさ怠りなく務めねばならない。客が起きて帰るのが明け六ツ前で、旗本ともなれば供侍がぞろぞろと打ち揃って迎えにくる。遊女は客の洗面と着替えを手伝い、名残りを惜しみつつ見送る。その後、ようやく身を休め、昼四ツくらいまでは身も世もなく眠りこけるのである。

ただし廓の外に住む者らはとうに起き出して、蜆売りや青物売りが雀の鳴き声と共に盛んに往来する時分だ。見世の中も朝が始まっていて、若い衆らは水を汲み、風呂を立て、竈にも火を入れる。甚右衛門と番頭の清五郎、そして花仍も神棚に御神酒を供え、板間で漬物と湯漬けをかき込んでいた。その最中に御奉行から遣いがあり、甚右衛門は文に目を通すなり清五郎に告げた。

「御奉行からの御召しだ。三浦屋にも同道してもらう」

同業の三浦屋四郎左衛門は、三浦屋と大三浦屋という二軒の大見世を繁盛させている凄腕だ。甚右衛門より一回り歳若のまだ三十代、開業して十年ほどだが抱え太夫は二軒合わせて七人、西田屋より多い。

「かしこまりました」と清五郎は答え、言葉を継ぐ。

「弾正橋の袂で落ち合われやすか」

御老中や御奉行ら幕閣は拝領屋敷の一部が表向となっており、そこで日々の政務を執っている。御奉行の屋敷は楓川と桜川が合流する北八丁堀にあり、屋敷の目の前にある橋は官位にちなんで弾正橋と呼ばれている。

「いや、行き違いになってもいけねえ。大門の外で会おう。駕籠を用意してくれ」

清五郎はすぐさま三浦屋に走り、甚右衛門は立ち上がった。奥の自室で袴と肩衣をつけるのを花仍は手伝う。

朝から呼び出されるなんて、何事だろう。

評定所や奉行屋敷に呼び出されたり陳情のために足を運ぶのはべつだん珍しいことではないものの、吉原が「売色御免」の町として公許を得てひと月も経ていない。まさか取り消されるなんてことになったらと、不安が過る。天下普請の只中にある御公儀にとって傾城町の宿願など取るに足りない些末事で、公許を得るにも十三年かかった。だが甚右衛門が何も口にしないので、花仍も黙々と手を動かすのみだった。

甚右衛門が奉行屋敷から帰ってきたのは存外に早く、昼九ツ過ぎだ。遊女らはすでに起きていて、朝膳を摂ったり朝湯に入ったり、思い思いに過ごしている。西田屋は家の建て替えに備えて昼見世を休んでいるので、稽古熱心な者は二階で琴や三味線を復習う。遣手のトラ婆は町内の長屋住まいであるので、まだ顔を出していない。

甚右衛門と三浦屋は裃姿のまま、すぐさま奥へ向かった。清五郎は若い衆を集めて命じる。

「至急、手前どもにご参集いただきたいとお願いしてこい」

見世の名を次々と挙げ、念を押した。

「他の何用を差し置いてでも、すぐさまお越しを願いますと、丁重に頼むんだぞ」

清五郎は花仍にも何か言おうとしてか口を開きかけ、数歩近づいてきた。

「時が足りねえので、事情は町の衆と一緒に聞いてくださいやし。ともかく茶菓を願います。私は書付を整えねぇといけねえんで」

筆を持って動かす手つきをした。

「お酒でなくていいんだね」

「酒が入ると頭の淀む御仁がおられやすんで、茶がよろしいかと」

何やら、込み入った話を始めるようだ。

町の衆は半刻ほどで駈けつけてきて、裏玄関の土間がたちまち下駄や草履で埋まった。花仍は客を迎えては座敷に案内し、台所に取って返して水屋簞笥から茶碗を出す。商い柄、上客に用いる茶碗は銘物を揃えてあるが、三十もの茶を一度に点てようと思った途端、頭の中がこんがらがった。

まず菓子を運んで、それから、ええと。いや、その前に釜だ。湯を沸かさないと。

抹茶の入った棗と茶匙を手にしてうろうろと思案していると、背後から「何だねえ」と声がした。振り向けばトラ婆だ。

「急に寄合を開くことになって、お茶を」

「それは承知してる。仔細は若い衆から聞いたわえ」と、トラ婆は苛立たしげに口の端を下げる。

「お前さんが一人で点てようってのかえ」

「じゃあ、どうすんのさ」

台所を受け持つ若い衆は干菓子を皿に盛り、奥へと運んでいる最中だ。板間では若菜が朋輩二人と一緒に朝飯の最中で、顎を動かしながら花仍とトラ婆を見上げている。

「ともかく、板間に釜を並べな。いやいや、一つじゃ捗が行かない。あと三つ、それから茶筅も四本だ。ほれ、ぼやぼやおしでないよ」

思わず「へえ」と応え、言われるまま釜を並べる。若い衆が炭を熾し、湯を沸かす。トラ婆は一つの釜の前に陣取って、

「そら、そこの三人。いつまでも食べてんじゃない。こっちへ来な」

若菜らを呼んだ。

「わっちらでありいすか」

「わっちらの他に誰がいる。高みの見物を決め込んでねえで、たまには役にお立ち。お前さんらをのほほんと遊ばせるために、昼見世を休んでるわけじゃないんだ」

若菜は頬を膨らませて花仍に目で訴えてきたが、こうも張り切っているトラ婆には誰も逆らえない。

「お前さんもぼうっとしてんじゃないよ」と、花仍は腕を小突かれた。

「まったく、三十人分程度で狼狽が来てんじゃあ、話にならないわえ。そら、茶匙を

遣いな。お湯だ」

追い立てられて茶碗に抹茶を入れ、柄杓で湯を注いで回る。トラ婆は若菜ら三人に茶筅を持たせ、自らも正坐した。四人がかりの点前によってたちまち茶碗の景色が変わり、甘苦い匂いが立つ。次々と高坏に置かれる。

「それ、お運び。ああ、ああ、茶碗を揺らすんじゃない。ゆっくり急ぎなよ」

若い衆らはつけつけと難しい注文を飛ばされてうんざりと眉を下げるが抗弁している暇もなく、ぎくしゃくとした擦足だ。仕着せの法被の背を見送りながら花仍は思いついて、トラ婆に顔を向けた。

「ねえ、若菜らに運ばせた方が見栄えがよくない」

「馬鹿をおいいでないよ。奥の寄合に花代のかかる女郎を遣ってどうする。けじめがつかないじゃないか」

若菜が「けじめ」と尻上がりに問いかけたが、すぐに言葉尻を遮られた。

「そうさ。内間の寄合には女郎を出さないのが傾城屋のけじめ。今、茶を点てさせたのは、お前さんらの修業」

若菜は、そして花仍も口を噤んだ。言い分が腑に落ちたというよりも、トラ婆の茶筅捌きがあまりに見事だからだ。シャッ、シャシャシャと凄まじく速く、それでいて優雅極まりない。「かつては名妓だった」の口癖はひょっとして真であったかと、呆気に取られた。

とにもかくにも茶菓を出し終え、町衆が茶を服み終えたところを見計らうかのようにして清五郎が紙片を配り始める。清五郎が用意すると言っていた書付のようで、銘銘がそれを手に取って目を凝らし、隣の者に顔を寄せて小声で話をする者もいる。海千山千の古株揃いであるので、もちろん読み書きはできるはずだが難字もあるのだろう、「これ、この文言はいかなる」と訊ねている。

ざわざわと、人声がさらに波を打つ。どうやら、書付の内容をどう捉えるべきか、そして寄合の目的は奈辺にあるのかが摑み切れずに戸惑っているようだ。上座の甚右衛門の様子が気になって広縁に坐したまま首を伸ばしたが、人の頭と柱に遮られて見えない。

「女将、こっちへおいなはれ」

顔を上げると、松葉屋の女将と目が合った。

「は」

「は、と違いますがな。あんた、何でそないなとこに控えてなはる」

松葉屋は吉原でも名うての揚屋で、女将の多可は筋金入りの女丈夫だ。大坂は新町遊郭の出であるらしく、所作も声も貫禄がある。

「この吉原のおもだった見世が参集しての寄合だっせ。親仁さんは惣名主として皆を集めはったんやから、西田屋の女将のあんさんがここに坐らんと始められしまへんがな」

なるほどと思ったが、気が重い。西田屋の女将云々と言われたとて、まだ半人前にも満たないのだ。茶の用意一つ差配できず、トラ婆に顎で遣われた。

「若輩にござりますから、私はここで」と口にするなり、多可はのけぞるようにして笑った。

「若輩は百も承知やが、今さら神妙に遠慮を立てても似合いまへんで。鬼花仍が」

やはりそれを言うかと鼻白む。ここに集まった面々は、花仍の幼い時分の所業を知り尽くしている。

「昔はほんまに、手に負えん悪戯者やったな。張り替えたばかりの障子に全部穴を空けてしまうわ、いつのまにか座敷に入り込んでて、気がついたら床の間の花の頭を摘んでしもうてたな。そうや、雛飾りのお内裏様の頭をひっこ抜いて晒し首にして、それをお武家のお客が見つけはったもんやから、縁起でもないと大層お叱りを受けたこともあった。ほんまに、えらい目に遭わされ通しやったわ。なあ、海老兆さん。あんたんとこの阿呆坊んもよう泣かされてはりましたなあ」

　向かいの席の白髪頭に話柄を振った。海老兆はさほど構えは大きくないが由緒は古く、主は甚右衛門と共にこの吉原の土地の埋め立てにも参画し、先月、名主に任ぜられている。

「まあ、いろいろとお世話になりましたそうで」と、海老兆は倅を阿呆呼ばわりされたにもかかわらず、それとも少し耳が遠くなっているのか、ともかく真面目腐って答えている。

　甚右衛門ははじめ、この海老兆の倅に花仍を嫁がせるつもりで当たりをつけたようだが、あっさりと断られたらしい。トラ婆の口であるので多少は話が大袈裟になっていようが、その後も花仍は軒並み振られた。「振られる」とは傾城屋の隠語で、遊女が客に背を見せる所作を指す。すなわち「このお人の敵娼は、御免蒙りいす」との意思だ。

　ともかく、花仍の歳頃と西田屋の格に釣り合う見世の倅どもは、どいつもこいつも頭を激しく左右にしたらしい。

　子供時分にさんざっぱら苛められた、拳固を喰らわされてたんこぶを作った、いや、おいらなんぞ、棹竹で袈裟懸けに斬られた。

「さ、早う、ここにおいなはれ」

多可が隣の畳の上をぽんぽんと叩いてまで促すので、仕方なく立ち上がって座敷に入る。こういう時、己の躰(からだ)の大きさがやけに気になって、身を縮めてそそくさと下座を進んだ。皆、ちらちらと薄目で見上げているのがわかる。やっと腰を下ろして居ずまいを正すと、隣席の多可は「ふん」と満足げに鼻から息を吐いた。またも気が滅入ってくる。

この多可の倅、由蔵(よしぞう)こそがまさしく「阿呆坊ん」で、それもこれも母親が大甘だからだ。亭主を早くに亡くした多可は女手一つで松葉屋を切り回し、由蔵を大切に育てた。その大切が過ぎてか、子供同士の遊びにも口を出し、危ない真似(まね)をさせるな、たまには勝たせろと、逐一、花仍の襟首を摑んで叱り飛ばす。ことに忘れられないのは、猛然な勢いで空地にやってきた日のことだ。

うちの坊んに向かって弱蔵(よわぞう)とは、何てこと言うてくれるのや。

遊びの最中にまた些細(ささい)なことで由蔵が泣き出したので、花仍は「弱蔵め、ちっとはしっかりしな」と背中を小突いた。遊女らが時々口にしている言葉を使って、からかったのだ。ところが「弱蔵」も隠語で、精力の弱い客を指していたらしい。遊女は精力の強すぎる客も嫌うが、弱い客を満足させるのも手間を要するので、何かと陰口の種になる。

今から思えば多可が怒るのは無理もないのだけれども、その由蔵にも花仍との縁談話が行き、

鬼花仍だけは勘弁してくれよ、おっかねえ。

蒼褪めて泣いたという。まあ、それについてだけは母親に盾突いてくれて良かったと、花仍は感謝の念すら抱いている。西田屋の内所で育ててもらった身としては、どこに嫁げと命じられても抗えるものではない。下手をすればこの多可を姑として仕えることになったかと思うと、心底、恐ろしい。

甚右衛門は花仍の幼い頃の所業をまるで知らなかったようで、呆れ果てていた。

嫁る先が、一軒もないとは。

花仍もまさか「鬼」なんぞが付いた二ツ名を奉られているとは思いも寄らず、一緒に呆れたものだ。

床の間に顔を向けると、甚右衛門は隣の三浦屋四郎左衛門と何やら話をしていて、その斜め後ろに控えている清五郎と目が合った。目配せをしてくる。

え。何よ。

しかし顎を微かに動かすのみだ。周囲を見回して後、己の膝の前にも紙片が置かれ

ていることに気がついた。多可は男持ちの太く長い煙管（キセル）を遣い、吸いつけている。

「早よ、読みなはれ」

煙を吐きながら、こちらに顔も向けずに命じてよこした。

「わたいはもう、とうに目ぇ通しましたで。それにしても、あんた、昔はあないにはしっこい小鬼やったのに、えらい間が抜けたこと。気ぃが強いのやったら頭も切れるように鍛える、阿呆やったらとことん阿呆になる。そのどっちかに徹する覚悟を持たんと、傾城屋の女将なんぞとてもやないが務まりまへんで。気ぃだけ強うて頭が鈍い女というのは、女郎やろうが裏長屋の女房やろうが、あかん。どこに置いても使い物にならへん」

阿呆、阿呆の大安売りだ。

花仍は鼻息をぶんと吐き返して、書付を持ち上げた。

一、傾城町の外、傾城屋商買、致すべからず。並（ならびに）傾城町囲の外何方より雇来候え共、先々へ傾城遣り候事、向後（こうご）一切停止たるべき事

一、傾城買遊び候もの、一日一夜より長留いたすまじき事

一、傾城の衣類総縫（そうぬい）金銀の摺箔（すりはく）等一切着させ申すまじく候。何地にても紺屋染（こうやぞめ）を

用い申すべく事

一、傾城町家作普請等美麗に致すべからず。町役(ちょうやく)は江戸町の各式の通り急度(きっと)相勤め申すべく事

一、武士、商人体の者に限らず、出所慥(たし)かならず不審なる者徘徊致し候わば、住所吟味致し、弥(いよいよ)不審に相見え候わば、奉行所へ訴え出るべく事

右の通り急度相守りべくもの也

皆に追いつこうと素早く目を走らせたが、さっぱり頭に入らない。そうこうするうちに、上座で気配がした。三浦屋が隣の甚右衛門に「どうぞ」と頭を下げて、促している。

この数年の間、三浦屋も「売色御免」の公許を取り付けるために動いてきた顔役の一人だ。知恵と胆力に優れながら前に出過ぎることがなく、こうして常に甚右衛門を立てている。

「親仁さん、お願いします」

「いや、お前ぇから頼む」

三浦屋は「承知」と浅黒い面(おもて)を引き締め、座を見回した。一重瞼(ひとえまぶた)の端は切れ上が

っており、鼻筋は太く、顎が左右に張っている。花仍にはよくわからないが、トラ婆に言わせれば「天下獲りの相」であるらしい。

「皆の衆。この書付は江戸町奉行、島田弾正様よりのお達しを写したものだ。向後、江戸唯一の売色御免を許された町として、しかと分を弁えて相勤めよとのお申しつけゆえ、よくよく心得てもらいたい」

気負いを微塵も滲ませずに呼びかけた。

「よろしいか」

皆、畏まって黙っている。すると多可が盛大に煙を吐いた。

「売色御免のついでに町売りを禁ずると書いてあるけど、これは初耳だすな」

花仍は「え」と声を洩らし、再び書付に目を落とした。何と、冒頭に記されている。皆も一斉に同様の所作をしたようで、「ほんに」と前の方で声が上がった。駿府出身の、小見世を商う主らだ。

「親仁さん、これはいったい、いかなる仕儀ずら」

吉原では、客の求めに応じて遊女を市中へ派遣する注文も受けている。そのほとんどが武家の寄合や酒宴の際の饗応役で、まず揚屋に「いついつ、どこそこの屋敷に何人を召し出す」との遣いが来て、揚屋は客の格に応じて遊女を選び、傾城屋に差紙を寄越すのだ。先約が入っている場合を除いて傾城屋は遊女を揚屋に差し向け、揚屋から注文主の屋敷に駕籠で出向かせる。

表向きは舞や琴、踊りを披露し、酌をして宴に華やぎを添える勤めだが、むろん同衾する場合もある。それも含めての花代であり、しかも町売りは見世売りよりも三割がた高値だ。とくに中、小規模の見世にとっては実入りのよい商いで、というのも座敷のしつらいに金子をかけずとも手っ取り早く稼ぎが上がるからである。

甚右衛門はいつものごとく平静な面持ちで口を開いた。

「私らも、今日、寝耳に水のお指図だ。御公儀はこの吉原の地以外で傾城屋を営むことをようやく禁じてくださったが、その後、評定衆から御意見が出たらしい。廓の外で売色をさせねえとなれば、吉原から江戸市中に出て商いするのも禁じねばなるまい、との道理だ」

「じゃあ、評定所での饗応役も取り止めか」

「いや。評定所への御召しは禁じられなかった。従前のままだ」

その途端、町衆の大半が気色ばんだ。

「そんな馬鹿な。評定所に召し出されるは、太夫に限られておるじゃないか。そしたら、太夫を抱えぬ我らはどうなる。客の訪れを、ただぼんやりと待てと仰せか」

誰かが口火を切ると、皆が「うちもだ」「うちも」と言い募る。

「市中からの注文がなくなったら、うちなんぞたちまち干上がってまう」

隣り合う者、向かい合う者同士で不平を言い合い、さらに昂奮の度が増す。

「親仁さんは何ゆえ、御奉行に掛け合うてくれんかったずら」

「こうも大事(おおごと)を易々と引き受けてこられたら、どうにもいかぬわ。何のための惣名主じゃ」

「つまるところ、御公儀の手先に成り下がりなすったということずら」

「西田屋や三浦屋は上客を摑んでおるゆえ、己らの腹は痛まぬお達しじゃからの」

「こんなことなら、御免なんぞいただかずとも良かった。公許の傾城町になって商いが左前になっては、ええ面の皮じゃ」

「見損のうたわ」

何という身勝手な言い草。

花乃は思わず身を硬くして、憤然と皆を睨みつけた。しかし甚右衛門と三浦屋はなぜか言われるままになっていて、眉一つ動かさない。

親仁さんてば、何でこうも好き放題を言わせる。

隣でふいに甲高い音がした。多可が灰吹きに煙管を打ちつけたのだ。

「あんさんら、ようやく公許をいただいたと沸き返ったんは、つい先だってのことやないか。これで歌舞妓(かぶき)の踊子や風呂屋の湯女(ゆな)に太刀打(たちう)ちできる、それもこれも親仁さんが己の商いは二の次、三の次にして御公儀に掛け合いを続けてくれはったお蔭やと涙ぐんではったわなあ。あんたも、そら、あんさんも」

　煙管の先で、面々を順に指していく。

「親仁さんが己の利得になることだけ引き受けて帰らはるお人やないことくらい、よう承知してはるやろう。だいいち、わたいが口に出さへんかったら、そないに大事なことに気ぃもつかんと、へえ、そうだすかと黙ってはったんやおませんか。西田屋と三浦屋だけが得をすると言わぬばかりの責め方は、筋違いだっせ」

　すると、「松葉屋も同じじゃないか」と誰かが言った。多可がすかさず顔を動かした。

「今、どなたがおっしゃったんだす。ちゃんと顔を上げて正々堂々と言わんと、俯(うつむ)いたままぼやいたって、真っ当な意見にはならしまへんのやで」

　皆は水を打たれたかのように押し黙ってしまった。花仍には、その理由が少しだけわかる気がした。己の考えを多可のように、順序立てて言い表せないのだ。持ち合わせている言葉も少ない。

「ほんまに、談合の作法も弁えてへんから、何もかも親仁さんに任せきりになるのやおませんか。言うときますけど、町売りを禁じられたら松葉屋の実入りかて減じまっせ。当たり前だすがな。揚屋は遊女を抱えぬ貸座敷業や。ご注文を受けてから遊女を招く、そういう仲人みたいな口銭稼ぎだす。そやからこそ、少々の向かい風が来ようがびくともせんように、日々の商いを張らせてもろうてますわ」

きつい皮肉を見舞われて、一座は顔色を失った。

多可がここまで口にできるのは松葉屋が押しも押されもせぬ揚屋であるからで、とくに太夫、格子女郎らに対して絶大な力を持っている。多可にひとたび嫌われたら、上客の座敷に呼んでもらえなくなるからだ。そのぶん、多可に見込まれて鍛え上げられた遊女も多い。

ことに西田屋の太夫である夕霧と辻花は女将が不在の見世で育っただけあって、多可には何かと世話になってきたようだ。

多可は悠々と煙をくゆらせてから、上座へ顔を向けた。

「ただ、親仁さん、三浦屋はん。理由だけは聞かせてもらいとうおますな。他の条件は、元々、御免をいただくためにこちらから申し出た内容を盛り込んでおいでや。念の為、正式に文書にしはっただけやろう。けど、町売りの禁止についてはわたいも正直言うて、藪から棒を突き出された心地だすわ。なるほど、道理はすらりと通ってるが、何か引っ掛かる」

三浦屋が小声で甚右衛門に伺いを立て、甚右衛門が「ん」と首肯する。三浦屋が説明するようで、顔を上げた。

「今節、上方、西国からの牢人が江戸にますます流入しておるのは、ご承知の通りです。市中の風儀を乱さぬよう、ことに武家が酒色に溺れて身を持ち崩すことのなきよう、御公儀が引き締めを図っておられるがゆえのお達しです」

「それだけだすか」と多可が畳みかけると、三浦屋は微かに目許を緩めた。

「松葉屋さんは、ほんに鋭い」と呟き、「じつは」と声を改めた。

「御城の、大奥から意向が出たと聞きました。今、奥女中の勤めを律する法度作りに取り組まれている最中で、御旗本家に優れた娘御がおられれば、大樹公や御台所様を主君として一生奉公するのをお許しになるようです」

「なるほど。武家のおなごにも、男子と同じように奉公の道を開くとのお考えか」

多可は感心したふうだが花仍は全く解せぬままで、ふと向かいに坐る海老兆の主と目が合った。思案投げ首の体であるので「ご同類」とばかりに笑いかけてみたが、海老兆は目瞬きもしない。決まりが悪くて、花仍は肩をすぼめる。

「となれば、いつまでも屋敷に女郎を呼んで呑めや唄えやの宴を開いてたんでは、ご妻女らに示しがつかんということだすな」

徳川家譜代(ふだい)の大名や旗本は大坂での戦の前から江戸に屋敷を構えているので、奥には妻女も同居しているのである。外様(とざま)の大名らは自前の屋敷を普請したものの、江戸参府の折にはむろん妻女を国許(くにもと)に置いたままだ。ゆえに酒宴を開くとなれば、遊女を寄越すようにとの注文があったのだが。

海老兆の主がやにわに、鼻を鳴らした。

「不浄のおなごが武家の屋敷で我が物顔に振る舞うは不届き千万、目障りじゃ。売色御免を許したついでに、女郎の徘徊も禁じてしまえと、ま、そういうことじゃろうて」

座が静まり返った。花仍も、「不浄」という言葉が胸にくる。不思議なことに、御奉行からとやかく言われるのと、大奥や妻女から言われるのとでは響きが違う。己らが卑賤(ひせん)の身であることを思い知れと、首根を押さえつけられたような気がする。

「そんなら、歌舞妓の者らの陰商(かげあきな)いをこそ取り締まっていただかねば」と、前の方の誰かが言った。

そうだ。そもそも、あの者らをこれ以上のさばらせぬためにも公許が必要だった。

今度は、甚右衛門が話を引き取った。

「これから歌舞妓や風呂屋の御取り締まりについても、しかと願いを上げていく。そのためにも、まずは吉原町が規を守らねばならん。五箇条の第一の文で町売りを禁じられた以上、もはや覆すことはできねえ。どなた様にもここに足をお運びいただけるよう工夫算段を凝らし、意を尽くすしかねえんだ」

三浦屋が「いかにも」と、言い添える。

「吉原はさすが売色御免の町だと認めさせてこそ、御公儀にものを言えます。そのために何をするか、それを談合するために皆さんにご参集いただきました」

すると多可がふいに半身を寄せてきて、顔を伏せたまま小声で言った。

「あの二人、仕組んでたようだすな。天から、皆に不平不満を吐き出させるつもりやったのや。寄合が済んでからあれこれ言い立てられても、一々、説き伏せて回るわけにはいきまへんからな」

それで非難も黙って受けていたのかと、花仍はようやく腑に落ちる。

三浦屋が書付を再び持ち上げ、「よろしいか」と見回した。

「お達しはくれぐれも墨守し、見世の者や両隣、近所にも徹底させていただきたい。まずは、吉原遊女の市中への派遣を一切、行なわぬことと」

念を入れる声が低くなり、これ以上は有無を言わせぬ口調だ。一座は渋々ながらも、「相わかり申した」と受け容れた。

「次に、客を一昼夜以上は逗留させぬこと。これまで大見世では流連をさせなかったが、向後はどの見世も必ず守ってもらいます」

傾城屋にずっと居続ける客を、「流連」という。これからは何かと厳しくなりそうだと、花仍は書付を見つめ直した。使い込みや横領で奉行所に突き出された者が「吉原で引き止められたゆえ」と申し立てれば、見世も咎めを受けることになるのだろう。おそらく甚右衛門はそのつど惣名主として呼び出され、責めを受ける。

「なお、武士商人の風体にかかわらず、不審な者が町に入れば住処を問い質し、いよいよ不審となれば見世に留め置いて、親仁さんか私に申し出て欲しい。事と次第によっては、奉行所へ訴え出ます」

「相わかった」と前の方で声が上がり、中ほどに坐る誰かが「さて、問題は衣裳か」と呟いた。

「総縫、金銀の摺箔を禁止とあるが、遊女に藍染めなんぞ着させらりょうか。山出しの娘に磨きをかけて小袖を重ねさせてこそ、客の心をそそる仕立てになる。藍染めの着物では、洗濯女と見分けがつかぬ面相も多いぞ」

座がまたざわついて、花仍も確かにこれは難儀だと考え込んだ。売れっ子の遊女は「一に顔、二に床、三に手」と言われる。「床」の上手は言うまでもなく、「手」は客の心を摑んで放さず、かといって溺れさせることなく操る手練手管を指す。そして「顔」は、衣裳、姿、立ち居振る舞いも含めての容貌だ。

海老兆の隣に坐している男が、「あのう」と遠慮がちに上座を見た。古着屋の主だ。

「手前どもにも、さすがに藍染めの小袖は揃えておりません。上方に仕入れに行ってもよろしゅうございますが、さて、向こうにも品物がありますかどうか」

その言を耳にして、花仍は目玉を天井へ向けた。

藍染めの小袖をわざわざ作るなんて、よほど趣向を凝らさないと、まさしく洗濯女だ。いや、待てよ。これまでの衣裳はどうなるんだろう。

「お訊ねしても、よろしいですか」

花仍が口を開くと、皆の目が発止と集まった。顔が赫らみそうになるのをこらえ、一呼吸置いてから言葉を継ぐ。

「今、女たちが持っている衣裳もお咎めを受けるんでしょうか」

すると甚右衛門が「いや」と、頭を振った。

「向後、新たに作る衣裳についてのみのお達しだ」

「さようですか」と、胸を撫で下ろした。

「ならば手持ちについては、お咎めはありませぬね」

古着屋が目をぱちくりとさせてこちらを見返すので、あれ、わからぬのかと、こちらが小首を傾げる。

「つまり、新たに作った物もいったん古着屋さんを通して、全部、古着ということにするんです。古着屋さんはその口銭をお稼ぎになればいいし、傾城屋も遊女もお客の夢を破らずに済みます。それに総縫が禁じられたということは、一部に刺繡を凝らすのはかまわないと捉えてもよろしいのではありませんか」

「はあ、なるほど。そないな手ぇがあったか。まあ、そのくらいの掻き方はお目溢ししてもらえますやろう」

多可が笑うと、甚右衛門と三浦屋も苦笑混じりに首肯した。古着屋は「ああ」と胸を撫で下ろし、しかも花仍に向かって愛想の良い笑顔を振り向けるので、こちらが戸惑うほどだ。

それにしてもと、花仍は甚右衛門の苦労に思いを致す。

町をまとめていくとは、想像以上の難事だ。御公儀の意向を受けて町衆にそれを得心させねば、己の利害だけでそれを歓んだり難じたりする。誰かが旗を掲げて道を示さねば、足並みなど揃わない。

「問題は、家々をどないするかだすな」と、多可は女だてらに腕組みをした。

「すでに手を入れ始めてる家もあるけど、この際、吉原ならではの何かが要りますわな」

すると甚右衛門が手を打ち鳴らした。花仍の背後の襖が引かれて、いきなり風が通る。書付の紙片が動き、何人もが膝を立ててそれを追う。座敷に入ってきたのは姿を消していた清五郎で、西田屋の若い衆を数人引き連れて何やら運んできた。

「ちと、前に集まっておくんな」

甚右衛門が手招きをしたので、皆は顔を見合わせながら腰を上げる。花仍も多可の後ろに従って前に進んだ。清五郎が何枚かを継いだらしき大きな紙を広げた。その前に、甚右衛門と三浦屋が胡坐を組んで坐る。畳半畳ほどの紙を町の重鎮が車座になって囲み、その背後には若手や傾城商い以外の店の主が並んだ。

甚右衛門は細長くしなる矢を、といっても踊りで用いる装飾の矢で、鏃は古びた真鍮拵えだ。それを手にして、紙の上をとんと指し示した。

花仍はふと、戦陣の合議もこんな具合かと、あらぬ想像をする。二ツ柏の紋が入った陣幕を背に、甚右衛門が皆に本音を出させ、まとめ、そして進む道を決める。そのかたわらでは、若き三浦屋が静かに睨みを利かせている。真の戦なんぞもうこりごりであるけれど、これも町の命運を懸けての戦なのだ。そう思うと熱いものが身中を駈け巡り、胸が躍りそうだ。

　何だか、面白くなってきたじゃありませんか。

「これが、吉原の町割り図だ」

　長手の方形を描いた墨はまだ乾き切っていないのか、所々が艶を帯びて光っている。図の中央には真っ直ぐ二本の線が引いてあり、その入り口らしき場所には「大門」との文字がある。となれば、真ん中の通りが「仲之町」だ。町を貫く大通りから左右にまた真っ直ぐの線が引いてある。そこは今も路地になっており、道に面して揚屋や傾城屋が打ち交じって並んでいる。ただ、図のように真っ直ぐではなく、新旧の家が大小手前勝手に建っているので道も蛇行している。

「長雨が降れば、ここ、そしてここも水にやられる。ついてはこの機に流れを浚い、堤と地盤も強固にしたい。これは此度の五箇条を言い渡される前からの思案で、西田屋、並びに三浦屋を始めとする大見世が身銭を切って費えを賄うつもりだ」

　皆は黙って図を見つめている。

「だが、それだけじゃあ足りねえ。松葉屋さんが指摘しなすったように、町売りを禁じられた以上、どうでも吉原に足を運びたくなる仕掛けが要る。浮世の憂(う)さを忘れて極楽浄土に遊んでもらうには、泥臭い風や侘(わび)しい葦(あし)の葉で夢を覚めさせちゃならねえ。よって、この町の景色を普請し直す」

「景色。景色なんぞ普請できるものなのか」と、数人が顔を見合わせた。しかし花仍は、そうか、桜だと尻を浮かせそうになる。庭師に無理だと言われたらしいけれど、親仁さんは私の思案を採り入れてくれたに違いない。

「町の景色なるものは、家々の構えが作るものだ。武家、商人、職人、それぞれ住む界隈(かいわい)の趣が異なるのは、門や囲い、屋根に壁が違うからだ。歌舞妓がなぜああも人の気を集めるかと言えば、あれも場の力が大きい。派手な幕や幟(のぼり)、足許(あしもと)の芝草、客はまずその仕立てに酔う。吉原も傾城町らしい構えを普請して、夢幻の城に見紛う世界を見せてやろうじゃないか」

そこで、桜の風を吹かせる、と。

「むろん内所まで手を入れろとは言わねえ。通りに面した壁と屋根の見栄えを揃えて、屋根は商いにかかわらず板葺(いたぶ)きとする。今、藁(わら)や草葺きの家で商っている者は、板に葺き替えてもらいたい」

屋根って。何だ、色気のないこと。

「けど、西田屋さんと三浦屋さんは瓦で葺いてなさる」

「瓦は下ろす」

「それは、もったいない」との声が相次いだが、甚右衛門はもう決めているようだ。

「ついては、吉原に合流したいと申し入れてきている見世が十数軒ある。その衆らには吉原に入ってもらおうと考えているが、同意してもらえるか」

「まさか、京の角町の連中を入れますのか」と、多可が剣呑な声を出した。

　角町の顔役である九郎右衛門はこれまで己らの好きにして助力もせず、吉原が売色御免を得た途端、「町に入れろ」と捻じ込んできた。袖の下まで差し出して持ち上げたり脅したりしたが、甚右衛門は全く相手にしなかった。

「いや、俺の目の黒いうちは、あの連中を入れることはねえ」

　そうですともと、花仍は胸中で呟く。

　親仁さんは一度決めたことは、何があっても変えない。

「此度迎え入れようと考えている者らは、初志が違う。江戸の地に骨を埋める覚悟を固めていたが引き移りの金子の算段がつかず、そのうち必ずと言い暮らしてきた。迎え入れるなら、この機がいちばん良いように思う。むろん、吉原に入る限りは町のしきたりに従うとの起請文を出させる」

「惣名主のあんさんがそう仰せになるなら、異存はおませんで」

多可が言うと、皆も「お任せしましょう」と同意した。

「なら、近々、新入りも含めて町割りを行ないたい。むろん、生え抜きは有利な場所を先に選び、新参の見世は大門から遠い場所になる。今の場から動きたくねえ者は、そのままでもいい。ちなみに、西田屋は従前通り大門を入ってすぐの右手だが、三浦屋は水道尻近くまで動いてくれる。仲之町を挟んで、東西に二軒」

甚右衛門がまた、鏃で図を指し示す。「それは有難い」と、座に喜色が漲った。水道尻の辺りは吉原の中でも場末で、太夫どころか格子女郎も抱えていない小見世、切見世ばかりだ。そこに三浦屋があれば、客は吉原の懐深くまで歩くだろう。人の流れができる。

「松葉屋さんを始め、老舗の揚屋はここと、この辺りでどうか、考えておいてもらいたい」

多可を始めとする主らは、迷いもせずに「結構」とうなずいた。それも人の流れが見えているゆえだろう。我が商いだけでなく、町全体が利する流れが多可らにもわかるのだ。

「普請については改めて親方に相談するが、仲之町の南北の通り、東西の道も京大坂のように碁盤の目状になるのが望ましい。曲がりくねった路地を残しては灯の届かぬ闇ができる。不逞の輩が忍び込んだ際、逃げ道を与えるようなものだ」

「江戸市中に倣って、螺旋状の道にしないんですか」と訊いたのは、油屋の主だ。

「市中はまだ普請が続いているゆえ判じにくいが、御城本丸を囲んで御家臣の屋敷がそれを取り囲むという構えだ。万一、この地が戦となればまず御家臣の軍が盾となって本丸を守り抜く。だが、吉原の町に主従はねえ。軒を連ね、互いに守り合う布陣としたい」

見損なったとまで口にした連中に、甚右衛門は澄んだ眼差しを投げている。誰かがぐすりと洟を啜り、そして一座は頭を垂れた。

広縁で物音がして、見れば若い衆らが大盆を運び込んできた。何とトラ婆も従いてきていて、とびきりの愛想笑いを泛べている。

「咽喉がお渇きになったかと存じまして、甘酒を持って参じましたわえ」

敷居の前で畏まり、口上を述べ立てる。たぶん寄合があまりに長いので、様子を見にきたのだ。若い衆らに命じて漆の筒椀を配らせ始めたので花仍も腰を上げ、椀を受け取って前へと運ぶ。

その隙にトラ婆は座敷に入り込み、多可の前にぺしゃりと坐った。

「これはこれは、松葉屋さん。まいど御贔屓を賜りまして有難うございます」

「おや、トラ婆さん。久しぶりやないか。まだ生きてはったのか」

多可が笑いながら憎まれ口を叩くと、にんまりと歯抜けの口を開く。

「地獄に嫌われておりますようで」

多可は仕方ないとばかりに祝儀を渡し、「長生きも、ほどほどにしなはれや」と言った。

「へえ。お互いさま」

トラ婆は憎まれ口を返しながら祝儀だけは当然のように受け取って、南蛮の鳥のような笑声を立てた。

「では、どなた様もおしげりなさいまし」

遊客に対するのと同じ挨拶を気取ってしてのけ、若い衆らを引き連れて広縁を引き返していく。数人が失笑を洩らしたが多可はさほど機嫌を損ねた様子もなく、甘酒を啜って旨そうに息を吐いた。

私もいつか、この面々のように思うことを口にし、かくも悠々と振る舞えるようになるのだろうか。

今は及びもつかない。しかし甘酒は確かに旨く、気が落ち着いてくる。皆も銘々に啜ったり煙管を遣ったりしながら、言葉を交わす。

「しかし普請の最中は、さすがに見世はやれねえずら」

「いや、うちは閉じるわけにはいかねえよ」

「なら、相当な日数が掛かると覚悟しねえと」

「年内一杯、ですかな」と予測したのは、海老兆の主だ。両の掌で筒椀を包むように持っている。「まさか。梅雨時は無理としても、秋には終わるでしょう」と古着屋が答える。

三浦屋が上座から、「それが」と話に加わった。

「しばらくはどうにも、人足が足りないようです」

「足りないって。まあ、江戸はいつもどこかで普請をしているが」

「いや、日光ですよ」

三浦屋の言葉に、花仍も目を丸くした。

「評定所で耳にしたんですが、皆さんも知っての通り、下野で造営されていた東照社がいよいよ落成するようです」

先月二月、亡き大御所、家康公が「東照大権現」の神号を受けた。この江戸に開府した武将が、ついに神になったのだ。

「で、御遺言に従い、来月の上旬には御遺骨が改葬されるそうです。その後、日を置かずに公方様が社参に赴かれるとのことで、街道や参道を整えるのに、江戸のみならず東北からも人足が駆り出されています。しかし間もなく田植えの時季でしょう。百姓らは人足仕事を終えたら国に戻り、稲刈りまでは土地を離れられません」

「ということは」と、海老兆が筒椀を畳の上に戻した。

「吉原に人足が回ってくるのは冬になるか。じゃが、川を浚うに冬は厳しかろうな。水溜まりでさえ凍りつくゆえ塵芥を去り切れぬ。いや、待てよ。来年は日本橋が大改築されると、うちに出入りの棟梁が言うておったような」

一座が「ほう」と、どよめいた。

「あの橋は何年になるずら」

「慶長八年の開府時に築かれたはずじゃ。十四年ほどになるか」

「立派な太鼓橋じゃが、雪が降っても積もる暇もないほどに人馬の往来が盛んじゃからのう。腐りが来て落ちでもしたら、大事じゃ」

「いかにも」と、三浦屋が海老兆を見た。

「今よりもさらに長く広い橋に普請し直されるようで、となれば人足はむろんのこと、材木も高騰する可能性があります」

「したら、どうするずら」と皆が顔を向ける相手は、中央の甚右衛門だ。

「ここは焦らず、じっくりと腰を据えて掛かるが得策だと私は思うている。川浚い、堤と地盤の普請は来春から始めることにして、親方らに話をつけておく。家々の普請に掛かるのは六月からだ。となれば、よほど急がせても、すべてが整うには来年の十月頃になる。商いは十一月からだ。その心積もりでいてくれ」

「そんなに先か」と、何人もが拍子抜けをした面持ちになった。花仍も少し落胆した。いったん乗り気になった限りは、早く成果を得たいのが人情だ。

「いやいや。ここは親仁さんのおっしゃる通り、腰を据えてかかるが肝心だすで。これから考えなあかんこと、決めんなあかんことが山とあります。材木は今から確保して市中に保管しておかなあかんやろうし、その前に、吉原をどんな景色に仕立てるのかを決めんと、材木をどれだけ買い付けたらええのかも決まりませんがな」

「そうじゃな」と、海老兆が多可の言を受けて続けた。

「各々、吉原らしい町の景色はいかなるものか、次の寄合に思案を持ち寄ることにしようじゃないか。同時に、算盤も弾いてみんとな。手前がこの普請にいかほど銀子を掛けられるか、懐具合に合わせて普請の仕方も変える必要があるじゃろう」

甚右衛門が、「では、最後に一つ」と背筋を立てた。

「銀子の話が出たゆえ伝えておくが、普請の費用が足りぬ者には町が貸付を行なおうと思う。その元資は有志を募って集めるつもりだが、むろん利息はいただく。利息を払う以上、引け目を持つことはねえぞ。堂々と借りてくれ」

安堵の息を吐いたのは、一人や二人ではない。

「今日は急に集まってもらうことになって、すまなかった。これからも寄合を幾度となく重ねていくことになろうが、できるだけ皆で力を合わせて進めていきてえ。他の誰でもない、これは我ら吉原衆の町普請だ」

甚右衛門が呼びかけた。

「応ッ」

なぜか鬨(とき)の声のごとき熱が座敷に満ち、花仍も皆と共に勇ましい声を出していた。

裏玄関から最後に出たのは、多可だ。

「ほな、これで失礼しまっさかい。ごめんやす」

「ご苦労様にござりました」

甚右衛門の後ろに立って頭を下げる。顔を上げると、多可が目尻をにゅうと下げた。

「そうそう。大坂に修業に行ってるうちの由蔵が、来年の秋には戻ってくることになりましたのや」

「さようですか」と応えながら、由蔵にはまるで興味がない。そういえば近頃、町内で見かけなかったが、修業に出ていたのか。

「あんまり苛めたらんといてな、鬼花仍はん」

皮肉を放って、くるりと背を見せた。内暖簾を潜って、路地へと踏み出す。

「まったく、一生言うつもりか」

後ろ姿に向かって零した。


鑿や手斧、槌を遣う音、大工らの掛声が町中で響いている。

「ねえ、あの兄さんはどうでありいす。捩り鉢巻」

「鉢巻もいいけど、さっきから小僧さんらへの当たりがきついわえ。わめき過ぎでありいす。わっちはあの、白半纏」

「ああ、黙々と材木を削ってる」

「若菜さんはほんに、渋好みでありいすな」

二階窓の勾欄に凭れて、三人の遊女の背中が並んでいる。くすくす、くすくすと笑いさざめいて、普請場で働く大工らの品定めに夢中だ。若菜と並んでいるのは三浦屋の格子女郎で、建て替えの際に同じ部屋で寝泊まりしてから気が合う仲間になったようだ。

見世によっては、懐具合に合わせて通りに面した表の構えにだけ手を入れることになったが、西田屋と三浦屋は総建て替えを行なった。普請は先に西田屋、次いで三浦屋との順にしたので、普請の最中は互いの見世に仮住まいをしたのである。商売道具である蒲団に枕屏風、衣裳を納めた葛籠、長持の類は清五郎が廓外の近所に空家があったのを借り受け、そこに運び込んだ。

それが今年、元和四年の夏のことで、今は秋も九月になり、町の方々ではいよいよ普請の音が盛んだ。

手前の座敷には碁盤や将棋盤が並んでいる。囲碁や将棋も客の望みに応じて相手を務めねばならないので、遊女が修練する芸事の一つだ。しかし碁石や駒は真新しい青畳の上に散らばっている。まだ十六、七の遊女らであるので、半裸で働く男らを見物する方が面白いのだろう。

「若菜、そろそろ稽古の時間だよ」

声をかけると、首だけで見返った若菜は「ええ」と頬を膨らませる。

「今日は、もうよしにしいす」

「駄目」

「近頃の姐さん、どうかしんしたな。稽古稽古の一点張り。聞き飽きいした」

お前の身の為だと言いそうになるのをぐっとこらえ、さて、ここで久なら何と説きつけるのだろうと腕組みをしたが、とんと浮かばない。ああ、焦れったいこと。早く仕込んでやらねば、どんどん歳を喰っていくのがわかっているのに、この私の腕が追いついていない。

若菜には名妓になってほしい。できれば、吉原一の太夫に。

口に出したことはないけれど、花仍はいつしかそんな念願を持つようになっていた。そこで和歌に書、茶道、活花、踊りに琴、三味線と、一日に何人もの師匠を迎え、あるいは清五郎が廓外の町へも教えを受けに連れて出ている。

太夫になるには、禿の頃からの仕込みが最も大切だ。それを思い知らされたのは、三浦屋に仮住まいをして二日目の日中だった。

女将の久と話をしていると、七歳ほどの娘が挨拶に出てきた。

「西田屋の女将様、御機嫌うるわしゅう存じんす。手前、三浦屋の引込にて玉乃と申しんす。どうぞよろしゅう、お引き立てくださんせ」

あまりに品のよい口跡で、しかも切り前髪と稚児髷で縁取られた顔は息を呑むほどに愛らしい。白肌にほんのりと薄桃色の頰を持ち、黒目がちの大きな瞳は長い睫毛に縁取られている。そのうえ、唇は品よく小さい。少々の美しさには慣れているはずの花仍も動転するほどで、見送ってから溜息を吐いた。

「あんな、珠のごとき子が本当にいるものなんですねえ」

すると久は、「いえいえ」と静かに笑った。

「内所に引き取ってまだ半年も経ちませぬから、何かと行き届きません」

十になるやならずで傾城屋に売られた子はまず内所で雑用をこなしながら礼儀作法を仕込まれ、その後、太夫や格子女郎に付いて遊女としての教えを受ける。二人一組であるのが尋常で、西田屋にも浪路と千鳥が夕霧太夫に付き、辻花には牡丹と黄蝶が付いている。

しかし格別の美貌を持つ子は姉女郎に付けず、主の許で格別の育て方をするのだ。それを「引込禿」と言うのだが、西田屋にはおらず、娘分として育てられたのは遊女にはなれぬ器量の花仍だった。幼い時分からそういう女の子がいるとは知っていたが、まず外で走り回って遊んだりしないもので、人前に出るのは格子女郎としての披露目を行なう時だ。むろん先々、太夫となることが約束されている。

それまでは掌中の珠のごとく内所の奥深くで育て、座敷にも出さない。

「育てるとは、いったいどのようなことを」

訊いてから、慌てて取り消した。

「内間のことを伺って。ご無礼いたしました」

見世にはそれぞれ流儀があり、いわばそれが繁盛の秘訣である。

「いいえ、かまいませんよ」と、久は鷹揚に笑った。凄腕と評判の亭主を内で支えている久は何かにつけて控えめで、物腰も優しい。仮住まいをここでさせてもらえて良かったと、つい松葉屋の多可を思い浮かべた。多可の家に世話になれば、遊女らと花仍もひっくるめて口うるさく追い回されていたに違いない。

「そうですねえ。引込にはまずお行儀、手習(てならい)でございましょう。それから踊りと琴、三味線も、幼い頃に始めた方が憶えがよろしいですね。年内には、お茶とお花、書も始めさせます」

「そんなに」

「まだまだ足りませんよ。小袖の着こなしも上物(じょうもの)をさんざん着せて身に付くものですし、口にする物も格別の品を用意して味わわせます。口を奢(おご)らせるためではなく、いかにひもじくても悠然と坐っていられるために」

そう、客の前では遊女は食べないのがしきたりだ。そもそも、女は食べている姿を人に見られることを恥じる風習があり、今も国によっては台所の隅で亭主に隠れて食べるのだと甚右衛門から聞いたことがある。太夫らは自室で好きな物を好きなだけ食すことができるが、それでも皆、小食だ。まして格の低い遊女らには粗末な膳しか与えぬ見世も多く、難なく腹が埋まれば、誰も辛い売色稼業に精を出さぬようになるからだろう。ゆえにたとえ売れっ妓になっても、いつもどこかひもじそうな顔をしている遊女がいる。

私にはとても育てられそうにないと、花仍は肩を落とした。

「そうまで気を入れて育てても、女の子は顔が変わりますからね」と、久は続ける。

「変わるんですか」

「ええ。十一、二歳で変わります。菩薩の生まれ変わりかと思うほど美しかった子が、憑き物が落ちたかのように凡庸な顔立ちになったりするんです。それまで注ぎ込んだ数百両が水の泡に帰するのですから、なかなかに難しゅうございますよ」

久はゆるりと頰に手を当て、「そういえば」と背後を振り向いた。花仍も目を移せば、二つの見世の太夫や格子女郎が入り交じって双六で遊んでいる。

「おたくの、若菜さん」

ちょうど若菜は賽を転がしていて、身を弾ませるようにして笑っていた。

「あんなに大きな口を開けて。お恥ずかしい限りです。何せ、私がこんな不調法者ですから」

　頭を下げると、「いいえ、違いますよ」と久は胸の前で手をひらりと動かした。

「若菜さんは、ひょっとして、ひょっとします」

「ひょっと、ですか」

「はい。うちの宿も申しておりましたが、若菜さんはほんに天真爛漫で、いじけたところや卑しさがまるでありません。うまくお育てになれば、かつていなかった太夫になられるんじゃないか、と」

「そんな。あの子はご覧の通り、至って目を引くところのない顔立ちです。愛嬌だけが売りのようなもので」

「おいくつです」

「確か、十七ですが」

「じゃあ、まだ顔は変わりますよ」

「それは、いつにございます」

「わかりません。ただ、心底、惚れた男ができた時に変わります。肌の光り具合も」

　今は三浦屋が二軒とも普請の最中で、新しくなった西田屋で遊女らを預かっている。ただし女将の久は仮住まいを廓の外の家に構えたようで、あの禿の玉乃を連れてのことだろう。それほど人目に触れさせずにおく徹底ぶりに、花仍は舌を巻くばかりだ。

「あれ、姐さん。誰か下から呼んでおりいすよ」

若菜が勾欄に身を乗り出して、通りを見下ろしている。

「ちょいと、およし。落ちたらどうする」

背後に立つと、「ほらあ」と若菜が指を指した。

「よう、鬼花仍ぉ」

見れば男が二人、こなたを見上げている。手足の短い、ずんぐりした男と、もう一人はやけに目玉の大きな男だ。

「誰」

「さあ。けど、鬼花仍と呼んでおられるところを察するに、姐さんの見知りのお方ではありいすな」

「それもそうだ」とうなずくと、他の二人がまたくすくすと笑う。

「西田屋の女将さんって、可笑しい」

可笑しいって、どういうことよ。ひょっとして私は小馬鹿にされているのか。

「鬼花仍、早う下りて来てくれ。お前はんに引き合わせたい男がおるのや」

「何だ、あの上方弁は」と口に出して、もう一度見下ろした。

「あんた、まさか、弱蔵かい。いつ帰ってたの」

「阿呆。大きな声で弱蔵て言うな。うちのお母はんの耳に入ったら、また騒動になる」

「んもう、ちょっと待ってて」

花仍は身を返して座敷を抜け、階段を下り、内所に入った。甚右衛門と清五郎は大工の棟梁の家に出掛けていて留守だ。若い衆が床板を磨いている。毎日、どこからともなく普請場の木屑や土埃が舞い込むので、掃除に追われ通しだ。トラ婆は小屛風を立てて横になり鼾をかいているので、小走りで通り過ぎた。

内玄関から、大門前の通りに出た。

「久しぶりやなあ。お前はん、西田屋の女将におさまるとは、どないな風の吹き回しや。まあ、親仁さんも奇特なお人やさかいなあ」

その言い草には慣れているから、痛くも痒くもない。

「いつ帰ってたんだい。というか、いつ大坂に上ったのかも知らないが」

「相変わらず、つれないなあ。三年も前やがな」

よくよく見れば、確かに松葉屋の由蔵である。太い下がり眉で、しきりと目瞬きをする癖がある。そして鼻の穴が丸見えだ。それにしても、こうも懐しげに口をきくとはと、少なからず驚いた。昔は花仍の姿を見れば目を逸らし、びくびくとしていた。

「で、誰を引き合わせたいんだよ」

「まあ、立ち話もなんやから、うちに来ぇへんか」

「ここでいい」

多可が出てきたら何かと面倒だ。倅の隣に張り付いて、こちらは言いたいことが言いにくくなる。

「しゃあないなあ。いや、この男なんやけど」と、由蔵はかたわらの男の背に手を回し、花仍の前に押し出すようにした。

「お初にお目にかかります。と言いましょうか、手前は初めてではないんですが」

響きのよい声だ。小腰を屈めて辞儀をするさまも、何となく垢抜けている。歳は花仍や由蔵より少し若い、二十歳過ぎといったところか。若衆髷に結い、鹿子絞りで舞鶴をあしらった鬱金地の小袖に黒の半袖の長羽織をまとっている。

それにしてもと、花仍は首を傾げた。

「初めて会ったようで初めてでないとは、いかなる謎かけで」

「謎かけではございません。私はあなた様を存じ上げております。あの……」と言い淀み、由蔵がにやりと小鼻をうごめかせた。

「鬼花仍、歌舞妓の連中とやり合うたんやろう。去年の春、石神井川沿いの堤の上で」

またそれか。

「やったが、どうした。あ、ひょっとして、あんた」と、花仍は身構えた。この男の派手な身形は間違いない、歌舞妓の遊郎だ。

「違います、私は見物申し上げていただけで」

「あの時、見てたの」

そういえば人だかりができて、道をふさいでしまったほどだ。

「ほんに、胸が空きましてございます。あの連中にはさんざん無体を働かれながらも、それをじっとこらえるが辛抱と思うておりましたゆえ、帰途では己が恥ずかしゅうなって困りました」

なお要領を得ず、つと目を動かすと、勾欄に三つの顔が並んでいる。

「しっ、早く稽古をおし。見てるんじゃない」

そう叫んだが、普請場の音で半分がた声が流される。

「鬼花仍、この男は歌舞妓でも、若衆だけでやってるのや」

再び目を戻すと、男の頬はゆったりと顎に続き、鼻筋も通っている。

「男なんぞが歌舞妓踊りをするとはと、あの連中にはさんざん見下げられてまいりました。ですが、私はそもそも京で能、狂言、猿楽を習い覚えた者にござりまして、歌舞妓踊りを真似ておるわけではないのです。元を辿れば、同じ源を持つ芸にござりますれば」

「なのに、やられっぱなしだったの」

「向こうの方が名が通り、人気もござります」

「でも私はこれ以上、喧嘩沙汰を起こすわけにはいかない。加勢なら他を当たって」

「そやから、違うのや、鬼花仍」と、由蔵がまたも口をはさんでくる。

「吉原は十月にいったん見世を閉じて、十一月に再開するのやろう」

花仍はうなずいた。傾城商いを続けながらの堤と地盤普請、そして家々の普請も覚悟した以上に日数がかかり、今が大詰めだ。そして来月、十月はすべての昼見世、夜見世を閉じ、家の構えを揃えるという仕上げに掛かる。

幾度目かの寄合で、すべての傾城屋の表に籬という格子を組むことになったのだ。今は西田屋と三浦屋だけがその構えであるが、小見世は下半分ほどだけに格子を組む「惣半籬」で、遊女の胸から上が通りから見えるようにする。中見世の格子は右上四分の一ほどを空け、これは「半籬」、そして全面に格子があるのは「惣籬」で、最も格の高い大見世の構えだ。つまりその籬によって遊女の見え方が異なり、客は見世の格、遊び代の目星もつけられるというしくみだ。

そして籬の格子はすべて朱色に塗り上げることで、甚右衛門が言うところの「景色」を作ることになった。その様子を一度に披露するためにわざわざ見世を閉じ、十一月一日に再開するのである。賭けではあるが、「吉原の町が生まれ変わる」という噂はすでに大工や左官らの口を通じて市中に出回っているらしく、ひと月の休業はかえって注目を集めるだろうと、寄合でも総意で決まった。

「その再開の時に、仲之町の通りで催しをしたらどうかと、お前が意見を出したんやろう」

「そうだよ。吉原じゅうの太夫を集めて何か仕掛けたいと、今、思案中」

道中をするか、土の上に緋毛氈(ひもうせん)を敷いてのお点前か、琴と三味線、笛の三曲合奏も加えようか。

「太夫らを引っ張り出すのは、どうかと思うで。すぐそばに手の届く菩薩では、有難みが無い。だいいち、上客の座敷はどないするのや」

花仍は二の句が継げなくなった。痛いところを突かれた。

「それより、この男に舞わせてみたらどうやろう。俺は大坂、京を巡ってたいていの能、狂言を観てきたけど、この男、凄いで」

「あんた、観たの」

「ああ。中橋の新地で、細々と若衆だけでやってるのや。子役まで男童で、一切、おなごは交じってへん。珍しなあと思うて声をかけたら、鬼花仍の話が出たっちゅうわけや」

得意げな顔つきが業腹だが、すげなく却下する気は失せている。胸の裡で、むずむずと何かが動きそうだ。

「吉原にはかえって、ええのんと違うかなあ。能舞台で男の舞や狂言を見せた方が、傾城の興が増すような気がするんやけどなあ」

「能舞台。そうだ、それだ」

夜風の中で灯という灯が瞬き、笛や鼓の音が響く。客らは能の幽玄に酔いしれ、面白可笑しい狂言踊りではこぞって腹を抱えるだろう。

花仍は男に向き直った。

「近いうちに、うちの町衆の前で舞と狂言を披露してもらえるかい。皆が気に入ったら、あんたにやってもらいましょう」

「ぜひ。よろしゅう願います」

「そういえば、名をまだ聞いてなかったような」

男は長羽織の裾を払い、すらりと辞儀をした。

「手前、猿若勘三郎と申します。お見知り置きのほどを」

白い歯を見せ、自信たっぷりに頬笑んだ。

頭上で「わッ」と声がして、見上げればまだ若菜らがいる。しかし視線の先は花仍の背後のようで、思わずつられて振り向いた。

また、一軒の見世の棟木が上がったのだった。

三　木遣り唄(きやりうた)

朝、霜が降りた日は冬風もやわらぎ、空は明るく澄み渡る。

そして今日も大賑わいだと、花仍(かよ)は二階の格子窓(こうしまど)から町の様子を見下ろした。

吉原は江戸町(えどちょう)一丁目、二丁目、京町(きょうまち)一丁目、二丁目と、四つの町で成り立っている。遊女屋、揚屋(あげや)はおよそ百六十軒、遊女は端女郎(はしじょろう)まで含めれば千人に上る。敷地の広さは二町四方(にちょうしほう)で、周囲に黒板塀を立て廻し、さらにそのぐるりを水が巡るは城の濠(ほり)のごとくだ。

大改築された日本橋の北東に位置する市中のことで、吉原が普請(ふしん)に着手した春から冬の間だけでも周りに町家や掘立小屋が増え、江戸はまさに殷賑(いんしん)を極めている。ゆえに以前は南の水道尻(すいどじり)からも自在に出入りしていたが、今は北の大門(おおもん)口を唯一の出入り口としてある。

大門に至る橋は下水溜(げすいだまり)を兼ねた流れの上に架けてあり、橋を渡って大門を潜(くぐ)ると町の中央を貫く大きな通りに入る。花仍の西田屋(にしだや)はちょうどこの大門口を入ってすぐ右手の、最も格の高い位置に見世(みせ)を構えており、この窓から見物衆のさまがよく見える。

人々は大門から足を踏み入れた途端、まず誰もが呆気(あっけ)に取られたかのように口を開き、辺りを見回す。通りの左右に軒を並べた家々は江戸の町家にしては珍しい二階建てがずらり、一階は見世の格に合わせて格子の籬(まがき)を張ってあり、塗りも深い朱色で揃えてある。二階の窓も縦格子、板屋根の上に並べた青竹の天水桶(てんすいおけ)まですべて揃いの特別拵(ごしら)えだ。

家々の軒先には神社の祭礼のごとく五色の短布を連ねて引き回してあり、これが時折、ひら、ひらひらと揺れる。

それは風ではなく、見物衆から立ち昇る熱によって揺れているかのように花仍には見える。傾城商(けいせいあきな)いの再開から半月経っても、訪れる人々は引きも切らないのだ。物珍しさも手伝ってか、買春目当てではない女房連れの姿もあって、晴れ着でめかしこんでいる。女は吉原の会所が発行する切手さえ入手すれば自在に出入りできるようにしたのも、人気を呼んでいるのだろう。

朝、大門を開くや、どっと流れ込んでくるさまは酉（とり）の市もかくやと思われる賑わいぶりで、訪れる客と見物衆の勢いは昼夜ごとに増している。ことに町の目抜き通りの仲之町（なかのちょう）、その混雑は目を剝くほどだ。

おや、大変だと、花仍は眼下の様子を見て目を細めた。

ちょうど近所の遊女屋の奉公人が、といってもまだ十ほどの女童（めわらわ）が用を言いつかってか、手に花桶を持って通りを渡ろうとしているのだが、あまりの人波に阻まれて押し返されている。

可哀想に、お尻や肘に押されちまってる。それ、右側をすり抜けな。そう、そう。

当人には気の毒だが何とも可笑（おか）しい、そして有難い光景だ。

花仍の亭主である庄司甚右衛門（しょうじじんえもん）は昨春、長年の念願であった「売色御免（ばいしょくごめん）」の許しを御公儀評定所（ごこうぎひょうじょうしょ）からようやく取り付けた。それを機にして同業衆に諮（はか）り、町ぐるみの大掛かりな普請に踏み切ったのである。先月はいずこの見世も商いを休んで設（しつら）えを整え、十一月一日、営業再開に漕ぎ着けた。

この段に至るまで、吉原のおもだった見世の主（あるじ）は月に何度も西田屋の奥座敷に集まって合議を重ねたものだ。ひと月の休業については、いったん同意したはずの者らがしばしば怖じけづき、揉めることになった。

「見世を休んじまったら、客はその間、他所へ行くずら。そこで馴染みの女を作ったら、こなたに戻ってこんのじゃないか」

「この町しか、傾城商いは認められていないんですよ。案ずるには及びません」

甚右衛門の片腕となって町普請を差配している三浦屋四郎左衛門が面々を説得したが、不安は鎮まらない。

御公儀は吉原の外での傾城屋商売を禁じてくれたが、歌舞妓芝居や風呂屋商いそのものを禁じたわけではない。その裏稼業たる売色は従前通り何の変わりもなく、一方、吉原は木屑雑じりの埃が絶えぬ普請中、梅雨に入ってからは目に見えて客足が落ちた。

「そうは言っても、女らを休ませたら休ませたぶん一銭も入ってこねえんだぞ。ただでさえ普請のために借金を抱えちまったのに、見世は新装したわ、客は来ねえわとなったら首を括るしかのうなるでよ」

「さよう。西田屋さんや三浦屋さんは大見世ゆえ、内証に厭いはなかろうさ。客筋は名のあるお武家や富裕な町人ばかりで、落としてくれる金子の嵩が違う。わしら太夫も抱えぬ小見世は、小禄のご家来衆や素町人が相手の商いだ。すぐに踊子や湯女に鞍替えされちまう」

それからも愚痴と不平をまぶした繰り言で、甚右衛門と四郎左衛門は半ば呆れたように黙り込み、松葉屋の女将、多可は苛々と煙管を遣い、「神輿を他人に担いでもらっといて、文句の言い放題だ」と吐き捨てる。花仍もだんだん腹に据えかねてきた。

まったく、何様のつもり。誰のための普請なんだよ。

気がつけば、皆を睨め回していた。

「皆さんの仰せの通りです。手前どもも三浦屋さんも、歌舞妓の踊子や風呂屋の湯女に誰が入れ込もうが、痛うも痒うもございません。そう、客筋が違います」

三浦屋はいざ知らず、実は西田屋の内証も至って苦しいのだ。甚右衛門は惣名主になる前から町造りの事どもが第一で、己の蔵の中は常に後回しだ。売色御免を得るにも我が身を顧みぬやり方で、御公儀役人との交誼を得ぬことには何の交渉もできぬと、身銭を切って饗応し、音物も贈り続けてきたようだ。

そんな内情を先ごろ、番頭の清五郎から聞かされたのである。

そろそろ、承知しておいていただいてもよろしいかと存じますんで。

甚右衛門はせっかく桶に溜めた雨水を、惜しげもなく町政に注ぎ込む。まるで草木を丹精するかのように、町を育てようとしているらしい。道理で、清五郎は大福帳を前にしていつも苦虫を嚙み潰したような面持ちになっていたわけだ。

しかしそれをこの連中に訴えたとて、心に響くわけでないことは花仍にもわかる。己の事情に拘泥して愚痴ばかり達者な連中にこちらの事情を伝えても、前には一歩も進めない。

「なれど吉原全体で考えれば、とてもじゃないが踊子や湯女を見過ごしにはできません。傾城町として他人事ではないゆえ、こうして鳩のごとく集まって話し合っておるのではないですか。十月は休んで営業再開に備えるべしとの考えは、売色御免の町としての見栄じゃありませんよ。ええ、そんな鶏知な料簡じゃありませんとも。たとえ切見世の遊女でもさすがは吉原だと夢中にさせる、その仕掛けを創るために大戸を下ろして備えるんです」

皆を見回し、また言葉を継ぐ。

「この際、誰と寝てもよいという客なんぞ眼中からお外しになって、そうですとも、そんな輩は踊子どもにおまかせになればいい。でもって、まずは一意専心、抱え遊女をしっかり磨き上げようじゃありませんか。そうすれば、ねえ、お武家様、羽織さあん、なんて袂を引かずとも、向こうからわんさと押し寄せてきますよ」

勇みが過ぎて長広舌を揮ったらしいとわかったのは、誰もが押し黙ってしまったからだ。上座の甚右衛門は何とも奇妙な面持ちで中庭に目を投げ、四郎左衛門は空咳を落として腕を組む。花仍の正面に坐している海老兆の主が、ずっと茶を啜ってから呟いた。

「鶏知な料簡とはこれまた、えらい言われよう」

私、そんなことを口走ったかと掌で口許を押さえたが、多可が「出したもんは、もう拾えまへんな」とばかりに煙を吐く。ゆるりと煙管を煙草盆に置き、「まあ」と顋を上げた。

「わかったような、わからんようなお話だしたけど、はっきりしてるのは、営業再開までのひと月は準備で手一杯になるということだす。自身の見世だけでもてんやわんやになるのに、町で行なう催しやら飾りつけやら、決めなならんことがまだ山積してますやろう。商いをしながらこなすんは到底、無理な仕業だす。それに、先だって、仲之町に舞台を設えることになりましたわな。はあ、そうだす。うちの由蔵が連れてきた猿若勘三郎はんに、能狂言やら俄やらを頼んで客寄せしようとの名案。その演目をうちの由蔵が猿若はんと打ち合わせしてきたんやが、なかなか面白いことを考えついてますのや、うちの由蔵が」

多可は「うちの由蔵」と口にするたび、目の奥をぴかりと光らせる。

「おたくの若旦那が、何を考えつきました」と、海老兆が先を促した。多可はよくぞ訊いてくれたとばかりに、手を打ち鳴らす。

「先だって、太夫の道中を見物衆に見ていただこうやないかと決めましたやろう」

本来、太夫が馴染み客を迎えに揚屋まで出向くことが「道中」なのだが、十一月はこれを見物衆に披露しようとの思案が決まっていた。能舞台と同じく、新しい吉原を盛り上げるための催しの一つだ。

「うちの由蔵が言うには、道中を別々にするのはべつだん珍しいことやない。そやうて、すべての見世の太夫と格子女郎、禿が打ち揃うて道中したら、これは見応えがある。祭気分も高まるんやないかと、うちの由蔵がこない言いますのや」

するると、上座の四郎左衛門が「なるほど」とうなずいた。

「それは、京や大坂、長崎の遊郭にも例がありません。むろん吉原でも、初めての試みになりますな」

「そうだすやろ、これぞ妙策だすやろう」と、多可は両の眉を額の真ん中まで引き上げる。

「しかも、さらに由蔵は、その道中の前を町衆が練り歩いたらどないやろうと申しますのやわ。いえいえ、毎日やおません。これは初日だけで、吉原繁盛を祈願して皆でお稲荷さんに参詣するんだす」

「お稲荷って、町の四方に勧請することに決めた稲荷神社ずらか」と、誰かが訊いた。

「そうだすわ。どこぞの怪しい神社から禰宜を呼んできて祝詞を上げさせるより、この吉原のお稲荷さんに太夫らを引き連れて拝んで回るんだす。これぞ真の神事と違いますか。神事は祀り、祀りはお祭、それを見物衆にも見てもろうて、願わくば一緒に拝んでもろうたら、気持ちが一つになると由蔵は言うんだす。吉原贔屓の心が生まれる、と」

花仍は内心で、へえと舌を巻いた。上方で修業してきたとは聞いていたが、どうせ遊び半分だろうと見くびっていたのだ。それが、こうも筋道の立った案を出すとは、やはり大店の跡目を継ぐ者は大したものだ。子供時分は、あんな洟垂れの弱蔵だったのに。

「練り歩き、いいんじゃねえか」

甚右衛門も賛同して、多可は威勢よく「ほな、決まった」と声を高めた。

「そうとなったら、その道順に並び順も決めて、何度か実際に歩いてみななりません。ちょっとでも見場がええように、歩き方も猿若はんに指南してもらいまひょう。遊女らの道中も前もってきっちり段取りしとかんと、遊女同士、互いに競い心がありますよって、道中の最中に揉め事でも起こされたら目も当てられまへんで。な、皆さん。休みやいうても、ただのんべんだらりと骨休めするわけやないんだす。道中に出られるのは太夫に格子女郎、それとお付きの禿らだけだすけど、着付けは格下の女郎らにも手伝わさせんと、若い衆や遣手婆（やりてばば）だけではとても間に合いまへんわ。つまり吉原じゅうの遊女が初めて力を合わせて、一つ事をしてのけることになります。わたいらも、しかと気を入れて取り組みまひょう」

多可の口調の熱に巻き込まれてか、それとも煙に巻かれてか、不平不満を訴えていた者らは「否」を唱える気も失せた顔つきで、一斉に茶を啜った。

そして当日を迎え、町衆は「吉原繁盛」を祈願してこの仲之町の通りを練り歩いたのである。

先頭を務めたのは紋付きの小袖に肩衣（かたぎぬ）、袴（はかま）をつけた甚右衛門で、その後ろに四郎左衛門、海老兆の主らが粛々（しゅくしゅく）と続き、むろん多可も五ツ紋の小袖姿で連なっていた。

見物衆は神妙な面持ちで練り歩きを見守っていたが、その後ろに続いた遊女らの道中を見るや、どよめきが起きた。

花乃は清五郎、トラ婆(ばあ)と共に通りに出ていたのだが、事前の稽古(けいこ)を何度も目にしていたにもかかわらず、ふと胸が熱くなったほどだ。多可が予想していた通り、習練中はひどいものだったのだ。道中にも見世ごとに流儀があり、歩く速度や歩き方も異なる。

「もうちっと、速う行きねえ」

「何だと、おらが太夫に何てえ口をきく」

喧嘩(けんか)を始めるのは太夫らではなく、子飼いの禿らだった。仕込まれたはずの廓(くるわ)言葉も忘れて、敵愾心(てきがいしん)を剝き出しにした。一方、太夫らはそれを抑えられない。太夫はそもそも無駄口を叩かぬものだが、身につけている着物があまりにも重いゆえ、息を整えるのが精一杯なのだ。長襦袢(ながじゅばん)から襠(しかけ)まですべて合わせれば、三貫目ほどもある衣裳拵えである。

それがいかほど重いか、花乃は身をもって知っている。遊女の装いについては、大見世(おおみせ)、中見世(なかみせ)の女将ら二十人ほどが松葉屋の奥座敷に集まって、打合せをした。で、実際に着付けて考えてみようと、花乃が中央の屛風(びょうぶ)前に立たされた。

「脱ぎなはれ」

多可に命じられて、「は」と訊き返した。

「いや、あんさんが脱がんと、着付けを考えられまへんがな」

んもう、いつもいつも強引だ。

古着屋に運ばせた大葛籠(おおつづら)がでんと据えられたその脇で、花仍は湯文字(ゆもじ)一枚の裸になった。長襦袢を手にして花仍に羽織らせたのは、三浦屋の女将、久(ひさ)だ。練絹(ねりぎぬ)のひやりとした感触が乳房に当たる。火鉢の前に陣取って煙管を遣いながら指図(さしず)をするのは、やはり多可だ。

「長襦袢を二枚襲(かさ)ねて、その上に小袖を三枚。ちょっと、お花仍はん、何をしてますのや」

花仍は長襦袢の前を一枚ずつ合わせたのだが、久も「いけません」と前をはだけさせる。

「遊女の着物の襲ね方は京の内裏(だいり)で仕えた官女の慣いに従うもの。すべてを一つにして前で合わせて、それを一本の帯だけで結ぶのが、しきたりです」

「そないなことも知らんと、よう遊女屋の女将が務まってますなあ」

すると「務まってねえから、わっちらも苦労にござんすよ」と、やけにけたたましい声が聞こえた。前を直している久の頭越しに目をやれば、トラ婆が襖(ふすま)を引いて入ってくる。

「どうしたんだよ」

「助太刀(すけだち)に馳せ参じたに決まってるじゃないか。お前さんだけじゃあ、あえなく討ち死に」

　お為ごかしを言いながら、座敷の中をずいずいと歩いてくる。

　たぶん暇潰しだ。遊女らに相手にされずに手持ち無沙汰になっているところで、私の外出(そとで)を聞きつけた。

　しかしトラ婆は心得顔をして、「小袖を三枚」と呟きながら葛籠の中を覗き込んでいる。手に取ってばさりと広げたので、途端に埃と黴臭(かびくさ)さが辺りに舞い散る。花仍は思わず、派手なくさめを落とした。

「ああ、ああ、もう。唾を飛ばさんでおくれな」

　トラ婆は小袖の袖だけを花仍に通させて、その上に二枚、三枚と襲ねていく。前はまだ合わさず、はだけたままだ。久は「うぅん」と唸りながら、花仍の周りをぐるぐると回り始めた。トラ婆はまた葛籠に組みついて、あれこれと引っ張り出しては屛風に掛けてゆく。

「まだ物足りませんね。小袖をもう一枚、行ってみましょうか。はい、その小袖をお願いします」

　久が目に留めたのは、袖から裾に至るまで額縁のように別の生地を用いた豪勢な品で、それを着せられて肩にずしりと重みがのしかかった。

「しっかり立ちなって。足腰の丈夫なのが取柄だろうに」と、トラ婆に尻をばしんと叩かれた。女将らが「あれ、まあ、お気の毒な」と笑う。

　笑うくらいなら、誰か替わっておくんなさいよ。

　花仍は臍を曲げつつ、足を少し広げて踏ん張った。久が正面に立ち、長襦袢と小袖の身頃を一緒に摑んで前を合わせ、褄を整えてから帯を結ぶ。トラ婆が背後でそれを手伝い、フンッと気張って締め上げる。

「まだ、しっくりときまへんなあ。着る者が違うたら、こうも見栄えがせえへんものか」

　多可は腕組みをして、「トラ婆、その端の黒綸子を」と指図を飛ばした。上から羽織らされたのは、刺繡で雲と鶴、青松を描いた襠だ。

「ああ、ちょっとさまになったか」

　他の女将らも「ほんに」と満足げだが、こちとら、途方もなく重いものが総身にのしかかっている。ようやくこれで放免だと襠から腕を抜きかけると、久がついと腕に手を添えた。

「お花仍さん、そのまま立っててくださいよ。襠を羽織ったら、せっかくの帯が少ししか見えないのよねえ。何だか堅苦しい。もっと華やかにできないものかしら」

久は思案投げ首で、トラ婆に「帯、他にどんなものがあります」と訊ねた。

「へえ、へえ、いろいろござんすよ。南蛮渡りらしい枇榔度に、ああ、これは珍しい。とんでもない幅広だ。これは帯なのか、それとも坊主の袈裟がひょっくり間違って入ったのか。締めてみますか」

「ええ、存外に面白いかも」

それは花仍も初めて目にする幅で、通常は遊女も花仍らと同じ幅五寸ほどの帯を用いているが、見たところその倍、一尺はある。

「そんな幅広、結べるんですか」

訊ねたが、久とトラ婆は返答も寄越さずに黙々と襠を脱がせ、細帯を解き、前を合わせ直してから幅広を腹に押し当てた。長さも相当あるようで、二人がかりで躰に巻き上げ、しかし、ああでもない、こうでもないと言ってはまた解く。

「そうだ。いっそ前で結んだらどうかしら」

二人で花仍の正面に戻り、結んで折り畳んでを試しつつ思案し、その間、多可と女将らは干菓子と麦湯で一服だ。呑気なものだ。

「これで、いかがでしょう」

久がぱっと躰を開くようにして花仍の左手に移った。トラ婆は足早に座敷を引き返し、女将らの脇に立ってこっちを見やる。

「ええなあ、変わり蝶結びか。絢爛や」と、多可がうなずいた。

「蝶というより、心の字を書くつもりで結んでみたんですの。これ、この線とこの線で」と、久が花仍の前に身を屈め、空にさらりと文字を書いた。

「なるほど、心の字結び。よろしいやないか、上々や。褶も引き立つし、帯の前結びはこなさんの手で解いておくれとの、遊女の判じ物、恋文になります。褶の襟許が肩から落ちてるさまも艶だすわ。うん、久さん、これで決まりや。吉原ならではの姿を、これで披露できる」

それからも花仍は立たされたままだった。皆が周囲に集まってきて、「袖丈は手首が露わになっているのが尋常だけれども、隠れるほどの長さにした方が品がよくはありませんか」だの、「裾も対丈ではなく、少し長めの方が立ち姿が勝りましょう」などと頓着し始めたのだ。

花仍は重いのと暑いのとで、参る一方だ。生来の暑がり、汗かきであるので、冬だというのに己の蟀谷や鼻の下に汗粒が並んでいるのがわかる。

西田屋の内所に帰った時は首から腕、腰まで棒のごとくで、すっかり息が上がっていた。

「大層な疲れ方だねえ、案山子みてえに突っ立ってただけなのにさ。こちとら大仕事、草臥れたわえ」

トラ婆に小遣いを寄越せと手を差し出されても、抗う気力も残っていなかった。

しかし太夫らはさすが玄人というもので、本番では見事な道中を披露した。しずしずと内八文字を描きながら歩を進めるたび、幾重もの裾からさまざまな色が溢れ出る。

装いの数々は見世ごとの仕着せ、つまり主の側で揃いの着物を誂えることと決まったので、西田屋の用意は花仍が受け持った。多可や久に相談しながら、内心では費えも気にしながらであったけれども、いざ道中を目にすれば何とも言えぬ誇らしさで胸中が膨らんだ。

太夫である夕霧と辻花は、白綸子地に鳳凰を刺繡した襠だ。二枚の長襦袢、三枚の小袖、さらに小袖も白絹を用い、蹴出しにだけ緋色を用いた。帯は黒の緞子で、西田屋の紋である二ツ柏を銀糸で刺繍させた。いずれも糸から染めさせた新調品だが、御公儀からは衣の奢侈を禁じられているので、呉服商からいったん古着屋を通して納品させ、表向は「古着」ということにしてある。回りくどい方法だが、営業再開の初日は諸大名や旗本、高僧もお忍びで訪れると甚右衛門から聞かされていたので、その耳目を憚らぬわけにはいかなかった。

夕霧と辻花は従来の三倍近い衣を重ねているにもかかわらず、嫣然たる笑みを泛べている。前で心の字結びにした広帯の下に手を入れて襠の褄を取っている姿は、威風さえ感じさせる。髷は鬢を左右に大きく張った立兵庫で、襠の華やかさに負けぬよう、ふだんは挿さない櫛を三枚入れた。

格子女郎の瀬川と若菜、そして太夫に仕える禿らも同じく白綸子地の振袖で、こちらは鳳凰の羽に南蛮の花を大きくあしらった絵柄で太夫と対にしてある。

三浦屋の遊女らの装いは鮮やかな朱赤の襠、振袖で、柄は四季の花鳥尽くしだ。久らしい華やかな仕着せで、さらに各々の見世が贅を凝らした装いが続き、渋い欝金地に澄んだ水色、若緑と、真冬に百花繚乱の道中を披露した。

その遊女らの殿軍を務めたのは、若衆歌舞妓だ。猿若勘三郎は千歳緑の法被に身を包んだ仲間を三十人ほど引き連れて、朗々と木遣り唄をうたいながら歩いた。

これが何とも言えぬ大音美声で、町衆の練り歩きと遊女の道中に厳かさを添えたのである。花仍が思わず目尻を濡らしそうになったのはむろん甚右衛門や太夫らの晴れ姿を目にしたからだけれども、勘三郎の唄声にも心を揺さぶられた。

「聞き惚れるやろ」

いつのまにか松葉屋の由蔵が隣に立っていて、自慢げに呟く。

「うん。ほんと、いい衆を連れてきてくれた。お手柄だよ」

それは本心だ。ただ、多可が「うちの由蔵が」と吹いたわりには当人は役に立たなかった。練り歩きや道中の稽古で皆を指図したのは勘三郎だったので、そもそもは勘三郎から出た思案ではないかと花仍は睨んでいる。由蔵は誰かに何かを訊かれるたび「はて」「さて」と鼻の穴を広げるだけで、結句、勘三郎に相談せねば何も進まないのだった。

勘三郎は初日を見事に務めた後も毎日、吉原を訪れ、仲之町に設えた舞台で能、狂言、舞を披露している。そもそもは賑やかしのための趣向であったし、見物衆は初め、「何だ、野郎だけの歌舞妓か」と鼻を鳴らしたものだ。

舞台は昼見世と夜見世の間、つまり夕七ツから暮れ六ツの間で、西空が緋色に染まり、月が白く上がり、星も瞬き始める一刻だ。通りに面した家々の高張提燈にはむろん灯が入る。

勘三郎はその夕闇とさまざまな光のあわいで舞い、唄う。

やがて誰しもが見惚れ、聞き惚れた。いずれの演目も大層な出来栄えで、地面が持ち上がりそうなほど大受けしたのだ。

「かような悪所にこうも見事な芸があるとは、出向いてきた値打ちがござった」

「いや、恐れ入った」

「男歌舞妓とはいえ、大したものぞ」

武家衆でさえ感心しきりだった。その評判が評判を呼んで客寄せにもなっていることは、甚右衛門も認めるところだ。

勘三郎の仲間も揃って芸一筋の様子で、こちらが戸惑うほど生真面目だ。皆、勘三郎と同じく礼儀を弁え、遊女らに卑しい目を向けることもない。

「姐さん、どちらです。番頭さんがお呼びです」

階段下から若い衆の声が聞こえ、「ああい、今、下りるよ」と返事をした。

遊女らは昼の張見世に坐るまでの間は思い思いに過ごすのだが、内所は「誰にどんな客がついて、誰がお茶を挽いたか、昼夜合わせていかほど上がりがあったか」と昨日の商いを浚うので、何かと忙しない。

遊女屋の上がりは、客の種類によって現金と帳面に分かれる。張見世で籬の格子越しに気に入った女郎を決めて登楼する客は先払いで、しかしやがて馴染みとなり、身許も確かであれば節季ごとの払いが大半となる。

太夫の場合はまた異なっていて、そもそもいずこの見世でも太夫を張見世には坐らせず、つまり素見客らにまで姿を晒させない。客が揚屋に上がってから誰それを呼べと所望があり、揚屋から遊女屋に差紙が届いて初めて太夫は二階の自室を出る。そして禿らを引き連れて揚屋へ客を迎えに行くのがしきたりだ。

ただし揚屋はいわば貸座敷業であるので、その座敷でまず酒宴になる。幇間や芸者を招き、歌舞音曲や囲碁、将棋と、客の好みに合わせた愉楽でもてなす。それからようやく、太夫は客や幇間ら大勢を引き連れて遊女屋へと引き返してくる。

これは夜と限らず、日中も珍しくない。ことに諸藩の御家中は江戸屋敷の門限があり、外泊を禁じられている場合もある。夜も宴を開けるのは諸大名や大身の旗本、そして彼らをもてなす大商人だ。一晩で百両を超す費えとなることも珍しくなく、それは揚屋の実入りとなる。遊女屋は太夫の揚代を帳面に記しておき、節季ごとに揚屋から払いを受けるのが慣いだ。

むろん遊女屋でも贅を尽くして饗応するので、客はここでも費えに糸目をつけるわけにはいかない。客と遊女は盃を交わした仮初め（かりそめ）の夫婦（めおと）であるので、遊女屋はいわば我が屋敷なのだ。太夫自身はもちろん、可愛がっている格下の遊女や禿の衣裳まで拵えてやり、若い衆や遣手婆にも祝儀を弾まねば「吝嗇（けち）なぬしさん」と陰口を叩かれて男を下げることになる。

床入りはそんなこんなの宴の果てのことで、揚屋も遊女屋も客にいかに気持ちよく蕩尽させるかでしのぎを削る。

花仍は窓際で、「さあて、商い、商い」と勢いよく腰を上げた。と、窓外に若菜の姿を見たような気がして、ついと見返す。

やはり若菜だ。湯桶を抱えているので湯屋（ゆうや）に行っていたのだろう、頬や首筋が桜色に染まっている。花仍は若菜を名妓（めいぎ）に育て上げたいと発意して、和歌や書、踊り、琴に三味線など種々さまざまな師匠をつけて習わせているのだが、どうにも稽古嫌いで身を入れない。しかも当人は至って天真爛漫（てんしんらんまん）、憎めない性質（たち）であるので、花仍もつい甘やかしてしまう。そもそも女将としてはまったく貫禄（かんめ）が足りず役にも立たず、いつもトラ婆に小馬鹿にされているので若菜にも強いことが言えないのだ。

あれ、若菜ってば、間の悪いこと。

どうやら見物衆の波に巻き込まれたようで、通りを渡れない様子だ。まごまごとして、さっきの女童と同じ目に遭っている。

眉を下げるや、花仍は「ん」と、眼を格子に押しつけた。誰かが若菜の肩を抱くようにして、人をかき分けている。

あ、若菜の前へ出た。

右腕を伸ばして見物衆の背中や肩から若菜を守り、左の手は若菜の手をしっかと握っている。

「すいやせん。ちと、通しておくんなさい」

その声と顔は紛れもなく、勘三郎だった。

大階段を小走りで下り、花仍は階下に立った。

一階には通りに面した張見世と暖簾を掛けた玄関口、そして内所の広間と台所がある。

遊女らが客の相手を務める部屋と宴用の座敷はすべて二階に集めてあり、客は暖簾を潜って式台から板敷きに上がり、武家は刀を清五郎に預けてから二階へと案内される。これはいずこの遊女屋も同じで、此度の普請で一斉に揃えた間取りだ。牢人や凶状持ちなど不逞(ふてい)の輩(やから)が登楼した際に逃さぬようにするのが目的で、階段も玄関に向かって一直線に駈け下りられぬ位置に付けてある。

花仍は客からの視線防ぎに立てた大屏風の脇を通り、広間へと入った。

畳敷きでは遊女らが銘々に朝膳を摂り、左手の板間では料理番の若い衆が俎板(まないた)の前に坐して魚を下ろし、火鉢で汁を温め直している者もある。板間の下には広土間があり、荒神(こうじん)を祀って榊(さかき)を立てた大竈(おおかまど)がずらりと並び、盛んに湯気を立てている。

「お早うさんにござりいす」

遊女らに挨拶をされ、「お早う」と口早に応えて奥へと進む。己でもよくわからないが、胸の裡(うち)がざわついている。

障子屏風を立て廻した一角に、清五郎とトラ婆が待ちかね顔で坐っていた。

ここは主である甚右衛門の座敷で、長火鉢の背後に大きな陽物(ようぶつ)を祀った縁起棚、かたわらには帳箱と帳場箪笥(ちょうばだんす)が並び、中庭に面した窓障子の下は地袋(じぶくろ)で、遊女が取った客数を示す看板板(かんばんいた)、金銀出納帳(すいとうちょう)、状差しが吊るしてある。

だが甚右衛門は、滅多(めった)とここに坐していない。いつもながら町政で忙しく、今は評定所や大名、旗本の屋敷を訪ねては「歌舞妓、女舞(おんなまい)の禁止」を陳情して回っている。

「お待たせ」

縁起棚を背にした上座に腰を下ろすと、清五郎がさっそく身を乗り出した。トラ婆は何とも渋苦い面持ちで煙管を遣っている。

「実は、若菜のことなんですが」

眉間に縦皺を刻み、声を潜めた。

「あら、番頭さんも」

「は」

「いいえ、何でも。若菜がどうしたの」

「いい客がつきそうなんですよ。先だって、夕霧さんの座敷に若菜も招かれたでしょう」

「ああ。姫路(ひめじ)の殿様の御家老」

「さようです。その宴に同席していた米穀商が若菜にぞっこんになっちまったようで、松葉屋さんを通じてご指名があったんですが」

「何だ。めでたい話じゃないの」

清五郎の顔を見返した。若い頃の清五郎は見世の女らが岡惚れするほどの男ぶりで、しかし武士上がりだけあって甚右衛門を主君のごとく仰いで仕え、女房をもらわぬどころか浮いた噂の一つもないまま番頭業に一筋だ。

トラ婆は何か存念があってか、珍しく口をはさまずに煙を吐く。

「さよう、めでたい話です。ひょっとしたら身請け(みうけ)して妾(めかけ)になんてぇ話になるかもしれないと、松葉屋の女将も大乗り気で」

遊女奉公にはそれぞれ、年季(ねんき)というものがある。暮らしに困窮した親がわずか三、四両の金子に困って幼い娘を女衒(ぜげん)や遊女屋に売るのだ。給金は前借りという形で親に渡され、娘はその額に応じた年季を勤め上げる。しかしそこには利子が付くうえ、客を取れる年齢になるまでの年数は勘定に入れぬのがしきたりだ。西田屋の場合、十年前後の年季が多い。

ただ、年季が明ける前に売色稼業から脱け出す方法が一つだけある。それが「身請け」だ。客が遊女の年季証文を買い取り、身柄を引き取るのである。その費えは莫大で、年季の残額はむろん、遊女屋は身請金を加算するし、さらに見世の者らに配る引(ひき)祝(いわい)と呼ぶ祝儀(しゅうぎ)も生半可ではない。

若菜は格子女郎であるので太夫ほどは掛からないだろうが、それでも七百両は下らないはずだ。

「商いの再開早々に身請けがあったら縁起がいい、町を上げて祝おうじゃないかと松葉屋さんはおっしゃるんですが、それは先走り過ぎとして」

「ほんと。まだ初会もしてないのに」

客と遊女が直に会うことを、「初会」という。

「ただ、ちっとばかし気になるのは、若菜は近頃、お客を軒並み、振ってんですよ」

清五郎は膝の脇に置いた帳面を手にし、中を開いて長火鉢の猫板の上に置いた。見れば、営業を再開して以来、若菜はろくすっぽ客を取っていない。

「どういうこと。こんな自儘、とんでもないじゃないか」

思わず声が大きくなった。客を振るのも相手を夢中にさせるための手練手管ではあるが、これはひどい。稼業に身が入っていないとしか思えない。

トラ婆の皺深い頰がようやく動いた。

「わっちは何度も注意したさ。けど、毎日、稽古、稽古でへとへとだ、眠くて眠くてと零すんだよ。さすがに業が煮えて、いつまでもそんなじゃ、お前は三十、四十になっても年季が明けないよ、借金まみれのまま端女郎の身分に落とされて、それで病でも得たら行燈部屋に放り込まれてお陀仏だ。え、そんな酷い末路を迎えたいのかえと脅しつけてやった。したら渋々、客を取った。ところが事もあろうに」

トラ婆はカッと目を剝いた。

「あの馬鹿、同衾の最中に、本腰入れて寝ちまいやがった。高鼾とは大した度胸だと大層なお叱りを受けて、わっちは祝儀を取り上げられちまったよ。わっちら遣手は見世から給金が出ない身の上だ。客からの祝儀だけで暮らしを立ててるというのに、え、どうしてくれる」

煙管の雁首（がんくび）を火鉢の端に当て、うるさく音を鳴らしながら詰め寄ってくる。

「そりゃ、若菜の料簡違いだ。でも、あたしのせいみたいな言い草をするね」

胸の裡がキヤキヤとしてきた。広間に目をやれば、遊女らが互いに目配せをし合っている。

「その通りだろう。何を考えて稽古をつけてやってるのか知らないが、土台はお前さんのせいさ。可愛がり過ぎなんだよ。甘やかすからだ」

若菜には吉原一の遊女になってもらいたい。それは、花仍が密かに持っている願いだ。

遊女はただ脚を開くだけじゃない。見目麗（みめうるわ）しく素養が深く、そして歌舞妓の踊子に負けぬ諸芸に秀でる。であればこそ、客が遊女を選ぶのではなく、遊女が客を選び取る。

そんな奇跡が起きるはずなのだ。吉原はこの日ノ本（ひのもと）で唯一の、傾城町になる。

「若菜さん」

広間で誰かが声を上げた。首を伸ばせば、若菜め、暢気に首筋から上を桜色に染めてのご帰還だ。

だいいち、今までどこで油を売っていた。

「今日もえらい混雑でありいすよお。真っ直ぐ歩けねえほどで」

「若菜ッ、おいで」

こっちの頭から湯気が立ちそうだ。若菜は怪訝な顔で近づいてきて、清五郎の隣にすとんと腰を落とした。湿って色を変えた桶を抱えて皆を見回し、掌をひらりと動かした。

「そう、そう、ちょうど良かった。姐さん、わっちはこれから身を入れて務めいすから」

いきなり切っ先を躱されて、花仍は目をしばたたく。

「和歌と書はどうしても不得手でありいすが、踊りとお琴は好き。これからはお三味線、笛と太鼓も精進しいすよ」

「あ、そう。なら、いいけど。いやいや、良くない。お前、近頃、お客を振ってばかりだそうね。気を入れて稼がないと、年季が延びちまうよ」

すると若菜はあどけない顔つきで、「わかってます」とばかりに顎を引いた。

「あと四年。四年経ったら年季が明ける。それまで性根を入れて稽古に励むし、一心に稼ぐと心に決めいいした。姐さん、番頭さん、トラ婆、わっちは吉原一の売れっ妓になってみせるゆえ、向後もよろしゅうお引き回しのほどお願い申しいす」

手をつかえ、といってもも桶を膝上に抱いたままではあるが、神妙に頭を下げるではないか。

「じゃあ、しかとお励みよ」

花乃は声が弾みそうになるのを抑えるのが精一杯だ。

吉原一の売れっ妓になってみせる。

若菜に念願が通じたような気がして、無性に嬉しい。

「またそうやって、すぐにほだされる。お前さんを籠絡するに、何の手管も要らぬわえ」

トラ婆は口をへの字にしたが、こちとら、トラ婆の底意地には慣れている。清五郎は「では、私はこれで」と花乃に目礼して立ち上がり、広間に入っていく。

「昼見世まで時がねえぞ。支度を怠るな」

清五郎が皆に飛ばす声は実に勇ましく、二階にまで届きそうな響きがある。花乃はつい昔の癖が出て、「へい」と応えていた。

夏も盛りを迎え、中庭では蘇鉄が濃い影を落としている。

見世の者らが「奥」と呼ぶここは夫婦の住まいで、中庭を挟んだ向こう側が内所だ。

花仍は甚右衛門の背後から絽羽織を着せかけた。昨日、日本橋の名主の家で不祝儀があったらしく、弔問に出掛けることになっている。吉原の惣名主としては、他の町との交際もなおざりにできぬ仕事だ。

外出までまだ時があるようで、甚右衛門は中庭に向かって巡らせてある広縁に坐した。花仍も腰を下ろす。時々、風鈴が揺れる。

「近頃、見世はどうだ」

「ええ。皆、よく奉公してくれてますよ。大繁盛。そりゃあ、去年の今時分はお武家様がおいでにならなくて、一時はどうなることかと冷や汗のかき通しでしたけれども」

「あれは仕方がない。いず方も、京へ上られたんだ」

昨元和七年六月、大樹公の八女である和子様が帝の女御として入内した。京に上るその行列の供奉を務めるために、おもだった武家は揃って江戸を発ったのだ。入内の行列は壮麗を極め、先頭が御所に入っても後尾はまだ二条城を出ぬほどだったらしい。行列を見物しようと集まった上方(かみがた)の衆で京の都は沸き返り、遊廓も大賑わいだとの噂が江戸にまで届いた。

　一方、吉原を訪れるのは町人ばかりで、武家を上得意に持つ西田屋、三浦屋では閑古鳥(かんこどり)が鳴いた。

「ですが若菜はあの時でさえ、お茶を挽きませんでしたよ。張見世に坐るなり指名が入って、しかもあの妓は相手がお武家であろうと町人であろうともてなしに区別をつけません。愛嬌者ですから、どなた様にもそれは可愛がってもらっています」

　若菜は自ら口にした通り、それは気を入れて勤めに励み、今や、稼ぎに稼いでいる。稽古にも熱心で、とくに踊りの師匠からは「よき形にござんすよ」と太鼓判を押されたほどだ。花仍にはよくわからないが、踊りの修練によって歩き方から坐り方、所作、目の動かし方まで、躰(からだ)の形が決まるようになるらしい。

「いい格子に育ったものだと、清五郎も褒めていたぞ。粗忽(そこつ)で何の考えもねえ、ただ明るいだけの娘だと先行きを危ぶんでいたようだったが、誰かさんのお眼鏡(めがね)にかなったのが若菜の運だったたろうってな」

「どなたです、その眼鏡ってのは」

　甚右衛門は「ん」と目尻に皺を寄せ、苦笑いをするばかりだ。

男ってのは、どうしてこう判じ物めいた物言いをしたがるのだろう。口数を惜しむから、いつも煙に巻かれた心地になる。けれど、ま、いいかと、こちとらもあまり拘泥しない。大事なことなら、また口にするだろう。

「それはそうと」と、花仍は膝を回した。

「太夫にする件、考えてくださいましたか」

若菜を太夫に格上げできないものかと、すでに何度か掛け合ってきている。だが甚右衛門も清五郎も「太夫にする妓は、禿からそうと見込んで育てるものだ」と、乗り気ではない。

「考えてはいるが、どうだろうな。しかもあれは、来年の末には年季を終えるだろう」

「なればこそ、です。太夫として年季が明ければ、嫁ぐにしても相手の格が変わりましょう」

「そういや、身請けの話もあったと聞いたが」

「お前様、いつの話をしてんです」と、軽く睨みつけた。

まったく。己の見世のこととなったら、途端に頓珍漢だ。

「もう何年も前ですよ。米屋の爺さんでしょう」

甚右衛門は「そうか」と空とぼけて、鼻の脇を掻く。

「あの米屋ってば、てんで話になりませんでした。初会から裏を返しもせずにいきなり妾になれ、ですから。あんな吝嗇ン坊に奉公するなんぞ、若菜がもったいない。こっちから願い下げでしたよ」

初めて客と会った遊女は同衾しないどころか、ほとんど声を聞かせず酌もしないのが尋常だ。それでも気に入った客はだいたい七日のうちに、再び指名してくる。これを「裏を返す」といい、この時、遊女はようやく客と言葉を交わし、酒を酌み交わす。そして三度目の登楼で床入り、晴れて「馴染み客」となるのだ。

しかし米屋の爺さんは初会からしばらく音沙汰がないままで、誰もが忘れた頃にひょっくり、「妾奉公を」との申し入れを松葉屋に寄越した。

ほんまに、この吉原のしきたりを何やと思うてるんやろう。手っ取り早う事をお運びになりたいんやったら、妾専門の口入屋(くちいれや)にお頼みやすと、追い返してやったわ。

多可は憤然としていた。

「若菜がもったいない、か」

甚右衛門が少し笑ったような気がして、その横顔を見た。

「他の見世も皆、繁盛だといいんだが」

庭に目をやったまま、声音がふと硬くなった。花仍はすぐに察しがついて、溜息を吐く。

御公儀の後ろ盾があっても、やはり歌舞妓の女らの人気は根強かった。舞台で衆目を集める踊子と寝られる、しかもそれが吉原の数分の一の値なのだ。一時は捌き切れぬほど訪れた客の足が、今は次第に遠のきつつある。それは大見世ではなく、やはり中見世や小見世からなのだった。

「もっと厳しく取り締まってくだされればよいのに」

「奉行所も手が足りぬのだ。歌舞妓だけに、かかずらわってはいられねえ」

花仍には、妙に心に残る景色がある。

いつだったか、踊子と遊郎らが徒党を組んで大門口から入ってきた日があったのだ。暴れようものなら今度こそ叩きのめしてやると心張棒を摑んで外に飛び出したが、彼らは騒ぎもせず、じっと舞台を見上げていた。勘三郎の一挙手一投足に眼差しを注ぎ、耳を澄ませているかのように見えた。そしていつしか姿を消していたのだ。まるで夕闇に溶けるかのように、いなくなっていた。

あの妖しいまでの気配を思い出すたび、何やら底知れぬ気がする。

「勘三郎さんの若衆歌舞妓、もっと人気が出てくれないかしら」

気を取り直して、わざと軽い口調で言った。

「そしたら踊子らに太刀打ちできるのに」

仲之町の舞台が大受けであったので、それが評判となってもっと客を集めるだろうと思っていたのだが、由蔵は「なかなか」と肩をすくめていた。相変わらず中橋新地の掘立小屋で仲間と共に住み、方々の河原や祭、縁日を回っては細々と演っているようだ。

そういえば、若菜と勘三郎はどうなったのだろうと、気懸りを思い出す。

仲之町がまだ混雑を極めていた頃、二人は手に手を取って通りを渡っていた。ただそれだけのことだったが、妙に気になった。それからも時折、舞台の袂で立ち話をしている姿を見かけた。若菜は踊りの手振りを教えてもらっている様子で、それは明るい面持ちをして笑っていた。

この二人はひょっとしてと思い、けれどトラ婆に相談すればすぐに皆に知れ渡ってしまう。清五郎にも言わずに、そっと気をつけるに留めていた。

だが商い再開の催しを終えた後、勘三郎は吉原を訪れていない。そして若菜も、外出をしている様子がない。西田屋では遊女が外出をする際は必ず若い衆が供につき、駕籠を用いるのが慣いだ。万一、大門の監視を潜り抜けて外で逢引きしようものなら、厳しい折檻が待っている。そこで間夫を持つ遊女らは「身揚がり」として揚代を自ら払い、つまり己の時間を買い取って惚れた男との逢瀬に当てる。しかし帳面を見れば、身揚がりをした日は一度もない。考えたら、あれから二年と半年も経つのだ。二人の仲はさほど進まなかったのか、それとも元々、私の思い過ごしであったのか。

トラ婆に言わせれば私は「とんだ鈍物」らしいから、見当違いだったのかもしれない。

「親仁さん」

見れば、若い衆が広縁で片膝をついている。

「番頭さんが、そろそろ参りましょうかとおっしゃってます」

甚右衛門はうなずいて、腰を上げた。

暮れ六ツ、夜の張見世が始まった。

若い衆が縁起棚の天井から吊り下げてある大鈴を打ち鳴らす。それを合図に通いの芸者が三味線を持ち、清掻を弾き始める。

惣籬の前には早や遊客や素見客が群れをなし、盛んに喋り立てているのが内所でもよく聞こえる。二階から次々と、夏衣裳をまとった遊女らが下りてきた。端女郎、そして格子女郎と順に張見世へと入っていく。花仍はその出入り口の前の板間に坐り、「行っといで」とばかりに見守るのを近頃の常としている。

瀬川が花仍に会釈をして入り、最後に大階段を下りてきたのが若菜だ。今夜の襠は肩から裾へかけて七色の斜め縞を刺繡してあり、その上にさらに琴、松、風などの文字を大きく鹿子絞りで描き出してある。滅多とお目にかかれぬ大胆な色柄だが、若菜はこれを若々しく着こなしている。

「姐さん、行ってきいす」

若菜はきっかりと花仍に目を合わし、いつもの笑顔を見せた。

「また。歯を見せて笑っちゃいけないと言ってるだろ」

叱ると、うふとばかりに肩をすくめる。これは近頃、二人で交わすお決まりだ。縁起担ぎに切火を打つようなものだ。

そして若菜は面持ちを凜と引き締めて背を立て、張見世の中へと足を踏み入れる。途端にざわめきが大きくなる。

「いよう、待ってました、若菜さんッ」

やんやと声がかかる。そして若菜は堂々たる裾捌きで進み、緋毛氈が敷かれた中央に腰を下ろす。そこは格子女郎の中で、最も格の高い者が占める座だ。若菜は先輩である瀬川を抜き、西田屋で二人の太夫に次ぐ遊女になっている。

張見世の壁には煌びやかな鳳凰が描いてあり、大行燈の灯が瞬くたびに鳳凰の羽が揺れるかのようだ。

若菜は漆塗りの煙草盆から煙管を持ち上げ、格子の外に向かって誘うように差し出す。またどよめきが起きた。

花仍がいる内所からはもう見えぬけれど、若菜がどんな笑み方をしているかはわかっている。

華麗さと、童女のごときあどけなさが渾然となった微笑だ。

七月に入ると、吉原は町じゅうで織女牽牛の星を祭る。

屋根の上に並べた天水桶に笹竹を立て、色とりどりの短冊に鬼灯、扇を吊るして飾るのだ。

早朝、大門口から初秋の空を見上げれば壮観で、笹竹は風に揺れるたび、さわさわと葉擦れの音を立ててしなる。

今夜は星がさぞ綺麗だろうと思いながら、花仍は表を掃き浄めた。本当は若い衆の仕事なのだが、この頃は自ら箒を持ち、水を打つ。最近は女将として内所に坐る時間が長くなり、滅多と市中にも出られぬので、こうして雀の声を聞きながら動くと気持ちが入れ替わる。時々、ひとりで町内四方にある稲荷神社に詣でたりもする。

「よろしいですか」

呼ばれて振り向くと、二ツ柏を染め抜いた暖簾から清五郎が顔を突き出している。その背後から若い衆が出てきて、手を出す。箒を渡し、敷居を跨いで内土間へ入った。清五郎は板間で待っていて、花仍も下駄を脱いで上がる。清五郎は左手の広間ではなく、階段の向こうへと進んだ。真っ直ぐ行けば湯殿、左手の角を曲がれば奥だが、右へと折れる。

そちらには奥だけで用いる出入口があるのだが、何用だろうと花仍は首を傾げながらともかく後に従った。清五郎とは子供時分からのつきあいだ。こういう時に余計な問いを発しても、無言で返されるのが落ちであることは承知している。

清五郎は廊下に面した納戸の板戸を引き、静かに身を入れた。ますます解せない。普請時に新たに設けた予備の納戸で、甚右衛門が書庫代わりに使っているだけの部屋だ。

だがそこには、人影が二つあった。四十がらみの男と同じ年配の女で、両人とも見覚えのない顔だ。花仍が足を踏み入れると、清五郎が板戸を閉めた。小窓が付いていているが隣家が迫っているので、さして陽が差さず薄暗い。

清五郎と並んで二人の前に腰を下ろした時には、察しがついていた。

男は野良着一枚の裾をからげ、古びた股引だ。己の膝頭を揉むように、節の高い指をしきりと動かしている。女も継ぎの多い単衣で、垢じみた胸許から覗かせているのは痩せた乳房だ。

おそらくうちの妓の親か、兄姉だ。

「西田屋の女将さんだ」

清五郎が硬い声で告げた。二人はもっそりと居ずまいを改め、溜息を吐いた。

「女将さん、お助けくだせえまし。もはや、どうにもならねい。このままじゃ、一家五人、埒が明かねいだらず」

訛りの強い言葉で、男はいきなりまくし立てた。

「うちのおさんは、按配よう務めてか」

花仍に阿るような目を向けてきたのは、女の方だ。

「おさん、ですか」

すると清五郎が俯いたまま顔だけを近づけて、潜め声で口を添える。

「若菜です。こちらは、若菜の両親で」

その刹那、胸が塞がる思いがした。

「いやあ。信濃から江戸に冬奉公に出てきたんだが、どうにも稼ぎが追っつかねいで、そしたら女房が祖母さに坊っこと赤さを預けて出てきちまって、じいと観念して待ってろと言い置いたに、聞き分けのねえことだらず」

すると女房がすかさず、亭主の膝を掌で張った。

「冬奉公は、雪が融けて春になったら帰ってくるもんだわね。それをお前さは夏になれど秋になれど姿どころか金子も文も寄越さねえで、おらたちは味噌玉も無うなって乳も出んで、どうやって暮らせと言うだらず」

亭主を脅すように言いかぶせた。

「番頭さん。親御さんは、何をご所望なんだい」

「前借りです」

やはりそうかと、膝の上で重ねた己の手と手をきつく合わせ直す。

「それは、いかほど」

「いやあ、さすが女将さんは話が早ぇだらず」と、父親は欠けた前歯を見せた。

「五十両。いや、七十両ほど用立ててもらいてえ」

「七十両も」

声が鋭くなる。すると母親が、やにわに声を大きくした。

「借金が嵩んじまって、もう首が回らねえだらず。うちの人は江戸に出たまんま滅多と帰ってこねえし、祖母さは病がちで働けねえし、坊っこはまだ五つで奉公に出しとうてもどこも雇ってくれねえだらず。そのうえ、また赤さまで拵えちまって。駄目だって言ってんのに、この人、こらえ性がねえから」

閨を思わせることまで口走って、母親はまた亭主の膝を掌で撲った。

「この西田屋で七十両を前借りするってことがどういうことか、わかっておっしゃってんですか」

花仍は二人に目を据えた。父親はもそもそと無精髭の顎を動かし、母親はブンと口を尖らせる。

「あの妓は来年、年季が明けるんですよ。十で売られてきて見習い奉公を七年辛抱して、端女郎から始めて格子女郎に上がって、あと一年勤め上げたら、この稼業からやっと足が洗えるんです。来年ならまだ二十一ですよ。嫁ぐことができるし、子も産める。今、ここで親に七十両も前借りされたら、あの子の先行きはどうなるんです」

遊女屋の女将としては、あの手この手を尽くして年季を延ばすのも腕のうちだ。花の盛りを過ぎている女は別にして、若菜はまだまだ稼げる。けれど花仍としては、あと一年のうちに吉原の頂に立たせ、それこそ大名か旗本に身請けをされて、町じゅうに祝われて見送ってやりたいと願うのだ。

花仍は見たいし、他の遊女らにも見せてやりたい。親に売られた娘が、売色の果てにようやく摑み取るものを。

父親はまだくどくどと泣き言を申し立てているが、いっこう耳に入ってこない。花仍が相手では埒が明かぬと思ったのか、今度は清五郎に取り縋るような声を出した。

「おさんに、会わせてくれろ。したら、おさんのことだ、きっと吞み込んでくれるはずだらず」

「会わせるもんですか。こんな強欲な親に会わせられるわけがない」

花仍は即座にはねつけた。すると母親が顔色を変えた。

「強欲は、どっちだらず。吉原は日銭千両が動く町だと、信濃にも聞こえておるだぞ。七十両ぽっちでおさんの先行きがどうにかなるのは、お前さん方が付ける利息が厳しいからだろうが。ろくろく飯も喰わさねえで躰売らせて、着る物から何から全部、借金に上乗せしていくんだろ。その上がりのおかげで、こんな立派な見世を構えて。え、いったい、誰のおかげだ。女の躰のおかげだろう。おらは、その躰を産んだ母親だらず」

猿（ましら）のごとく鼻の頭に皺を寄せ、歯を剝いた。

「嘗（な）めるでねえぞ、畜生が」

清五郎が「おい」と、声を低めた。

「口が過ぎる。叩き出すぞ」

母親はびくりと肩を震わせ、声を上げて泣き始めた。もう死ぬしかない、おさんに会わせろ、この人の甲斐性（かいしょう）がないばかりにと言いつのり、博奕（ばくち）が云々とまで口にして、涙と洟（はな）を垂らす。父親が作った借金には博奕もかかわっているようだ。

当の父親は土色の顔をして、目を伏せたまま声を震わせた。

「子が親を助けるのは当たり前だらず。あの子なら、きっと助けてくれる。親きょうだいを見捨てるはずがねえ」

花仍は清五郎に目配せをして、納戸の外の廊下に出た。

「どうしよう」

甚右衛門に相談しようにも、先月から他町の名主らと上方に上っている。寄合を兼ねた旅で、伊勢（いせ）にも参詣するようだ。その帰りに、自身の在所である駿府（すんぷ）にも立ち寄るつもりだと聞いていた。

「若菜を呼びますか」

「会わせたくない」

「ですが、このまま帰すわけにもいかんでしょう」

「前借りを許せって言うの。そしたらあの親、また借りに来るよ」

「本人に決めさせるしかありません。これっぱかりは、私らは立ち入っちゃならねえんです」

清五郎はついと顔を上げた。

四半刻も経たぬうちに、若菜は納戸から出てきた。

二階に呼びにやらせた時は寝衣のままで、「何ごとでありいすか」と寝惚け眼だった。しかし今はやけにきっぱりと背筋を立て、頭を下げる。

「姐さん、番頭さん。前借りをお願いしいす」

花仍は思わず腕を摑んだ。

「ちゃんと考えたのかい。年季、延びるんだよ。あと一年なのに」

「わかってます」

「いかほど渡すことにしたの」

「百両」

「百」

後の言葉を遮るように、若菜は花仍に目を合わせた。

「その代わり、縁切状を書かせます」

言うなり、目の下の涙袋が色を変じた。恥と怒りの紅色で、みるみる膨れていく。

「もう、親でも娘でもねえだらず」

顔じゅうが紅潮してしまったが、涙の一粒も泛べず言い切った。

「わかった。番頭さん、用意してやっとくれ」

若菜から目を逸らさぬまま、背後に立つ清五郎に命じた。

「かしこまりました」

三人で廊下を引き返し、広間を横切り、障子屏風を立て廻した座敷に入った。

清五郎は帳場簞笥の前に坐り、筆と切紙（きりかみ）を出す。甚右衛門は家を留守にする際、己の名と花押（かおう）を記した紙を清五郎に預けておくのが慣いだ。百両もの前借り証文と親子の縁切状は、あっけないほどの速さで用意された。

甚右衛門の名の並びに、筆を持った若菜が名を記した。

立派な字を書くようになったと、花仍はふと思った。

清五郎は金子と証文、縁切状を硯箱に入れ、その上に袱紗（ふくさ）を掛けて腰を上げる。ちらりと若菜を見下ろしたが、そのまま声をかけることなく、花仍に目顔で合図を寄越した。

じゃ、済ませちまいます。

よろしく。

若菜は身じろぎもせず、窓障子の向こうの中庭にぼんやりと眼差しを投げている。

青物売りが台所に出入りし始め、花仍は何とも落ち着かぬ心地になって外へ出た。若菜は昼見世まで二度寝すると言い、再び二階へ上がった。清五郎からは、父親が何の躊躇もなく縁切状に名を記したと聞いた。

廓に売り渡したその時から、縁は切れてるものと思い定めておりましただらず。

勝手なことを言うと、またも肚の中が斜めになる。

売り渡した時は「捨てた」んだろう。捨てたにもかかわらず、親子の縁を振りかざして頼ってきたのは、あんたらだろう。何て身勝手な。

懐手をして、花仍は朝の喧騒の中を闇雲に歩く。

若菜の年季はあと何年、延びることになるのか。清五郎が利息を勘定するまで見当がつかないが、五年、いや六年は先になるかもしれない。そこに考えが行くと、何とも若菜が憐れになる。いかに着飾ったとて、所詮は一晩に何人もの男の相手をする売色稼業なのだ。あと一年が六年とは、やはり酷い。

酷い年数だ。

「よう、鬼花仍。今朝はまた、ひときわ怖いなあ」

通りの向こうから声をかけてきたのは、松葉屋の由蔵だ。

「今、虫の居所が悪いんだ。話しかけないどくれ」

「それは見たらわかるけど」

と言いつつくるりと躰の向きを変え、肩を並べて歩き始める。

「ちょうど、あんたんとこに相談に行こうと思うてたのや。勘三郎はんが、西田屋さんに挨拶したいと言うてるよって」

聞き流して、ともかく歩く。

「あと一年やもんなあ。あの二人、ようここまで我慢したわ」

足が止まった。背後で「おっと」と声がして、魚桶を担いだ男がかたわらをすり抜けていく。

「何や、何や、急に立ち止まるなよ。危ないやないか」

「今、何つった」

「急に立ち止まったら危ない」

「その前ッ」

由蔵は太い下がり眉をさらに下げ、しきりと目瞬（まばた）きをする。

「ああ、勘三郎はんと若菜ちゃんのことか。ほれ、あの二人、若菜ちゃんの年季が明けたら一緒になろうて約束してたやろう」

「約束」

「そや。勘三郎は西田屋に揚がれる銭を持ってへんし、若菜に自腹を切らせるのはどうしても厭（いや）やと。それで互いに一人前になるまでは会わぬと誓いを立てて、いや、文のやり取りだけはわしが仲立ちしてたんやけどな。え、文を知らんかったか。そうか、てっきり気づいてると思うてたが。そやけどこの二年半、二人ともよう辛抱したで。若菜ちゃんは勘三郎の女房にふさわしゅうなろうと、芸事にも身ぃ入れて励んでたやろう。晴れてこの吉原を出たら一緒に猿若の一座を立ち上げるのやと、そないなことまで語り合うてるらしいな。で、余すところ、やっと一年や。そろそろ正式に西田屋に挨拶しとかんとまずいんと違うかってわしが言うたら、それもそうやとなって。甚右衛門さんは、いつ上方から帰ってきはるのや」

花仍は空を仰いだ。

笹竹の緑が揺れている。短冊や扇も一緒に揺れている。

私は何と、手前勝手な夢を描いていたことだろう。

地獄を極楽だと思いたかったのは私だったのだ。若菜はまるで別の景色を見ていた。

「鬼花仍、大丈夫か。おい、どないした」

あの木遣り唄が聞こえたような気がしたが、やがて七夕の空へと吸い込まれていった。

四　星の下

「何てこと」

語尾が掠(かす)れて、花仍(かよ)は二の句が継げなくなった。

「申し訳ありやせん」

清五郎(せいごろう)が頭を下げる。上座に坐す甚右衛門(じんえもん)が、「いや」と頭(かぶり)を振った。

「お前が詫びることじゃねえ」

「そうさ。太夫(たゆう)たるもの、孕(はら)まぬようにするのも心掛けの内さね」

トラ婆(ばあ)は口の端を歪めて吐き捨てた。

「そんな言い方、あんまりだ」

花仍がすかさず返すと、トラ婆はじろりと睨(ね)めつけてくる。

太夫は他の遊女のように、毎晩、幾人もの客の敵娼を務めるわけではない。一晩に一人としか寝ないというのに何でまた孕むのだと、トラ婆は言いたいらしい。詮無いことをと花仍は溜息を吐きつつ胸許から懐紙を取り出し、蟀谷を拭った。

秋になったというのに、今朝は薄暗い空だ。梅雨どきのような生温かい風が中庭の枝々から流れてきて、躰はじっとりと汗ばんでいる。

清五郎とトラ婆が奥に顔を見せた時、束の間、妙な気がしたのである。たいていの相談事は見世の内所で済ませるのが常で、この二人が揃って奥に顔を出すのは珍しい。用件を聞いた今となっては、確かに他の遊女らの耳を憚る必要がある。しかも甚右衛門がまだ外出をしない時分を見計らって、足を運んできたのだろう。

「相手の目星はついてるのか。情男はいねえはず、だな」

甚右衛門が訊くと、清五郎が「へい」と応えた。

「寺社参詣にかこつけて外出をすることは一切しておりやせんし、身揚がりもしておりやせん」

膝の脇に置いた大福帳を手にした。が、それを広げることなく先を続ける。

「月のものが止まってふた月になると言ってやすから、閏四月頃にお相手した客だということになります。帳面を繰りましたら、その時分もほぼお茶を挽いた日がございやせん。延べ二十八人の客がつきやした。その中でとくに繁くお越しになったのは五名様です」

「評定所は」

公儀の評定所衆が政の詮議を行なう場合、寄合の後に慰労の酒宴が開かれる。その座敷に侍るのが娼妓で、吉原の大見世から太夫を遣わすのが慣いになっている。西田屋では当代の梓太夫、三浦屋からは引込禿から太夫になったばかりの紫太夫が酌を務め、歌舞を披露する。そして所望があれば房事も務めるが、表向きはそれはしていないことになっている。吉原の町が「売色御免」の公許を得た際、「吉原の外での町売りを禁ずる」という達しも下されたからだ。

元和三年のことで、かれこれ九年になる。以降、大名屋敷へ遊女を派遣する商いは一切取り止めになったが売色稼業が町から消えるわけではなく、歌舞妓や湯女風呂のような陰商いは執拗に吉原の客を奪い続けてきた。歌舞妓と女舞については吉原からの陳情が受け容れられて禁令が発せられたものの、今も場を変えて興行を続けている。

「評定所では、お三方のお手がつきやした」

「番頭さん、お三方って。評定所の酒宴は月に一度でしょう」

まして評定所衆は御公儀の要を担う譜代大名らで、血筋と政事の腕に優れた選り抜きとされている。何かの間違いではないかと花仍は眉を顰めたが、清五郎は毛筋ほども面持ちを変えない。

「太夫はあの日、お三方から所望され、順にお相手を務めました」

評定所への派遣は費えを頂戴せぬのが長年のしきたりで、いわば音物を贈るのと同じことだ。唯一の公許を得た傾城町としては、御公儀との紐帯を保つためには欠かせぬ饗応である。それは承知しているが、まるで切見世の端女郎のような扱いではないかと、肌が粟立った。

トラ婆が「親仁さん」と、上座に目をやった。

「父親なんぞ、どうでもようござんしょう。どのみち、かかわりのないことにござりますわえ」

「いかにも。たとえ相手がわかったとしても、この場の四人が墓場まで持っていく名だ。ただ、主と女将が何らかの目星をつけておく必要はある。トラ婆、お前さんもだ。向後、精の強い客の相手をする日は、太夫によくよく説きつけて用心させることだ」

甚右衛門がトラ婆に対して、こうも厳しい口調を遣うのは珍しい。太夫の心得違いばかりを責めるなと、制したようだ。

「用心つっても、薄紙を丸めて突っ込むだけのことですからねえ。事の後に水で洗うにしても」と、トラ婆はにべもない。

「太夫とはいえ、尋常なおなごじゃないか。孕むことだってあるよ」

花仍が呟くと、トラ婆は鼻で嗤った。

「だからお前さんは甘いと言うんだ。太夫たる者、孕んじゃいけないのさ。それをしくじっちまうとは、肚構えがなっちゃいない。いや、あの妓はやっぱり太夫の器じゃなかったんだわえ。それをお前さんが無理を通しちまうから」

「あたしのせいだって言いたいのかい」

「おや、違うとでも」

「よくもそんな。夕霧さんと辻花さんが立て続けにいなくなって、西田屋は一人の太夫も抱えていない、早く上客が通ってくる太夫を据えねば商いが上がったりだと嘆いたのは、どこのどいつだよ」

すると清五郎が、膝を動かした。

「女将さんもトラ婆も、ちと声を落としておくんなせえ。奥にも女中はいるんですぜ」

宥められて、花仍はまた汗を拭った。

「ともかく、時期を決めるのが先決でしょう。稲葉様から年内には身請けをとのお申し出をいただいておりやすから、それまでには躰を整えておかねえと」

清五郎は甚右衛門に顔を向けた。

「稲葉様は、御旗本の」

「はい。御三男です。側妾ではなく、正室として迎えたいという有難い仰せで。この縁組みが成れば、夕霧さんに続いて二人目の正妻です。西田屋の格も一段と上がりましょう」

夕霧は五年前、江戸で知らぬ者のない豪商に身請けされた。前の女房を病で亡くして以来、独り身を通していた材木商で、妾奉公ではなく女房として迎えたいとの願ってもない話だった。そして辻花も三年前、近江の小藩大名に落籍された。こちらは側室であったが、江戸藩邸内に格別の屋敷を新築するという厚遇で迎えられた。

「ちっとでも早い方がいいよ」と、トラ婆が男らの話に口を挟んだ。

「年内の身請けを考えたら、腕のいい医者を呼んでやるのが良策だわえ。薬もあるにはあるが、たいていのは効かないし、しっかと効くのは毒でもある。下手をすると命取りだ」

空の向こうで、太鼓を転がすかのごとき音が鳴っている。そろそろ降りそうだと、花仍は中庭に目を移した。

夕霧が西田屋を出て、辻花も去った。その後の見世を支え続けてきたのは、格子女郎の若菜だ。

年季が明けるまであと一年という時に生国の信濃から両親が訪れ、前借りを申し出た。一度売った娘にまた無心をしたのだ。若菜はそれを承諾し、年季明けには若衆歌舞妓の勘三郎と一緒になるとの夢も捨てた。若菜が以前にも増して踊りの稽古に取り組むようになったのは、それからだ。一心不乱、まるで芸の虫になったかと思うほどで、師匠は「目と肩で踊れるようになりなすった」と手放しの褒めようをした。実際、張見世に坐る姿には凄みさえ出た。しかし花仍は不安だった。あの明るさ、天真爛漫さが消え失せたのだ。

やがて、若菜の人気に少し影が差し始めた。清五郎やトラ婆は首を傾げたものの、座敷と床は神妙に務め、客の数もこなしている。むしろ他の格子女郎より多いほどだ。「人気の浮き沈みは水もの、また盛り返すだろう」と、二人はべつだん気に留めることをしなかった。

けれど花仍はたびたび若菜の座敷に挨拶に出向いて、いつもより長く坐るようにしてみた。愛想笑いを振り撒いて客をもてなし、時には酌をもしながらその場を確かめ続けた。

そしてある日、客が欠伸をする姿を目にした。はっとした。まるで楽しんでいないのだ。若菜はそんな客を見向きもせず、ひたすら踊っている。豪奢な襠の袖を抜き、裾を捌きながら舞い続ける。見事な芸だ。しかし心はここにあらず、もてなしていなかった。客は退屈していた。

遊女は優美であるだけでは足りない。座持ちの上手が必要だと花仍は思い知った。座敷では面白可笑しく、楽しい時を過ごせねば客は満足しない。

もしかしたら閨でも、上辺だけを取り繕っているのではあるまいか。

若い衆にそれとなく探らせた。不寝番を務める者は、たとえ同衾中とわかっていても襖を引いて中の様子を窺うことが許されている。たまに遊女に乱暴を働いたり難癖をつける客がいるからで、その決まりは客も承知している。もっと格の低い遊女と遊ぶ場合は大部屋に衝立があるばかりで、隣の気配どころか声や音も筒抜けであるから慣れてもいるのだ。

若い衆は頭を振り、「あれは」と案じ顔になった。

「逆です。本気で客に挑んで、そのつど気をやってます」

「そんな、まさか。手練手管を遣い過ぎて、客を白けさせているんじゃないの」

客と寝るたび気をやっていたら、とても躰が保たない。ゆえに遊女は、その振りをする術を身に付けている。その時、ようやく気がついた。若菜の美しさが凄みを帯びてきたのは、芸に身を入れたゆえではなかった。自棄のように客とまぐわっていたのだ。

若い衆に口止めをして、清五郎やトラ婆にも相談することなく考えた。

おそらく本人でさえも気づいていない、些細な変化だ。けれどこのままでは早晩、躰を壊す。若菜は駄目になる。まるで、己の身を滅ぼしたいと願っているかのような処し方を思うつど、暗澹となった。

私があの時、両親を追っ払っていたら、今頃、勘三郎と一緒になっていたのに。

その悔いがよみがえって、じくじくと這い上がってきた。なればこそ、清五郎やトラ婆が気づいてしまう前に手を打ちたかった。

考え抜いた挙句、若菜を太夫にしたいと甚右衛門に申し出た。

「太夫がおらぬままでは、見世に重しがないも同然です。若菜に梓太夫の名を襲わせることを、お許し願えませんか」

花仍が幼い時分に名妓として知られた太夫の名を持ち出したが、甚右衛門は腕を組んでしばし黙り込んだ。そして女中に命じ、清五郎とトラ婆を呼んだのである。町政に忙しい甚右衛門はますます西田屋に手が回らず、見世内のことは清五郎に任せきりになっている。

トラ婆は花仍の思案を最後まで聞きもせず、「とんでもないわえ」と血相を変えた。

「女将ともあろうものが、履き違えも大概にするがいい。太夫の務めはそんな甘いものじゃねえわ。軽くもない。無理に若菜を太夫にしたところで、恥をかくのはこの西田屋さ。若菜は格子女郎でちょうどいい器さね。柄に合わぬことをさせては、当人にも任が重いだろうよ」

「いいえ。若菜ならきっと、いい太夫になる。あと一年というところで年季が延びて、それでも精進を重ねている」

その精進が過ぎて心配であるのだが、本心は明かさなかった。言えば、若菜の行状をも晒すことになる。

花仍は甚右衛門に向かって、頭を下げた。

「お前様。若菜は逃げを打たないのです。年季が六年延びちまっても腐ることなく、張見世に坐り続けています。踊りはもはや吉原一と謳われるほどの腕前にて、それも一心に修業したゆえのこと。その意気地と張りこそ、太夫に必要なものではないのですか」

そしてついに、甚右衛門を説き伏せたのだ。披露目の宴は十日を掛け、祝いの酒樽が名だたる大名からも届いた。揚屋である松葉屋の女将、多可などは上機嫌だった。

「若菜さんは、ええ太夫になる。こういう勘は外れたことがおません」

名妓が出れば揚屋は潤う。むろん客足も増えるので、吉原じゅうが沸き返った。

やがて若菜の座持ちが変わった。客の気性に合わせて言葉を押し引きし、舞を好まぬ客の前ではあえて扇子を持たない。

「ぬしさん、今宵は囲碁を教えていただきとう存じいす」

時には客の好みに合わせて教えを請い、大いに得意がらせる。

上客が戻ってきたばかりか西国の大名らも贔屓となり、惣花をつけるという豪気な遊び方をした。西田屋の遊女の揚代をすべて払い、一晩を買い切って見世じゅうで遊ぶのだ。遊女らは床を務めずともよいので、気晴らしと骨休めにもなる有難い客だ。

太夫は部屋持ちになるのが尋常で、西田屋は梓太夫にも次之間付きの十畳二間を与えた。総刺繍、箔押しの襠、小袖はすべて贔屓客がこぞって寄越す呉服商の仕立てによるもので、長持や簞笥、煙管に至るまで贈物だ。中には南蛮渡来の虎の毛皮の敷物や金剛石が嵌められた指環もある。

そして梓太夫の道中は、毎夜、人垣がどよめくほど耳目を集める。見世の軒にずらりと並んだ提燈の灯が瞬く仲之町の通りを、太夫は外八文字を描いて進むのだ。

従来は京の遊郭の仕方に倣って内八文字がしきたりであったのだが、太夫はその足運びを逆にして、爪先を外に向けて大きく輪を描くようにして歩く。しとやかではなく、むしろ武者めいた歩き方だ。舞で足腰の据わった梓太夫のそれは惚れ惚れするほど粋に見え、それが江戸者の風儀にも合ってか、大層な評判となった。しかも他の見世の太夫が真似をしようとしても、生半可な修練では無理な足運びである。何枚も重ねた小袖はただでさえ重く、しっかりと腰を落として大きく足を踏み出さねば内八文字との違いが出ない。躓いたり履物を地面に残したままになっては、とんだ粗相だ。

そのうえ梓太夫は履物も変えた。従来の草履を高下駄にして、堂々と八文字を踏む。この道中の歩き方が評判を呼び、見物衆は夢中になって歓声を上げた。梓太夫は沿道に向かって時に澄まし、時に艶な流し目をくれる。また見物が沸く。

吉原にとって、そして花仍にとっても梓太夫は誇りになった。もはや以前のように気安い口をきくのも憚られて、互いの肩を小突きあって笑い転げることもなくなった。それは少しばかり寂しいことではあるが、太夫としての貫禄が増した証でもある。

空はまだ近く遠く鳴り続いて、時折、稲光が走る。清五郎とトラ婆は頭を寄せて暦を繰っている。

「稲葉の若様は、いつも月末のお出でましだ。それには間に合うとして」

「上州屋さんはしばらくお越しじゃねえから、そろそろだろう」

「磯村様も来そうだね。そう、御家人の。あの二人、たいてい、日にちが重なっちまって、松葉屋の女将が難儀してるよ。二人とも頑固なうえ、己が一の客だと思い込んでるから。まあ、どなた様にもそう思っていただくのが遊女の腕ってもんだけどさ」

「医者の手筈は、今日にでもつけた方がいいな」

「当たり前さ。さっきも言ったろう。こういうことは早い方がいいんだよ。日を置いたって、いいことなんぞ一つもありゃしない。本人にしたって、月のものがなくなってからこっち、生きた心地がしなかっただろうからね」

そうだ。梓太夫はさぞ苦しかったであろうに、花乃にも何も言わなかった。何一つ、変わった素振りを見せなかったのだ。

最初に気づいたのはトラ婆だった。昨晩、雪隠を出てきたところに偶然、行き合って、顔が蒼褪めていることに気がついた。吐いていたらしく、足許もふらついていたようだ。それを昨夜のうちに清五郎に伝え、奥の起床を待ってやってきた。花乃は昨晩も遅くまで起きていて、内所の長火鉢の前で坐っていたのだ。にもかかわらず蚊帳の外に置いたのは、悶着を想像してのことだろうと気がついた。

なるほどと、花仍は顔を上げた。

上等だ。

とうとう雨になった。中庭の木々の葉を叩き、たちまち土の色を変える。清五郎とトラ婆は平然と、子堕ろしの算段を続けている。

「じゃあ、馬喰町のあの医者に頼むとしよう。養生は部屋でするとしても、駕籠で向かわせた方がいいわえ」

「そうだな。雲光院への参詣ということにするか」

甚右衛門は馬喰町雲光院の往誉上人という高僧と旧知の間柄で、深く帰依している。上人は西田屋にも訪ねてきたことがあるが、むろん僧侶は傾城町には入れないので頭巾をかぶって医者を装っていた。上人は二階に上がるわけではなく奥の座敷で甚右衛門と碁を打ったり茶を喫したりするだけなのだが、名刹の僧侶が客として大いに遊ぶさまは決して珍しいことではない。

左手に目を動かせば、甚右衛門は腕を組んだまま目を閉じている。右手の二人の声が途切れて聞こえぬほどの降りぶりだ。花仍は膝で上座へと進んだ。

大きく息を吸い、肚を据えた。

「産ませてやるわけにはいきませんか」

甚右衛門が薄く目を開いた。本意を計りかねているような面持ちだ。トラ婆が大口を開いてわめき立てたが、甚右衛門は掌（てのひら）を立てて押しとどめるような仕種（しぐさ）をした。

「産ませてどうする」

「男の子なら里子に出します。女の子なら、引込禿として私が育てます」

言いつつ、また考えが泛（うか）んだ。

「いえ。梓太夫に育てさせてもいい」

「馬鹿をお言いでない。お前さん、血迷うたか」と、トラ婆は喰ってかかってきた。

「正気ですよ。何なら、太夫道中も子連れでさせる」

「そんな太夫がどこの世界にいる」

「吉原にいることになる」

「甘い、甘い、甘過ぎる。お前さんは何ゆえ、そうも太夫に甘いんだ。若菜の時分からそうだ。いいかえ、遊女はこの西田屋の大事な品物だよ。たとえ女将とはいえ、お前さんの好きにしていいってことにはならない」

「じゃあ、本人が望んだら好きにしていいんだね」

「そんなこと言ってないだろう。だいいち、身請け話が流れちまったらどうする。こちとら大損になるわえ」

「何も、子供をつけて身請けしてもらおうってえ料簡じゃない。それでも太夫を迎えたいと若殿様が仰せになったら願ったりかなったり、嫁ぐことになれば子は私が育てる。子を産んだことのある女は迎えられぬと仰せになれば、そんな亭主はこっちから願い下げだ」

来年の七月になれば、梓太夫自身の年季が明けるのだ。身請けの話が消えようが、今度こそ売色稼業から足を洗える。

「ああ、何でこうも向こう意気だけで動こうとするのかねえ。親仁さん、あんたも甘いんですよ。女房をこうも甘やかすから、その場その場で情を働かせる女将になっちまった」

「トラ婆、親仁さんに向かってそれはねえ。口が過ぎるぞ」

清五郎がきつい言いようをしたが、トラ婆は眉間の皺をなお深める。

「情だけで事がおさまりゃ、生きるのに苦労はないんだよ。どうしてそんなことがわかんないんだろう」

言いつのるが、急に言葉尻を切った。口を半開きにしたまま、甚右衛門を見返している。

「親仁さん、何が可笑しいんです」

見れば、甚右衛門が目を細めている。

「いや、まったくだ。情の働く女将になっちまったなあと思ってな」

「可笑しかないけど、その通りだわえ。先が思いやられる」

甚右衛門はもうトラ婆に取り合わず、こちらに顔を向けた。

「花仍」

黙って、目を合わせ返した。

「本人が産みたいと望むかどうか、わからねえぞ」

「その時は、とやこう申しません。私が口を出す筋合いでないことは料簡しています。ただ、あの妓はかりにも西田屋の太夫です。客の前では私も番頭さんも敬語を用い、それはこのトラ婆でさえ同様、面目を立てて大切に守っています。なればこそ、産むも産まぬも当人に選ばせてやりたいじゃありませんか。太夫はそれほど西田屋を稼がせてくれましたし、他の遊女らの励みにもなりましょう」

「さて、それはどうかな。己らもひょっとして産んでもいいんじゃねえかと、儚い望みを持ちはすまいか」

「たしかに、皆が皆に産ませるわけにはいきません。それはわかっています」

　トラ婆がまた口を開いた。

「当たり前さね。そんなことを許したら、見世は滅茶苦茶になる。馴染みのあの妓はどうした、いねえのか。いえ、今、ちょうど腹が膨れてやしてね。ああ、そうかい、じゃ、別のにしようなんて、そんな都合のいい筋書きで世の中は運ばないんだよ。せっかく憂さ晴らしに大門を潜って来なすってんのに、乳臭い見世じゃ興醒めだ」

「でも、太夫が我が意を通して子を産んだ。それが遊女らの張りになるかもしれないんだよ。矜りを持てる」

「矜りで、おまんまが喰えるか。益体もない」

　トラ婆とはいっかな意見が嚙み合わない。互いに、永遠にすれ違うような気がしてくる。雨音が少し静まった頃合いに、甚右衛門がフムと咽喉の奥を鳴らした。

「花仍、お産は命懸けだ」

「堕ろすのも命懸けです。一昨年、切見世の端女郎が三人も命を落としました。去年も二人。それだけじゃありません。躰を損ねて稼業を続けられなくなった女らが、いかほどいることか」

　西田屋では病を得たり躰の調子を崩した者には薬を与えて養生させるが、見世によっては行燈部屋に押し籠めてろくに飯も与えないと耳にしたことがある。死ぬのを待って、骸になれば無縁仏を引き取る寺に放り込む。経も香華も手向けられず、むろん卒塔婆も立てられない。それが売色でしか生きていく術がない女の、ほとんどの末路だ。

「売色御免をいただいた町といえども、地獄は地獄なんです。いかに立派に普請しようが、遊女に綺羅を飾らせて読み書きを教えようが、やはり傾城屋の稼業は外道の商いです。ゆえにせめて、太夫には産むか産まぬかを選ばせたい。吉原の遊女千人の頂に立つ太夫は、今、十人しかいないんですよ。梓太夫はそのうちでも、三本の指に入るんです。本人が望むなら、誰も歩んだことのない道を行かせたい」

たとえ子を産もうが、太夫としての値打ちが落ちることはない。花仍にはその確信があった。

今の太夫なら大丈夫だ。子持ちであることを逆手に取って、もっと大きくなれる。今度こそ絶世の遊女になる。

甚右衛門は宙を睨んでいたがややあって顔を戻し、花仍を一瞥した。

「好きにしねえ」

拍子が抜けたように啞然として、上座を見返した。

「聞こえなかったか。好きにしろ」

清五郎が長息し、トラ婆は席を蹴るようにして立った。

それでも花仍はじっと坐したまま、雨音を聞いていた。

秋も進み、桜紅葉の季節になった。

西田屋の中庭にも小ぶりな桜が二本植わっているが、緑の葉が黄葉し、そして紅へと染まり始めている。

梓太夫の悪阻はおさまったが、腹の膨らみが目立つようになった。何枚も小袖を重ねるので傍目にはわからぬが、同衾した客に気づかれると事だ。まして道中が危ない。万一、転んで腹を打ちでもしたら、子が流れる恐れがある。そこで浅草の寮に移すことにした。

格子女郎の何人かは太夫の躰の異変に気づいているようだが、花仍が知る限りでは、皆、口を噤んでいる。今のところ町内の口の端にも上っていない。ただ、松葉屋の多可と三浦屋の久、この両人の目はごまかせないような気がした。後に露見して申し開きをするのも見苦しい。花仍は先手を打って打ち明けることにした。

「やっぱりなあ。そうやないかと思うてましたのや。頬が削げて顎が尖ったかと思うたら、所作に何とのう切れがない。それにしても親仁さんは思い切らはったなあ。よう産ませる気ぃにならはったもんや」

頭ごなしに叱咤されることも覚悟して身構えていたが、多可は甚右衛門の肚の太さに感心こそすれ、咎めはしなかった。

「しきたりを云々したとて、京の内八文字を外に変えてみせた太夫だす。私はあの道中を見て、江戸は江戸の仕方を磨いたらええのやと思うた。何せ、京の傾城町に較べたら吉原は新しい。ええと思うことはやってみて、あかんかったら変えまひょう」

久も同様で、助力まで申し出てくれた。

「町内で噂が立ったら、秋風邪の症が長引いたゆえ出養生させることになさったらしいと口添えいたします。今の梓太夫さんの権勢なら、それほどの扱いを受けても不思議ではありますまい」

請け合い、花仍の耳許に顔を近づけてきた。

「もしや女の子であれば、お引き取りになるおつもりですか」

「私が育てようと思っています」

「あなたなら、そう考えているような気がしましたよ」

久は小さく笑った。かなうことなら子連れで道中させたいとまでは、さすがに口にできなかった。

「であれば、しばらく時を置いてからの方がよろしいでしょう。物心つくまでは近在の百姓にでもお預けになって、乳をおもらいになることです。素性のしっかりした家で身ごもっている女房はおらぬか、私も心当たりを探してみましょう」

問題は落籍を申し出ている旗本家の三男だったが、これは太夫が頑として肯わなかった。身請けを断ることはままあるので、これは清五郎が話をつけた。相手は随分と立腹したようだが、他の客は褒めた。

「年季明けまで勤め上げようとはさすがは梓太夫だ、見上げたもんだとお歓びで」

清五郎は半ば苦笑しつつ花仍に伝えたものだ。とはいえ、浅草の寮にいる間は稼げぬので、また年季が延びる。来年の七月には終えるはずであったものが、ほぼ半年後の師走になるのだ。それでも、梓太夫は「産む」と言った。

「女将さん、わっちは産みたい。そう願いいす」

いつものように言葉少なに、しかし膝前で手をつかえ、深々と頭を下げた。大名相手にも滅多と頭を下げぬ太夫の、精一杯の仕儀に思えた。

奇しくも先年、公儀の触れによって奉公人の年季が十年以内に制限されたばかりだ。一生奉公で飼い殺しにされる奉公人もいたためで、十年を限りとして他家に奉公することも可能になった。これに倣い、吉原でも遊女の年季を十年とした。それまでは家によって自在に年季を決めていたので、小見世や切見世では十五年、二十年の者もいたのである。

ただ、十年年季はこれから新しく雇い入れる女らに対してのものだ。これを見世の主らがどれだけ守るかは、まだわからない。どのみち、借金が見世に残っていれば、返すまでは辞められない。強欲な主はそれを逆手に取って巧妙に借金を重ねさせ、働ける間は働かせ続ける見世もあるだろうと清五郎は言っていた。

禁じようが決まりを作ろうが、その裏を掻きたい連中が必ずいるんでさ。親仁さんの苦労は絶えやせん。

浅草に移る当日を迎え、明六ツ前に西田屋を出た。

付き添いは、花仍と若い衆が一人だ。身の回りの品はすでに寮に運び込ませてある。太夫は長い水髪を首の後ろで一つに束ね、浅黄色の小袖に白の襠を重ねているだけだ。むろん素顔である。それでも辺りを明るくするような美しさで、見慣れた花仍でも思わず気を取られる。

「太夫」

声がして振り向くと、仲之町を遊女らが早足で近づいてくる。

泊まりの客を見送った後、ようやく眠れる時分であるのに示し合って起きてきたのだろう、色とりどりの寝衣のままだ。格子女郎だった瀬川(せがわ)もいる。瀬川は年季が明けていったん町人に嫁いだが姑と折り合いが悪く、西田屋に戻ってきている。今は遊女らの世話役も兼ねた姐(あね)女郎だ。

皆はやはり事情を呑み込んでいて、それで見送りに出てきたらしい。

瀬川のかたわらには梓太夫の子飼いの禿(かむろ)が二人、寝惚(ねぼ)け眼(まなこ)で立っていた。

禿はいつも眠そうな顔つきをしている。尋常な子供ならとうに寝ている時間に太夫の座敷に侍(はべ)り、日中も太夫の身の回りの手伝いや近所の菓子屋、下駄屋への遣いも務めるので、いつも寝が足りていないのだ。そのうえ、梓太夫は読み書きや囲碁、将棋、むろん踊りもみっちりと仕込んでいる。

「太夫」と心細げに声を震わせ、縋(すが)りつきたいのを懸命にこらえるような顔つきだ。

太夫はさも愛しげに、笑みを泛べる。

「姐(ねえ)さんらの言いつけをよう聞いて、行儀よくおしよ。わっちが帰ってくるまで、伊(い)呂(ろ)波(は)を書けるようになっておおき。二人とも、わかりいしたか」

禿は互いに手をつなぎ、同時に小さな頭を振った。幼い童(わらわ)が厭々(いやいや)をするような仕種で、それでも「あい」と応えた。

「行ってきいす」

太夫は悠然と皆に告げ、大門外の橋の上で待っていた駕籠に乗り込んだ。

北へ向かう駕籠にしばらく揺られているうち、ふと思いついた。

陸尺に声をかけ、西へと折れさせる。梓太夫の乗る駕籠は背後であるので、そのまま従いてきているはずだ。通りを南下して、吉原の西手にある流れ沿いに駕籠を走らせる。吉原の町の方角へと逆戻りしている恰好であるので、梓太夫は訝しんでいるかもしれない。

花仍は駕籠の中からまた前へと首を伸ばし、指図を飛ばした。

「その、西の筋に入っとくれ」

長屋が建て込んだ界隈は中橋新地と呼ばれている。筋を進んでまもなく、右手が開けてきた。

「ここでいい。止まって」

駕籠から降り立つと、梓太夫も降りてきた。やはり怪訝そうな面持ちだが、右手の景色を見下ろすや、目を瞠った。

なだらかな傾斜を持った芝草の窪地で、最も低い奥の正面に舞台が設えられている。舞台の左右には幾本もの幟（のぼり）が立ち、風にあおられては揺れる。

梓太夫は腹を守るように手を当て、前へと踏み出した。朝露に足を取られて滑らぬよう、花仍は肘を持って支える。しかし太夫は存外に大股で、ずんずんと進む。傾斜の中腹で足を止め、黙って見下ろしている。

舞台と桟敷（さじき）があるだけの安普請だ。ちょうど野外の能舞台に似たもので、天井も架かっていない青天井である。しかし梓太夫は頬を緩めた。

「あの人、やりおおせになりいしたね」

「猿若座（さるわかざ）だよ。一昨年の二月に旗揚げしなすった」

猿若勘三郎が念願を果たせたのはむろん当人の強い志があってのことだが、背景にはさまざまな運が働いている。

寛永元年、薩摩（さつま）の大名、島津家久（しまづいえひさ）公が国許（くにもと）から妻子を江戸藩邸に呼び寄せたのだ。これが嚆矢（こうし）となり、外様（とざま）大名は次々と妻子を江戸に移し始めた。徳川（とくがわ）家への忠心を競って示しているのだろうと、甚右衛門は言っていた。

その前年には秀忠（ひでただ）公が大御所となり、家光（いえみつ）公が第三代征夷（せいい）大将軍の座に就いた。

甚右衛門はその機を逃さず、三浦屋四郎左衛門（しろうざえもん）を伴って奉行所や評定所へ出向き、女らによる歌舞妓の興行禁止を申し出たのである。吉原町以外での売色を禁ずる触れはすでに出されていたが、歌舞妓が市中を楽しませる限り、やはり買春目当ての客が集まる。

畏れながら、公方様の御膝元の方々に悪所がある、民の欲を野放しにする蛮地だと奥方様らの目に映っては、いずれ必ず諸国に噂が広まりましょう。今こそ、天下に範を示される好機かと存じまする。仁義礼智、忠信孝悌を忘るる仕業はすべて、亡八たる手前どもでお引き受け申しますゆえ、歌舞妓をどうぞお取り締まりくださるよう、願い上げ奉りまする。

その儀が「もっとも」と採り上げられ、元和九年に公儀は女歌舞妓、女舞の興行を禁じた。

そして芝居好きの客らは、勘三郎が率いる若衆歌舞妓に流れたのだ。

猿若座の旗揚げについては、甚右衛門が費えを出した。すべてではないが、少なくはない金子である。これは清五郎と花仍しか知らぬことで、梓太夫に話すつもりもない。

ただ、この景色を見せてやりたいと思った。梓太夫と勘三郎は一緒になる約束を交わしたまま、今に至っている。太夫の心中を訊ねたことはないが、勘三郎と親しい松葉屋の倅、由蔵は「あいつ、待ってるのと違うかなあ」と言っていた。

「勘三郎、まだ独り身を通してるのや。かというて、太夫に会いに行こうとせぬどころか文も出してへんみたいや。こんな、目と鼻の先に住んでいながら、太夫道中さえ見物しに来てへんしなあ。わしにはそれがかえって、願を懸けてるように思える。あいつはきっとまだ、太夫との縁を信じてる」

花仍も同じことを感じている。

太夫はまだ望みを捨てていない。一片たりとも心変わりはしていない。だからこそ逃げを打つことなく、舞にも精進し続けた、そんな気がしてならない。いつか再び相まみえた時、勘三郎に披露できるように。

ほら、ここはこう舞う方が、彼方への想いが届きいすよ。

東の空が明るんで、舞台脇の小屋から細い煙が立ち始めた。竈に火を入れ、湯を沸かし始めたのだろう。板戸が引かれ、男が出てきた。肩に手拭いを掛け、小唄らしきものを口ずさんでいる。

胸が高鳴って、目を凝らした。

「太夫、あれは」

すると向こうがふいに顔を上げ、こちらに視線を投げてきた。眉の上に掌をかざし、何やら声を漏らす。こなたの太夫は立ちすくんで一歩も動けない。勘三郎も近づいてこない。ただ、肩から手拭いを抜くようにして外した後、大きな手振りをしてどこかを指差した。

「毎朝、こうしてる」

よく通る声でそれだけを言ってよこし、躰の向きを変えた。背筋を立ててから頭を下げ、肘を上げて柏手を打つ。

勘三郎が拝んでいるのは、朝陽を放つ東空だ。花仍はその下に、吉原が見えることに気がついた。界隈の家々の粗末な屋根越しに、二階家の連なりが見えるのだ。夜になれば座敷に煌々と灯をともすので、この辺りまで明るさは届いているだろう。星のように瞬く光を、勘三郎は毎夜、見上げてきたはずだ。

太夫は微かに笑んで爪先を動かし、同じように拝んだ。朝の新しい風の中で、柏手の音が澄んで響いた。

勘三郎はもう言葉を発することはなく、太夫も何も告げぬまま駕籠の中へと身を入れた。

花仍が見返ると勘三郎は肩に手拭いを戻し、佇んでいた。

十月になって、京橋の角町の連中が吉原の廓内に引き移ってきた。

甚右衛門が町普請を思い立った時には京の出自を誇り、「いつまでも徳川（とくがわ）の世が続くものか。江戸なんぞ、すぐに寂れる」と、けんもほろろの言いようで水を差したのだ。甚右衛門の下につくのも業腹（ごうはら）なようだった。それが売色御免を公儀から得た途端に掌を返し、顔役の九郎右衛門（くろうえもん）が女房まで連れて「町に入れとくなはれ」と泣きついてきた。傾城商いができぬとあっては生きてゆけぬと訴える。甚右衛門はにべもなく、それを断った。

喧嘩（けんか）を売ってきた相手には容赦をしない。平素は些事（さじ）にこだわらぬ甚右衛門だが、いざとなればそういう一徹さがある。

しかし春頃だったか、雲光院の往誉上人が間に立ち、手打ちを提案してきた。

「西田屋さん。九年になりますぞ。そろそろ堪忍して、町に入れてやりなされ」

甚右衛門は吉原の主らを集めて事を諮（はか）り、ようやく和睦（わぼく）に応じることを決めた。角町の用地としてあてがったのは、細長い狭地だ。ずっと空地であったので水溜まりが多く、葦（あし）も生い繁っている。角町はそこをまず埋め立てて整地し、家々を普請し、そして遊女らを伴って移ってきた。

この九年の間、奉行所と吉原の目を盗んで商いを続けてきたのは明らかで、それについては三浦屋が随分と憤慨したが、町の四方を巡る濠（ほり）の土砂（どしゃ）浚（さら）いに人手を出させることで落着したようだ。

花乃は見世の仕事を時々抜け、浅草へと足を運んでいる。

午下(ひるさ)がりの陽射しを入れようと、庭に面した小座敷の障子をさらに引いて開け放した。

仲春(ちゅうしゅん)のことで、寮の庭の猫柳は柔らかな銀穂をつけている。その足許では山吹(やまぶき)が黄花を開き、雪柳は白く波を打っている。その向こうは畑になっていて、豆の花が盛りだ。

ここは名主屋敷の離屋(はなれ)で、甚右衛門は茶室を造る心積もりで買い取ったらしい。しかし滅多と足を運ぶ暇がなく、遊女がこうして住まうのも初めてだ。家屋は古く天井も張っていないが、風情は長閑(のどか)だ。

梓太夫も大きな腹を抱え、濡縁(ぬれえん)に出てきた。

「よっこいしょ、と」

花乃が「また、そんな言い方」と咎めると、「仕方のないことでありいすよ」と頬を膨らませる。

「この腹がいかほど重いことか」

ふうふうと息を吐きながら、尻を落ち着けた。

「蕾が綻んできいしたね」

太夫の肩越しに、枝ぶりの大きな枝垂桜が見える。緋紅の花は今が盛り、風と共に色がそよぐ。

花乃は小座敷に戻って茶を淹れ、濡縁に戻った。肩を並べて茶椀を手にし、再び庭を眺める。

「女将さん。この子、男でありいしょうか。それとも女」

「どうだろう。私にはよくわかんないね」

太夫は茶椀を包むように手にしているが、まるで腹の上に置いているような恰好だ。

「男の子なら、里子に出すのが尋常でありいすね」

「そうだね。前にも話したけど、女の子ならうちで引き取って奥で育てることもできる」

「男の子でもしばらく預けて、迎えに行くってことはできいせんか」

「迎えに行く。そうか。年季が明けたら」

太夫は掌の中の茶椀を回しながら、「や」と息を吐くように言った。訳がわからず、黙って先を促す。

「役者に」

「役者」と訊き返して、ようやく腑に落ちた。

「あの人がいいって言ってくれたらだけど。こんな、どこの誰の子かわからない子でも一緒に育てようと受け容れてくれるなら、この子もいつか役者になるのかなあって。そんなことを思いいした」

　桜の蕾を見ながら、花仍は「うん」とうなずいた。

　勘三郎さんならきっとそうしてくれるだろうなどと、迂闊なことは口にできない。けれど、胸の中では姿が泛んでいる。

　赤子を抱いてあやす勘三郎の顔や肩車をして東の空を見せる姿、舞や木遣り唄を教えているさまが。

　そのかたわらには、前垂れをつけた太夫がいる。他の役者らの面倒も見ないといけないから、飯の支度に大わらわだ。汗臭い衣裳を洗い、干し、それでも誇らしげに幟を見上げている。

　猿若座を率いる役者の、女房の顔だ。

「不思議なものでありいすね。一度も肌を合わせたことのないあの人の、胸の匂いを知っているような気がしいんすよ」

太夫は俯いて、呟くように言った。

「恋しいす」

桜の梢から、春鳥が飛び立った。


小座敷に戻って、花仍は襁褓の用意を始めた。

古い長襦袢を解いて裁ち、自ら縫っている。針仕事は大の苦手であるので、しじゅう指を刺している。

「あ痛ッ、もうやだねえ。どうしてこうも不器用なんだろう」

太夫はすいすいと針を運びながら、「ねえ」と笑う。

「棒を振り回すのはお得意なのに。ほら、いつだったか、参詣の帰りに歌舞妓の連中に絡まれちまって。姐さん、そりゃあ張り切って」

懐かしげに話をする。「姐さん」と呼ばれるのも久しぶりだ。

「あれは棒じゃなくて、陸尺の杖だったろう。何だよ、あんたが差し出したんだよ。姐さん、これって」

「そうだったかなあ」

「そうだよ。駕籠の中で待ってろつったのに」とぼやくと、また指先を突いた。「こういう小さな物は扱いが難しい」と言い訳をしつつ、思い出した。

「そういえば今日あたり、トラ婆が顔を見せるかもしれないよ」

「それは、嬉しいこと」

　梓太夫に子を産ませることが決まって以来、トラ婆はすっかり臍（へそ）を曲げてしまった。ろくに口をきこうとしないので、今度はこちらの肚の虫がおさまらない。用がある時は清五郎にそれを伝え、トラ婆も伝言で返してくる。長火鉢を挟んで対面していても同様にし続けたので、清五郎の堪忍袋（かんにんぶくろ）の緒が切れた。

　二人とも、いい加減にしなせえ。こちとらいい迷惑だ。

　それでまた、面と向かって憎まれ口を叩き合うようになった。

「今夜は浅草に泊まってくるよ。いつ何時、産気づいてもおかしくないらしいから」

　昨日の日暮れ前、小声で告げた。

「結構なご身分だねえ。お前さんなんぞ何の役にも立ちゃしないだろうに、泊まりがけでお出掛けかえ。太夫にかこつけて羽を伸ばしに行くんだろう」

「へへん、当たらずとも遠からず」

「まったく。甘いうえに皮肉も通じない。産着（うぶぎ）は」

「もうとっくに。その他の物も寮で雇ってる小女（こおんな）に頼んで用意万端、ご心配なく」

「取上婆は」

「ああ、それが近所に腕のいい人がいてさ。もう何度も来てもらってんだけど、それは物腰の柔らかな、親切な人で。安心だよ」

「あんな草深い田舎に、腕のいい取上婆がいるのかえ」

「いる、いる。まだ若いから太夫も気が合うみたいで、何かと頼りにしてるよ。助かるわ」

トラ婆は当てが外れたような顔をしていた。花仍はこっそり肩をすくめたものだ。難儀を抱えていそうなら、それを種に自身も出張ろうとの魂胆が見え見えだったのだ。トラ婆のことだ、きっと競い心を出して見舞いにやってくる。遊女らに頼りにされるのは遣手婆である己であって、取上婆なんぞじゃないんだ、とばかりに。

庭の枝折戸が音を立てているかと思えば、横皺の多い額が見えた。ほうら、おいでなすった。近頃、いちだんと髪が薄くなって、額がどんどん広がっている。

「浅草ってとこは、ほんに田舎だねえ。田圃と竹林と寺ばかりじゃないか。畦道を延延と歩いたおかげで、足が泥だらけだ」

着くなり、文句を言い立てる。

「その恰好、どうしたのさ」

トラ婆は手甲脚絆をつけ、背中には笠、手には杖だ。旅支度だ。

「寺社詣りに出るってことにしたんだよ。三日ほどかかるかもしれないだろう」

「三日って、見世は」

「瀬川によっく言いつけてきた」

花仍は太夫と顔を見合わせ、そして噴き出した。

寮暮らしは骨休めにもなったのだろう、太夫はよく笑うようになった。昔のように悪戯っぽい目をして、糸切り歯を見せて。

と、眉間を寄せた。呻いている。

「太夫」

焦って背中に手を置いた。太夫は声を途切らせ、畳の上に片手をついている。息が荒い。苦しそうだ。いつのまにか草鞋履きのまま上がってきていたトラ婆が、片膝をついて太夫を覗き込んだ。太夫の膝下が濡れていて、瞬く間に畳へと広がっていく。

「何だよ。私が着到した途端、破水かえ」

呟くなり、声を張り上げた。

「ちょいとッ」

たちまち小女が顔を出す。

「湯を沸かしな。ああ、井戸の水は駄目だよ。東の方角にある流水で水を汲むんだ。いや、その前に取上婆だ。すぐさまお越しを願いたいと、呼んできな」

天井から下がった綱を握り締めて、太夫はまた呻いた。出産は坐してするので、綱に縋るようにしていきむ。

「御新造さん、もう少しですよ。そのまま、ええ、その調子にございます」

花仍は台所と板間を行ったり来たりしている。

「じっとしてなよ。お前さんが狼狽えたところで、どうにもなりゃしないだろう」

トラ婆はなぜか落ち着き払っていて、小女にあれこれと命じている。産湯のための大盥と胞衣を洗うための小盥が板間に置かれたのも、トラ婆の指図によるものだ。

花仍は事前に取上婆から言いつけられていたものの、いざとなれば逆上せたようになって、まるで気が回らなかった。

「塩壺と酒もここに運んできな」

「え。そんなもの要るの」

「要るさ。ああ、御神酒用のでいいから。それから土ものの器、胞衣桶もだ。そろそろだよ」

花仍のかわりに、小女が「へえ、ただいま」と応えて動く。

「産着は」

「それは用意してある」

「見せな」

板間を通り抜け、二人で隣の小座敷に駈け込む。衝立の前に置いた風呂敷包みを解き、トラ婆に差し出した。途端に、「何だい、これは」と目を剝く。

「産着だよ」

わざわざ呉服商を呼んで反物（たんもの）を選び、仕立てまで頼んだものだ。絵柄はめでたい宝尽くしで、清い白地を選んだ。

「絹物なんぞ駄目に決まってるだろう。腹帯（はらおび）に使った木綿布（もめんぬの）、あれで仕立てるのがしきたりだわえ」

「そうなの」

「ええい、じれったい。腹帯は」

「ある、と思うけど」

太夫の持物を納めた葛籠（つづら）の中に頭を突っ込むようにして、引っ張り出した。トラ婆はそれをひったくり、畳の上に広げて鋏（はさみ）で裁つ。糸も難なく針に通し、大変な速さで縫い上げていく。

「トラ婆、凄い」

「こんなの、おなごなら当たり前に弁えていることだ。お前さんが不間なだけだ。そういや、わっちがここに着いた時、縫物をしてたろう。あれ、襁褓のつもりじゃないだろうね」

「そうだけど。古い長襦袢」

「まさか、それも絹」

「そうだよ。半襦袢は綿や麻だけど、長襦袢は絹じゃないか」

「それは、客への見場を考えて絹物にしてるだけだ。廓の中だけの風習」

「そうなの」

「ちったあ、頭を使いな。絹なんて尿を弾いちまうだろうに。まったく、用意万端が聞いて呆れるわえ。これだから、放っておけないんだ」

「どうしよう。もうすぐ産まれそうなのに、襁褓がない」

「今、腹帯で作ってるよ。当座はこれで間に合う」

恥じ入るやら恐れ入るやらで、花仍はぺしゃりと坐り込んでしまった。隣からまた太夫と取上婆の声が聞こえて、はっと首を伸ばす。

「頭が出てきましたよ。それ、あともう一息」

　太夫は声を振り立てるわけでもなく、呻きだけが低く響き続ける。まさに躰が裂けんばかりであろうに、歯を喰いしばって綱を握り締めている。

「御新造さん、痛いなら痛いと叫んでもよろしいんですよ。そうも辛抱強いと、躰に障ります」

　取上婆はもはや太夫の素性に気づいていてもおかしくないのだが、律儀にも「御新造さん」と呼びかけ続けている。

　赤子の声が聞こえて、花仍は板間に飛ぶように入った。太夫は汗みずくで、肩で息をしている。かたわらに腰を下ろし、手を握り締めた。

「はい、はいッ、そおれッ」

「若菜、産まれた。産まれたよお」

　ねぎらう時、格子女郎だった頃の名で呼んでいた。顔も首筋も、はだけた胸許もしとどに濡れて光っている。汗と血、汚物の臭いの中で、若菜は満面の笑みを泛べた。その視線は取上婆の手の中に注がれている。

　取上婆は小盥の中に赤子を入れ、産湯を使わせ始めた。まだ胞衣をまとってぬるぬると赤黒いばかりだが、総身が綺麗に洗われ、手拭いで水気を拭き取られた。

「女の赤さんですよ」と、取上婆が腕の中を見せる。

「そうか、女の子か」

花仍はトラ婆と、顔を見合わせた。

役者にはなれないが、きっと舞は習うのだろうな。

若菜も満足げにうなずいて、胸にかき抱いた。顔を真赤にして泣き続ける我が子をじっと見つめ、濡れた髪を指先で梳いてやっている。

「姐さん」と小声で呟いた気がして、「何だい」と耳を寄せた。

「わっちの子で、ありいすね」

微かだが、しみじみと聞こえた。花仍は目の中が潤んでしまい、洟を啜った。

「さあさ。ぼやぼやしてないで産着を着せて、いったんは寝かせないと」

トラ婆もはしゃいだ声を上げて、覗き込む。

「どれ、ちょいと抱かせな。おやおや、別嬪な赤さんじゃないか。しかもきかん気そうな泣きっぷりだ。手を焼かされそうだわえ」

赤子を抱き取り、産着をくるむようにして着せている。「頭を東に向けて」と言いながら、板間に敷いた薄縁の上に寝かせた。

「お前さんは胞衣を掬って。そう、それを塩で洗うんだ」

命じられて、花仍は小盥の中から手で掬い取った。塩で念入りに洗い、指図に従って次は酒で洗う。それを土器に入れ、桶に納めた。

「その桶は恵方に埋める。今年は丁卯だから、壬の方角だ」

枝垂桜の辺りだろうかと目途をつけて庭を見やると、とうに暮れていた。驚いて、何刻かかったのだろうと目を瞬かせる。明日の朝、若菜と一緒に埋めようと決めて濡縁の隅に置き、小女を呼んで板間と小座敷に灯をともすように言いつけた。

「それにしても」と、小座敷のトラ婆を見やる。

「お産にこうも詳しいとは、見直した。本気で」

「わっちは産んだことはないけどね。若い時分に武家奉公してたことがあるのさ。小間遣い。だからこれは、武家流の風儀だ」

「御新造さん」

取上婆の声がして、しかし声音が硬い。花仍は笑みを引っ込めた。

「心配するこっちゃない。後産だ。腹の中にあったものを出しちまわなきゃならない」

「なら、いいけど」と、板間に戻った。やはり取上婆の顔つきが剣呑だ。

「若菜」

声をかけ、かたわらに膝を畳んだ。

「後産だって。あともう少しだから踏ん張りな」

しかし綱に手を伸ばそうともしない。伸ばせないようだ。力が尽きてか腕が上がらず、顔からは血の気が引いている。また臭いが立って、股から血の塊が出たのが見えた。取上婆が励ますように若菜に言う。

「出ましたですよ。もう安心ですから、気をしっかりお持ちになって」

だが若菜は返答を寄越さず、息が小刻みになるばかりだ。花仍は思わず、取上婆に摑みかからんばかりになった。

「これは、いったい。何が起きてるんです」

「もともと血の気の薄いお方なうえ、お産の出血がひどうございました」

言いざま、身を動かした。晒し布を何枚も股にあてている。みるみるうちに色が変わって濡れそぼり、それをまた取り替えている。出血が止まらないのだ。取上婆は口を真一文字に引き結び、ひたすら手当てを続ける。

「そんな。トラ婆、何とかして」

激昂して、目の前が揺れる。

「これはかりは、どうともできない。だから言っただろう、お産は命を懸けるんだって」

「縁起でもないこと言わないでよ。武家流なら、こんな時どうすんのさ。指図してよ。何だってするから。お願い」

　ついさっきだ。ほんの四半刻前、若菜は赤子を見て嬉しそうにうなずいたじゃないか。抱きもした。なのに、何でこんな紙みたいな顔色なんだ。咽喉も胸も、造り物の紙花みたいな色じゃないか。

「若菜、しっかりして。あともうちょっとで手が届くんだよ。あんたの希みに手が届く」

　手を取って掌を重ねた。冷たい。花仍はひたすら、その手をさすり続ける。

　この手が扇を持って舞い、褄を取って道中したのだ。外八文字を描いて、仲之町を歩いた。

　やがて若菜は口を開いたままになり、息を吸い込んだ。赤子がまた泣き声を上げる。それを聞いてか、ややあって細い息を吐いた。花仍は胸を撫で下ろし、見守り続ける。

　しかし呼吸はなお細く、間遠になる。

「若菜、どうしたんだよ。こんなの、お前らしくない」

　名を呼び続けたが、とうとうすべてが止まった。瞼も唇も二度と動かない。あんなに柔らかかった頬も額も冷え切っていて、けれど花仍は諦め切れずに掌でさすり続ける。

「若菜」

叫んだ。しかし声にならないのだった。口だけを開け閉めして、花仍は身を揉んだ。

恋しいす。

若菜の言葉を想い出して、「ごめんよ」と詫び続けた。己の思いつきを、己のしたことを、総身に火がついたように悔いた。

私が無闇な夢を抱いたばかりに。

ようやくかたわらの気配に気がついて、顔を上げた。トラ婆が坐っていた。

「もう、そっとしておやり。太夫は、大仕事を果たした」

耳許で囁いた。花仍の背中に手を置き、宥めるように静かに叩く。堰が切れたように頬と顎が濡れる。板間に突っ伏して、嗚咽し続けた。どのくらいそうしていたのか、わからない。

夜が明け、どこかで雀が鳴いている。

顔を上げると、小さくなった火影でトラ婆の背中が見えた。居ずまいを正し、若菜に向かって手を合わせている。

「願わくば、今度はいい星の下にお生まれよ」

語りかけるような声だ。

「我が子を捨てない、売りもしない親の許に。太夫、あんたみたいな母親の子として」

花仍は膝を立て、頭を東に向けて寝ている赤子のそばへと近寄った。小さな蕾のごとき掌を懸命に動かして、産着の裾からはみ出した足もよく動く。

その子の頰を指先で触ってみた。抱き上げたいけれど、しかたがよくわからない。ここで赤子にまで何かあったらと思うと、怖くてたまらない。溜息を一つ落とし、出した手を引っ込めた。トラ婆は何も言わず、ぽつねんと背を丸めたままだ。

独りで濡縁に出た。東の空はもう青白く、黒々と闇に沈んでいた辺りの田畑や竹林も色を取り戻し始めている。ぼんやりと腰を下ろした。何を見るでもなく、何を感じるのもしんどくて、朝風に吹かれるにまかせて坐している。やがて、花が流れ始めたことに気がついた。

緋紅のひとひらが無数に散って風に乗り、舞っている。素足のまま庭に下りた。花の行方を追いつつ、何ということかと、目を見開く。

こんな無残の中にあっても、落花は途方もなく美しい。どうしようもなく。

赤子の泣声がして、花仍は振り向いた。

五　湯女

鰯雲が泳ぐ秋空に、店先の賑やかな声が響く。

「旨いよ、旨い。菜飯に蜆汁、茶粥に団子。へい、旦那、お三方ですかい」

馬喰町の雲光院に詣でての帰り道で、久方ぶりに味わう江戸市中の繁華だ。

「煙管、煙草入れが揃うてござります。京下りの上物をご覧じろ」

諸国の大名がこぞって妻子を江戸屋敷に移し、国許から家臣を引き連れて参勤する慣いが定まったのは五年前、寛永十二年である。主君に伴って参府する行列は年を追うごとに長く、毛槍などの拵えも美麗を極めるばかりだ。

三年前には千代田の御城の総構もひとまず完成とされ、膝下に開かれたおよそ三百町のいずこに立とうと、豪壮な五重の天守閣を仰ぎ見ることができる。吉原が「売色御免」の公許を得た二十数年前は田畑が広がり、春には桜の花が散りしだいた地にも石垣が築かれて「桜田門」と呼ばれる城門の一つとなっている。

花仍の前を歩くのは亭主である庄司甚右衛門で、その背後に花仍と番頭の清五郎、その後を見世の若い衆に伴われた娘の鈴が従いてきている。

通りに軒を並べる商家の者は甚右衛門を目にするなり一歩も二歩も退り、腰を屈めて辞儀をする。そのさまを見てとってか、往来を走る小者や物売りも次々と足を止め、まるで秋風に靡く草波のごとくだ。羽織袴に長刀、長脇差を佩いた姿で、一廉の町人であることが察せられるらしい。しかも甚右衛門は今年で齢六十六を数えるというのに少しの衰えも見せず、背中は隆として髷も黒々としている。

行手の右にまた盛んに客を引く店があり、看板に暖簾も真新しい小間物屋だ。諸国の江戸屋敷に滞在する家来衆が奉公の合間に江戸の方々を見物して歩くので、その懐が目当ての商家、商人も増え続けているようだ。前垂れをつけた手代らしき男が揉み手をして、通りに飛び出してきた。

「旦那、櫛はいかがにございます。南蛮渡りの香木を細工いたしたる逸品にございましてね、中に入ってお手に取ってくださいまし」

甚右衛門はまるで相手にせず、軽く掌を立てて制するように通り過ぎる。手代は深追いはせず、すぐさまこちらに近づいてきた。

「今、吉原で大流行りの櫛はいかがにござります。あの梅本太夫もそれはお気に召して、わっちはこれを挿さねば道中する気にならねえのでありんすよ、なんてね。あれ、梅本太夫をご存じありまへんか。やあ、それはお気の毒な堅物や」

清五郎と花仍も足が速いというのに、喋りながら脇を付いてくる。上方訛りを気取っているつもりだろうが、松葉屋の女将である多可や由蔵の大坂言葉に慣れている耳には節回しのおかしいことがすぐに知れる。しかも手にしている物にちらりと目をやれば珍しくもない黄楊櫛で、百文が精々だと花仍は値踏みした。本物の香木を細工したとなれば、小櫛でも金十両できかないだろう。

「旦那、長年お連れ添いになった女房さんに一枚、どうです。いやいや、お照れになってもわかりますよ。あれでしょ、なかなかの男前だから、遊びに遊んで女房さんを泣かせてきた口でしょ。いや、違うか。こちら、随分と気の強そうな女房さんだから、そのでっけえ尻に敷かれてきなすったか」

清五郎と顔を見合わせた。どうやら夫婦だと思われたようで、しかしそれは外出をした際にままあることだ。清五郎は五十二、花仍は四十六という釣り合いで、たしかに長いつきあいでもある。

清五郎は「男前」と呟いてにやつき、花仍はハタと足を止めた。首を捻って己の尻を見下ろす。

やだねえ。私の尻はいつのまに、でかくなったんだ。

己の後ろ姿ほど、わかっていないものはない。くわばら、くわばら。

「ああ、こうなったら仕方ない、今なら三千文だ」

小間物屋の手代は花仍が立ち止まった隙に、畳みかけてきた。

「売れに売れてる、梅本太夫の香木櫛が三千文。どうです。いいでしょう。なにせ、梅本といやあ、吉原一の大見世、若狭屋の売れっ妓だ」

花仍はふうんと鼻から息を吐き、愛想笑いを見つめ返す。

「吉原の太夫が小間物の口上に使われるとは、男にも女にも崇め奉られているという証だね」

手代に目を据えたまま清五郎に言うと、「仰せの通り」と乗ってきた。

「風呂屋の湯女がいかほど客の背中を洗おうが、商人が往来で大っぴらに口にすることはありませんや」

「けど、諸国の御家中がこんな物を購って国許に持ち帰ったら、どうなるかねえ」

「名にしおう吉原遊女の髷を飾るはこんなものかと、下に見られるでしょう」

「それは、ちと業腹だ」

「へい、忌々しい」

手代は、二人を交互に見ている。頭の巡りは口ほどではないらしく、皮肉も通じていない様子だ。

「だいいち、若狭屋さんに梅本なんぞという太夫がいたかえ」

「いませんね。吉原のどこにも。それに、若狭屋は大見世とは言えやせん。ありゃ中見世だ」

呆気に取られていたらしき手代は、口を「や」の字に開いた。

「やけにお詳しい」

「眉唾の商いは続かないよ。たいがいにしておき」

花仍はそれだけを言い捨て、清五郎に「行くよ」と顎をしゃくった。共に足を速める。

「女将さん。気が長くおなりなすった」

清五郎の横顔を見やると、可笑しそうに眉を下げている。花仍の若い時分の喧嘩っ早さを揶揄しているらしい。

「違うよ。あの男の顔つきがあんまり貧相で、説教をする気が失せたのさ」

赤の他人の、しかも通りすがりの奉公人に商いを説いてきかせるなんぞ、親切が過ぎるというものだ。

前を行く甚右衛門はもう、堀川に架かる親仁橋（おやじばし）を渡ろうとしている。吉原の西方にある町から足を運んでもらいやすいよう自前で架けたもので、廓（くるわ）内の者は昔から甚右衛門を「親仁（とと）さん」と呼び慣わしてきたので、それが橋の名になった。

雲の色に茜（あかね）が混じっているのに気がついて、花仍は背後を振り返った。鈴と若い衆の姿は、まだ十間（けん）も離れた後方だ。

「急ぎな。ぼやぼやしてると、夜見世（よみせ）が始まっちまうよ」

そう口にした途端、立ち話をしている長屋の女房連中や物売りらが顔を上げた。

「ありゃひょっとして、亡八（ぼうはち）の女将じゃないかえ」

仁義礼智（じんぎれいち）など、人としての「あるべきよう」は八つあり、それを忘れて生きる者を「亡八」と呼ぶ。大根を抱えた女らが眉を顰（ひそ）め、魚桶を抱えた男に声高に何かを言い立てている。

「あんな者に魅入られちゃあ、地獄行きだよ」

「そうだ。尻子玉まで抜かれちまう」

「見てみな、あの身形（みなり）。結構だねえ、あたしら、一生、触ることもできねえ柔らか物だ。同じおなごのくせに色を売らせといて、いい気なもんだ」

そうだよ。それの何がいけないと、花仍は背筋を立てる。

「ふてぶてしいねえ、あの面」

「そうでなきゃ、外道商いなんぞやれるものか」

皆、籬格子の中の遊女を夢か極楽かという目でうっとりと眺め、商いの口上に織り込みさえする。紋日には男も女も廓内をそぞろ歩きして、笑いさざめく。しかし、いざとなれば娼妓の抱え主への蔑みを剝き出しにするのだ。本音が出る。

いつだったか、他町の名主の葬儀があって、甚右衛門もその家に出向いた。江戸じゅうの有力町人が揃った場で、その際、甚右衛門の姿に目を留めて目礼をするものの、素性を知った途端、掌を返すような扱いを受けたという。中にはすでに顔見知りで、御公儀の役人を伴って宴を開く際などに便宜を図った者も数人はいたらしい。

親仁さんが挨拶をしなすっているのにそっくり返って、一言も返しやがらねえんですよ。

供をしていた清五郎は珍しく心情を露わにして、それでも何日も経ってから内所の長火鉢の前で吐き出したのだ。むろん花仍は何も聞かされていなかった。甚右衛門には誰も目を合わせず近づいてもこず、白々と遠巻きにして何やら囁き合う様子が目に泛(うか)んで、花仍は無言で灰に火箸を突き立てた。

町一つだ。甚右衛門は町一つを普請(ふしん)した。三十年以上もの歳月を通して御公儀に願いを上げ、渡り合い、時には同業の者らとも押し引きをして吉原町を造り上げてきた。我が身の利など今も一顧だにせず、町の行く立てのみに尽くしている。これが他町であれば、庄司甚右衛門は江戸でも一、二の大町人として謳(うた)われ、敬われるだろう。ところが傾城商(けいせいあきな)いは人々の埒外(らちがい)にある。「不浄の者」と遠ざけられる。

それが花仍には、奥歯が鳴るほどに口惜しい。

「鈴、さっさと歩く」

声高(こわだか)に手招きをして、清五郎と足を止めて待った。鈴は若い衆に促されるようにして、伏し目のままようやく追いついてきた。もう十四になるというのに小柄で、顔立ちにもまだあどけなさを残している。だが何が気に入らぬのか赤い顔をして、頬を強張らせている。近頃はいつもこうだ。おとなしくて声が小さくて、とくに花仍の前では笑うことすら惜しむような素っ気なさだ。

花仍はそれにいつも苛立ち、ついきつい口調を遣(つか)ってしまう。なお、鈴は近寄ってこない。

毎日毎夜、坐る暇もないどころか、奥と見世の間をいつも小走りで行き来している身だ。鈴に何かをちゃんと言い置かねばと思うのに、後ろ髪を引かれる思いで内所に戻る。毎日、大なり小なり何かが起きて、誰の客が他の見世の遊女と浮気をしたの、誰かがお茶を挽(ひ)いているのに誰かは客が重なって捌(さば)き切れないのと騒ぎ、道中の衣裳の色が太夫同士で似たものにならぬよう他の見世の女将との談合も欠かせない。

ゆえに忘れる。昨日の朝、鈴が何の話をしかけたのか、己は何が気がかりであったのか、靄(もや)がかかったように思い出せない。そしてまた、頭を悩ませる悶着(もんちゃく)が起きる。

「声が大きいよ。恥ずかしい」

ようやく追いづいたと思ったら、鈴は口を歪めて零(こぼ)した。丸く、すべすべとしたその頬を、花乃はいきなり指で摑んで抓(つね)り上げる。

「何だって。言いたいことがあるなら、はっきりとお言い。そんな、うじゃけた声で親が耳を傾けてくれると思ったら大間違いだ」

「放して」

「いいや、承知しない」

「痛い、痛いったら。人が見てる」

「なら、もっと痛くしてやろうか。ほれほれ」

清五郎はいつものごとく、「女将さん」と取り成しにかかる。

「ともかく、進みやせんか」

「そうやって、皆で寄ってたかって甘やかすから私の言うことをきかない」

「いや、親仁さんが待っておられます」

「あ、そうなの」

鈴の頬から指を放し、首だけで見返った。

甚右衛門が橋の袂（たもと）で佇（たたず）んでいる。ここから廓までは柳が多く、それも甚右衛門が手配りをつけて植えさせたものだ。他に桜や雪柳、椿に楓（かえで）も命じたようだが数年で枯れてしまい、柳だけが生き残った。秋風にさやぐ柳の緑の手前で見えるのは、甚右衛門の横顔だ。少し顎を上げ、身じろぎもしない。視線の先を辿って、花仍も顔を動かした。

茜雲が、西から次々と湧いて出る。その空の下に、天守閣が聳（そび）えていた。黒壁は夕闇でなお黒を深め、銅瓦葺（どうがわらぶ）きの屋根と金の鯱（しゃちほこ）は西陽を受けて光を増している。

まるで、天下を睥睨（へいげい）するかのごとき光だ。

風に流れてか、大鈴（おおすず）の音が聞こえたような気がした。

内所の縁起棚の下にそれは大きな鈴を下げてあり、暮六ツ頃になるとこれを勢いよく鳴らす。もとは甚右衛門が売色商いを始めてまもない時分に、入り口の縄暖簾に鈴をつけたのが始まりであるとは、トラ婆に教えられたことだ。その音で客の出入りがわかり、客も風流を歓んだらしい。今ではどの見世も同様にして、吉原町の流儀になった。

さあ、今日も夜見世が始まる。

湯気の中で、鈴の名を呼んだ。

「どこにいるんだえ」

石榴口の向こうで湯気にあたっているのかと首を伸ばしたが、己の声が響くばかりだ。花仍は片膝を立てたまま簀子の上に置いた桶を持ち上げ、目の前の、曲がった背中に湯を掛け流す。

「ちょいと、それじゃあぬるいよ。もっと熱いのにしておくれな」

「もっと熱いのかい。背中の皮が焼けちまうよ」

「いいんだよお。背筋が伸びて、寿命も延びるわえ」

骨の形がわかるほど痩せた背中を揺すり、トラ婆はカタカタと笑う。

「呆れた。まだ生きるつもりだ」

トラ婆は七十になった今も町内の長屋に独りで住まい、毎日、西田屋に通ってくる。

姐女郎であった瀬川が十年前に遣手婆の役目を引き継いだのだが、トラ婆は法被をつけて玄関の薄暗がりに蹲り、客の登楼を待ち受ける。浮き浮きと階段口に向かう客に歯のない口をニタリと開け、本人はどうやら笑っているつもりらしい。

旦那、精々、おしげりなさいまし。

初めて登楼った客は暗がりがものを言うのにぎょっとして、気味が悪そうに頭を振りながら足を速める。しかし馴染みの客らは面白がって、「今日もしげらせてもらうぜ」と調子を合わせ、小遣い銭を与えるのだ。

さすがは旦那、心延えが違ってなさる。

味をしめたトラ婆は己の膝の前に丼鉢を置いたので、それからはお約束のように登楼客が銭を入れる。二階で若い衆らに渡す祝儀にも弾みがつき、そしてトラ婆も懐が温もってますます貯め込むというわけだ。

花仍は訊ねたことがないし興味もないが、遊女らが噂するには、貯め込んでいるのは百両できかぬらしい。清五郎も「いずれは小商いでも始めるつもりなんでしょう」などと推していたが、相も変わらず西田屋にいる。

「これでも随分と熱いのを足してもらったんだけど」と顔を上げ、赤褌をつけた三助を呼び止めた。

「ちょいと兄さん、湯をちょうだい。もっと熱いの」

三助は「へえい」と気のない返事をして、蟹股で潜り戸に向かう。そこから柄杓が出て、湯番の者が桶の中を埋めるらしい。花仍は西田屋の内湯ばかりを使っているので、町内の湯屋はおろか、こうして廓外の店も初めてだ。

ましてここは尋常な湯屋ではなく、「風呂屋」である。つまり二階には湯女が待っていて、頭や躰を洗い、その後、屛風の陰で相手をしてくれる店だ。

トラ婆が急に「風呂屋に行きたい」と言い出したのは、今朝のことだ。

「風呂屋って、あの」

花仍はちょうど朝餉を摂っていたのだが、箸を持つ手が思わず止まった。

長年、苦しめられた歌舞妓や女舞が御公儀から禁じられてようやく安堵の息を吐いたのも束の間、今度は風呂屋に客が流れた。

吉原の場合、たとえ小見世であっても、遊女と出会うには相応の手続きを踏んでもらう必要がある。しかし風呂屋には面倒なしきたりがなく、気軽に遊べる。

廉うて速うて、気取りがねえ。

おかげで小見世の主な客である諸国の家来衆や奉公人、職人らの来訪がめっきりと減った。主らが「何とかしてくれ」と泣きついてきて、甚右衛門はそれから数年がかりでまた奉行所に通い詰めた。そしてようやく三年前の寛永十四年、「一軒の風呂屋に湯女は三人まで」という「湯女制限令」の発布を得た。

「そうさ。冥途の土産に、湯女を拝んでおこうかと思ってさ」

何を企んでいるのか、トラ婆の肚はいつまで経っても読み切れない。しかし晩秋に入った時分の昼見世はとんと暇であるので、清五郎に頼んで茅場町まで出てきたのである。「鈴も行こう」とトラ婆が誘い、鈴もまたトラ婆の言には「いいよ」と素直に従う。

風呂屋の高座に坐る番頭らしき男は三人の女連れを前にして、「らっしゃい」の言葉を中途でやめた。

「ここは湯屋じゃないよ。風呂屋」

するとトラ婆が「そうかえ」と、白い鼻毛が飛び出た小鼻をひくりと動かした。

「風呂屋と湯屋と、何が違うんだえ。一緒だろ」

正面切って訊ねられ、番頭は途端に面倒そうな顔つきをする。背後には刀掛けの棚が見え、数本掛かっているので二本差しが何人かは客として入っていることが見て取れた。吉原の傾城屋の玄関内にも同様の刀掛けがあり、というよりも、風呂屋らは吉原のそれを真似て刀を預かる方式を取るようになったのだろう。西田屋のそれは天井まで届く豪奢な造りで、材が花梨であるので何十年と使っていても深い赤を帯びた艶を発する。

「あんたらのような女が、足を踏み入れる家じゃないって」

「あたしら、房総の庄屋の身内でね。嫁と孫娘が江戸見物に連れてきてくれたんだが、この地はほんに砂埃が多いじゃないか。休みがてら湯を浴びてさっぱりしようって、寄ってくれたんだよ。けどお花仍、ここは湯屋じゃないらしい」

「おかしいねえ、ばあちゃん。暖簾には椿湯って書いてあるし、お店の前には薪が山と積んであるのに」

話を合わせて、トラ婆と共に小首を傾げて見せた。番頭はますます厭な顔をする。

二階から女の笑声が降ってきて、花仍は「あれ」と目玉を動かした。

「女客、いるじゃないの」

「だから、あれは」

番頭の言葉尻を遮るように、トラ婆が背後の鈴に言った。

「お鈴、外で訊いてきな。いや、その辺りの職人風情じゃわからないかもしんないからさ、お武家様にお訊ね申すが良いだろう。近頃は町奴や牢人者が多いからね、まともそうなお武家を選んでお訊ねよ」

「お武家様に」と、鈴はか細い声で戸惑っている。

「江戸には北と南の御奉行所があるというじゃないか。見物がてら、そこで教えてもらうといい。茅場町の椿湯さんは風呂屋だと言い張って私らを上げてくれないんですが、はて、湯屋と何が違うんですかって。ばあちゃんらはひとまずここで、煙管を遣って待ってるから」

トラ婆はそう命じるや、下駄を脱いで板間に上がり込んでしまった。鈴は不得要領な面持ちながらも、通りへ引き返そうとしている。

「いや、娘さん、ちょっと待ちなって」

風呂屋の番頭が高座で尻を持ち上げるようにして、鈴を呼び止めた。

吉原以外の町での売色は、法度破りだ。風呂屋がいまだに湯女に躰を売らせていることは奉行所も知っているだろうが、いつ何時、同心らが踏み込むか、それは知れたものではない。奉行所は時々、思い出したように何軒かの主をしょっ引いて、期限付きの家業停止と咎料を取り立てる。御奉行の虫の居所が悪ければ「身代召し上げ」「闕所」の沙汰だ。

「あいにく掃除中だったんだが、そろそろ終わった頃合さね」

「あ、そ。鈴、いいんだってさ」

トラ婆が声を張り上げ、中にとっとと入った。

板間には客の一人も見えず、篠籠に羽織や着物、帯の類が放り込んである。十は埋まっている。町の湯屋は男も女も入り交じっているのが当たり前だと聞いていたので、とりあえず前だけは手拭いで隠して洗い場に入った。すると糠袋を手にした三助がぼうっと立っているばかりで、客は皆、二階に上がってしまっているらしかった。

花仍はトラ婆の背中に熱い湯を掛け流してやり、自身も躰を洗ってからトラ婆の介添えをした。ふだんはしないことだが肘を持ち、転ばぬように腰に手をあてる。いつまで経っても矍鑠として抜け目のないのは変わらないが、こうして裸になれば尻や脚の痩せ方がよくわかる。総身がすっかりとたるんで、骨の上に肉色の古びた襦袢を着ているかのように皮が動く。

「転ばないようにしなよ。足許に気をつけて」

「わかってるよ。あんたも歳だね。すっかり口数が多くなっちまった」

「昔っから、減らず口だ」

「違いない」

石榴口を潜り、すると鈴の姿がここにもない。

「あの子、どこにいるんだろう」

「放っておきなよ。鈴はのぼせやすいから、板間に上がって涼んでるんだろ」

湯気の中に腰を下ろし、二人で「ふう」と息を吐いた。

「声くらいかけてきゃいいのに、母親に口をきいたら損みたいに無口だ。あの子の考えてること、さっぱりわかんないわ」

「そりゃそうだろ。世間の親だって、皆、わかってやしないよ」

「そうなの。あたしだけがこんな目に遭ってんじゃないの」

「当たり前さ。子供だって別の人間だ。ましてあの子は十四だよ。あと三、四年もしたら、婿を迎えて女将修業だ」

「やだ、あと三年」

「そりゃそうだろ」

「また可愛げが失せる。はあ、やだやだ」

生まれたばかりの鈴を抱き上げた日から、花仍はおっかなびっくりで襁褓を替え、貰い乳をしてきた。どんな乳母を雇っても、鈴はその乳を受けつけなかったのだ。それで方々から乳を貰い、綿に含ませて飲ませた。しかし女中の誰が抱いても火がついたように泣いて、花仍が抱くとぴたりと泣き止んだ。

やがて乳が粥になり、一人前に飯粒を歯で咀嚼できるようになっても鈴は病弱で、しじゅう風邪をひく。高熱を出した際など背筋が震えるほど花仍は狼狽えて、トラ婆が口を出し、手も出してくれたから何とか育ったようなものだ。花仍一人では、あの時、ひょっとしたら死なせていたかもしれないと思った切羽が幾度もあった。

しかし五歳の正月を迎えた頃から徐々に丈夫になり、いつもトコトコと花仍の後を従いて歩く。西田屋の内所で過ごすうち、人見知りもしなくなった。母親に似て愛くるしい顔立ちをしていたので遊女らにもそれは可愛がられて、菓子や人形、美しい端布が手に入ると「鈴ちゃん」と、競い合うように与えた。ことに、若菜の禿であった二人が「唐橋」「朝霧」という名の格子女郎となり、姉のごとき可愛がり方だ。

七歳を過ぎると鈴は町内にも出て遊ぶようになり、松葉屋の由蔵の倅を乾分のようにして走り回っていたものだ。由蔵は「鬼花仍の再来や」と目を丸くし、祖母の多可はちょくちょく花仍に文句を言いにきた。

うちの大事な坊を羽交い締めにするやなんて、乱暴が過ぎるやおませんか。

ところが昨年頃から口数がめっきりと減って声も小さくなり、皆は「しおらしくなった」と褒めるが、花仍は気になってしかたがない。

「傾城商いや男と女のこともちゃんと話しておこうと思ってんだけど、あたしも忙しいし、なかなか」

「それなら、もうとっくに呑み込んでるわえ」

　驚いて、皺のふやけた横顔を見た。

「いつのまに」

「わっちが喋ったんじゃないし、唐橋と朝霧でもなさそうだ。遊び友達から聞いたか。けどあの子は聡いからね、自分で察しをつけたんじゃないのかえ」

　花仍は「ふうん」と、長息した。

「子供が育つって、何だか淋しいもんだね。嬉しいけれど、どこか淋しい」

「親から遠ざかるってことが、育ちだ。いつまでも母親の腕の中にいちゃあ、それこそ心配さね」

　私はどこまで欲が深いんだろうと、花仍は時々思うことがある。

　生きてさえいてくれたら他には何も望むまいと、心底から願ってきた。若菜を喪ってしまったことに比べれば、何ほどのことがあろう。けれど鈴が育てば育つほど「おっ母さん」の値打ちが目減りするような気がして、気が揉める。それでつい絡んだり触ったりして、余計に口をきいてもらえない。

　その点、甚右衛門はずっと変わらない。赤子の頃から無闇に可愛がることをせず、むろん叱ることもない。いつも鈴の顔や姿を目で追い、目尻に皺を寄せるばかりだ。

黙って見守っている。

　トラ婆の介添えをして石榴口から出て、洗い場を抜けた。板間に出ると、やはりここにも姿がない。ざっと篠籠を見渡したが、鈴の着物は入っていない。トラ婆の躰を拭きながら、さすがに心配になってきた。

「ほんとにあの子、どこに行っちまったんだろ」

「二階だろ」

「まさか」と、湯文字を腰に巻いてやる。

「だって、湯女を見てみたいと言ったのは鈴じゃないか」

　トラ婆の前に回り、腰を屈めて問うた。

「さてはそれで、風呂屋に来たってぇの」

「そうだよ。あれ、お前さん、知らなかったのかえ」

　高座に坐っているのはさきほどの番頭ではなく別の男だが、花仍は思わず声を潜めた。

「すっとぼけて。トラ婆、何て危ないことに手を貸すんだよ。風呂屋の客がどういう連中か、わかってんのかい」

「町奴に旗本奴、それから西国の牢人だろ」

三年前、寛永十四年の冬に、西国、島原という地で一揆が起きた。南蛮渡りの異宗に帰依した信徒らがそこに多く含まれていたとの噂で、昨年、御公儀はついに葡萄牙人の来航と居住を禁じた。その数年前には異海への渡航禁止の触れが出され、異国に住む者らの帰国が禁じられている。

それもこれも異宗が伝播されて広まるのを防ぐためだと、甚右衛門が清五郎に話しているのを耳にしたことがあった。そして島原での一揆だ。異宗の徒らの抵抗は凄まじかったらしく、御公儀はその鎮圧に手こずり、江戸開府以来の大戦になった。翌年まで続いた戦の後、しばらくして江戸に浮浪の牢人らしき男らが増えたのだ。一揆勢に加わった武家の残党であるらしいとの噂が流れた。

吉原では甚右衛門の指図によって、風体の怪しい者は登楼させないばかりか、大門を潜った時点で前を塞ぎ、吟味した。主君や居所が定かでないと知れれば、すぐさま奉行所に突き出した。

遊女らに乱暴狼藉を働かせぬための措置であったが、御公儀から売色御免の許しを得た際の約定がある。これも大きな理由の一つだった。

一、武士、商人体の者に限らず、出所慥かならず不審なる者徘徊致し候わば、住所吟味致し、弥不審に相見え候わば、奉行所へ訴え出るべく事今では妓楼の主の誰もが心得、跡取りたる者は幼い頃からそれを習い憶える「元和(げんな)の五箇条」の五ツ目である。

吉原が法度を守って締め出したことで、牢人らは風呂屋に流れた。二階には座敷があるらしく、そこで行き場のない者らがこぞって参集するようだ。やがて遊び好きの、若い傾奇者(かぶきもの)や「奴」と呼ばれるあぶれ者らも好んで風呂屋に上がり、その繁盛は市中に広がった。風呂屋が増えたばかりか、看板替えをした湯屋も多いという。

「こうしちゃいられない」と、花仍は素裸(すはだか)の上に着物をつけ、手早く前を合わせる。

旗本の次男坊、三男坊なんぞ、とんでもない輩(やから)が多いのだ。鈴がどんな目に遭わされるかと想像するのも恐ろしく、総身の毛が逆立ちそうだ。トラ婆が板間にぺしゃりと坐り込んで、暢気(のんき)そうに白湯(さゆ)を啜(すす)っているのも忌々しい。

「ここでおとなしく待ってなよ。鈴を捜してくるから」

「一服したら、わっちも行くわえ」

「いいから、ここを動かないで」と言いざま高座の前をすり抜け、「ちょっと、あんた。二階は困るよ」と止める声も背中で聞いて階段をひと思いに駆け上がった。

廊下に足を踏み入れるなり、「え」と声が洩れた。

あまりの明るさにたちまち動悸(どうき)が治まって、一歩、二歩と歩を進める。暗い、洞(ほら)のごとき場を想像していたのだ。しかし中央の廊下の左右は畳敷きで、開け放した障子の向こうには露台が巡らされている。

よく晴れた空の中にいるような景色で、座敷の中にも晩秋の陽射しが溢れんばかりだ。しかも静かだ。下卑た言葉も行き交わず、湯帷子を羽織った男らが遊ぶ碁石の音が響いている。露台に出ると、乳房を見せた湯女らしき女らが客の髪を梳き、肩を揉んでやっている女もある。

皆、ちらりと花仍に目を這わせるが、声を荒立てぬどころか見咎めもしない。田舎者の一家が湯屋と間違って入ってきたと番頭から聞かされているのか、女らの佇まいも静かだ。一人、二人と数え、やはり湯女は五人いる。

あんのじょう、制限令は守られていないが、花仍は「へえ」とまた呟いた。思い描いていた風呂屋と、まるで違うのだ。吉原の切見世の方がよほど猥雑で、売色にこせついているかもしれない。

これほどのんびりと静かだなんて、まるで桃源郷じゃないか。人気があるはずだ。

露台の隅に顔を向ければ、鈴が腰を下ろしていた。欄干の合間から脚を出し、ぶらぶらとさせている。

男らと同じように長閑で、その瞳は雲の行方を追っているのか、それとも南の彼方の海を望んでいるのだろうか。

視線の先を辿れば、名も知らぬ白い鳥らが群れをなし、西へと飛んでいく。薄雲のように美しい線が目の中に残る。空の下では深い大きな緑に包まれるようにして寺社や大名屋敷の甍が連なり、赤や黄、金色の木々は錦繍のごとくだ。川沿いの薄の群れが銀色を揺らすさまは、どこか懐かしい。

「娘さん。おっ母さんの出迎えだよ。もうお帰りなさい」

湯女が声をかけ、鈴はふと顔を動かして花仍を見上げる。

「見ぃつけた」

昔、かくれんぼをしてやった時の口調が出た。

鈴は久しぶりに悪戯っぽい目をして、肩をすくめた。

秋時雨が何日か続いた後、急に朝夕が冷えるようになった。

夜見世を開く前であるので若い衆らは台所の土間で菊炭を盛んに熾し、二階へと運んでいく。座敷の大火鉢に埋けるのだ。冷え切った座敷では客が寛げない。ことに多人数の宴のための座敷は二十畳の広さがあるので灯具を増やし、畳の上には南蛮渡来の敷物を敷いたりして温もりを工夫させている。

ただ、襠（しかけ）を何枚も重ねて張見世（はりみせ）に坐る唐橋や朝霧らにとっては、秋はしのぎやすい季節である。汗かきの花仍にとっても同様で、夏の汗の方がよほど難儀だ。

縁起棚の下に吊るした大福帳を下ろし、昨夜の出来に目を通し始める。

唐橋と朝霧の二人ともにいい客がつき、他の遊女らもほとんどがお茶を挽いていない。皆、神妙に勤めているからだが、遣手婆の瀬川の腕に負うところも大きい。瀬川は遊女と客の相性を見抜く才に長（た）けており、張見世で見初めて指名があっても、上手（うま）くいかない二人だろうと思えば違う遊女をそれとなく薦める。

あいにく、たった今、ふさがってしまいましてね。でもちょうどいい妓（こ）がおりますんですよ。きっと、若旦那のお気に召しますと、流れを変える。

張見世では顔と気配しかわかりませんからね。おとなしやかな顔に見えたって口を開けばおきゃんな妓（こ）もいるし、顔立ちが派手でも座持ちが下手な妓もある。まして閨（ねや）の技なんぞ、よほど遊び慣れたお客でもそうそう見抜けやしません。一晩限りのつもりで登楼したお客をぐいと摑んで、二度と離れられぬようにするが手前どもの商い。そのためには、惚れさせなきゃ。

瀬川は誇らしげに胸を張ったものだ。花仍は一枚、さらに一枚と繰って、遊女一人ひとりの見目や気性を思い起こす。確かに、似合いだと思える客がついている。

これで、うちにも太夫がいれば。

そう思うこともあるが、唐橋と朝霧は歳頃からいって、その機をすでに逃がしていた。あの島原の一揆があったゆえ市中は騒然として、金主になろうという客が現れなかったのだ。それでも無理を通そうとは、花仍には思えなかった。

私が若菜を太夫にしたばかりに、死なせてしまったのだ。

私が無闇な夢を抱いたから。

口に出せぬことであるけれど、今もその思いは消せないままだ。自らを責めて苦しむことはなかった。鈴がいたからだ。鈴を育てることに夢中で、気が塞ぐ暇もなかった。昨年に十三回忌も終え、鈴も育ち、そして今、つくづくと「私のせいだなあ」と思う。泣いたりはしない。からりと晴れた頭で眺め回してみても、同じ考えに行き着くだけのこと。花仍はそれを淡々と、真正面から受け容れる。

己の、取り返しのつかない失敗りを。

「女将さん」

清五郎の声がして、頬杖をほどいた。

「ご苦労さま。早かったね」

今日、甚右衛門は朝から奉行所に呼び出されていて、それはもう恒例になっている。

評定所に太夫を差し向けるのは五年ほど前に取り止めになっており、その分、こちらも足繁く挨拶に出向かねばならないのだ。御奉行が代われば祝の品を贈り、気心が通じるまで何度でも足を運ぶ。清五郎が言うには配下の役人らの好みも甚右衛門は詳細に摑んでいるようで、囲碁や茶の湯の相手を務め、しばしば西田屋にも招いて饗応する。座敷でも相手におもねることはなく、互角の交誼をしてのける。人目を気にして渋面で座敷に上がった役人ほど帰る際は上機嫌で、親しげな口をきく。そのさまを目の当たりにしているゆえ、花仍は頭の下がる思いがする。

「親仁さんもお帰りかい」

「三浦屋さんもご一緒です」

清五郎はなぜか硬い面持ちで目だけを動かした。奥を示している。花仍は黙ってうなずいて返し、長火鉢の端に手をついて立ち上がった。

「来年から、夜の営業が禁止になる」

甚右衛門にいきなり切り出されて、花仍は二の句が継げなくなった。

「夜見世ができなくなる」

甚右衛門のかたわらに坐る三浦屋も眉根を寄せ、頭を横に振る。

「いきなりの御指図でした。藪から棒だ」

下座に控える清五郎は押し黙り、目を伏せたままだ。

「そんな。昼見世だけでは、とても立ち行きません」

甚右衛門と三浦屋にそれを訴えても、二人は百も承知のことだ。しかし言わずにはいられない。

「あまりな御沙汰じゃありませんか。吉原に日干しになれってんですか」

「じつは来年からではなく来月、十一月からと命じられたんです。そこを親仁さんが掛け合って、来年からということにしていただいた」

「いったい、何ゆえです」

評定所や奉行所とは親密な交誼を結び、覚えもめでたかったはずだ。

「何ゆえ、夜見世が禁じられたんです。吉原を潰しに掛かってこられたのですか」

甚右衛門は咽喉の奥を、むうと鳴らすのみだ。

「いや、そうじゃありませんよ。女将さん」

三浦屋の左右に張った顎が、静かに動いた。

「御奉行はお命じになるだけで、理由は仰せにならぬものです。しかし配下の御方らの口ぶりでは、大名家の奥のご意向が御城の大奥に届いて、御老中からの命が下ったようです」

「お大名家の奥。ですがご家来衆はそもそも夜間の外出に門限があるゆえ、昼見世にしかお越しになれないではありませんか」

「いや、花仍。もっと上だ」

見返すと、甚右衛門も目を合わせてきた。

「江戸屋敷に十歳やそこらで国許から移られた若君らが、今は十四、五におなりだ。御旗本の御子息とのつきあいもでき、この吉原にもお運びになっている」

そうだ。唐橋の客にもまだ十代の美しい若君がいて、父君は東北の雄藩の大名である。唐橋より何歳も下だがとても仲睦まじい。

「先年、跡継ぎを巡っての騒動が相次いだことはご存じでしょうか」

三浦屋に問われて、「いいえ」と頭を振る。

「つまり奥の目の届かぬところで子を生す仕儀は、非常に具合が悪い。奥女中をそのために抱えておられるわけで、吉原遊びを黙認すれば、いずれ素性の知れぬ遊女が産んだ子を担ぐ一派が出る、と」

「そんな先のことを案じられても、言い掛かりにしか聞こえませんよ」

「いや。吉原の女ではありませんが、鷹狩に出向いた先で百姓の娘に手をつけた若君がおられて、その娘が男児を産んだらしいんですよ。後に家中が二派に分かれて争った際、その男児を捜し出して正統を主張したという事件がありました」

「では、その子が嗣子となられたのが、奥のお怒りを買った」

「いえ。その男児は亡くなりました。毒殺であったようで、それで家臣同士の斬り合いに至り、昨年、御長屋から火まで出ました」

その顚末に公方様、つまり家光公が激怒され、大名家は取り潰しになったという。

「昨年は御城でも火が出て、本丸が焼失しました。今年になってようやく再建がなり、しかし費えは莫大なものであったでしょう。畏れながら、島原の一揆で御公儀の金蔵は相当な痩せ方をしたとの噂ですし、御旗本にも倹約令をお出しになっています」

「それと夜見世と、何のかかわりがあるんです」

「ですから、武家の綱紀粛正、ひいては市中の風儀をも正すとのお考えです」

「お大名の奥方らが、さようなことまでお考えになるんですか」

自身が口にしたのとまったく同じ言葉で、花仍は女将らから突き上げられることになった。

「奥方らが御政道に口をお出しになるなんて、おかしいじゃありませんか」

「そうだよ。どうせ、体のいい理由を押しつけられなすったんだろ」

皆、血相を変え、松葉屋の座敷は蜂の巣を突いたごとくのありさまだ。

「押しつけられただなんて、よくもそんな言い方ができるもんだ」

花仍は左隣に坐る三浦屋の久に顔を寄せて、呟いた。

「まあ、しばらくは黙って、言いたいだけを言わせましょう」

上座の床の間前には、松葉屋の隠居、多可、そして由蔵の女房である弓が坐している。多可は十年前に倅の由蔵に跡目を継がせ、由蔵は先代の幸兵衛という名を継いだ。しかし花仍の中ではいまだに、「弱蔵」の由蔵だ。

「武家のおなごってのは、ほんに底意地が悪いねえ。天女だ、菩薩だと崇められる遊女が目障りで、亭主に何か言挙げしたんだろ」

「どうせ、あたしらなんぞ虫けら同然だからね。やれ、気色が悪い、ひねり潰しておしまいってさ。ああ、肝が煮える」

しくじったと、花仍は膝の上で重ねた手を揉んだ。大名家の奥の意向がかかわっているらしいと話したことで、火に油を注いだ恰好だ。しかし理由を話さねば誰も納得しない。お家騒動の顚末を聞かされた花仍も、まだ得心できていないのだ。

どのみち、真相はわからない。一つではなく、幾つもの思惑が働いてかような命になったのが実情だろう。

わかっているのは、これから大変な覚悟が要るということだけだ。ことに、西田屋や三浦屋のような大見世ほど夜の稼ぎが大きく、西田屋では夜が売り上げの八割に上る。昼見世はほぼ休んでいるに等しく、寺社への参詣を名目に外出をする遊女も多い。今頃、西田屋の座敷では、甚右衛門や三浦屋もこうして皆の憤慨を黙って聞いているのだろう。耳を傾け、受け止めるしかないのだ。此度は誰も妙案を持ち合わせておらず、甚右衛門は辛抱強く陳情を続けるしかないと言っていた。

何年かかるかわからねえが、夜見世の再開を願い上げに通う。それしか、手立てがない。

「皆さん、そろそろ、よろしおますか」

手を叩いて場を鎮めたのは、まだ三十代の弓である。鈴が生まれた年に大坂の遠縁から嫁いできて、多可の厳しさに耐えかねて花仍の許によく駈け込んできたものだ。それでも堪えられずに幾度も里に帰ったが、由蔵に乞われてまた戻りを繰り返し、今では押しもおされもせぬ揚屋の女将だ。

「いずれ必ず夜見世を再開していただくよう、親仁さんらが力を尽くしてくれはりますさかい、ここは皆で耐え忍んで、腐らんようにしようやありませんか」

すると、「無理なことを」と声がした。見れば、下座の端で袖を肩まで捲り上げている。確か、遊女上がりの女将で、喜楽という名の小見世だ。

「そりゃ、上座にでんと構えておいでのお歴々はこれまでさんざん稼いで、蔵もお持ちだ。先々にお厭いはなかろうが、わっちら小見世、切見世はつまんない女郎しか抱えられないんでね。夜見世をしちゃいけないなんてお達しは、死ねと言われてるのも同然さね」

「そうだよ」と、下座が口々に荒い声を立てた。

「まったく、どうしてくれるつもりだい」

その責め口調に、肚の底の蓋が開いた。

「どうしてくれるって、たまには己の頭で考えたらどうです」

「あんたの亭主は吉原町の惣名主だろうが。こっちは苦しい懐をやりくりして、町費も納めてんだ。あんたらが何とかするのが筋だろうが」

「町費は町の普請に使ってるでしょう。御公儀の御用で御城の煤払いに人手を出す費えも、そこから出している」

「口を開けば、御公儀、御公儀だ。親仁さんはうまいこと骨抜きにされて、まるで手先じゃないか」

「何だって」と花仍は片膝を立て、喜楽の女将を睨めつけた。三十五、六の、目にも頬にも険のある女だ。

「己が抱えている女郎をつまんないなんて、そんなことを平気で口にする料簡だから、女らも商いに身が入らないんじゃないか」

遊女上がりの女は、およそ二手に分かれる。瀬川のように稼業の辛さをよく呑み込んで気配りする手合いと、襤褸になるまで客を取らせる手合いだ。そういう見世には華がないどころか殺伐として、客にも「二度と来るもんか」という扱いをする。結句、いい女郎が集まらないし、育たない。

「他人を責める暇があったら、ちったあ知恵を絞りなよ」

「もういっぺん言ってみろ」

喜楽が立ち上がった。花仍も気がつけば、仁王立ちになっていた。

「だから、その性根と頭を何とかしろっつってんだ」

激しい応酬になって、やがて下座の十数人が立ち上がり、しかし花仍は一人で叫び続ける。

「私だって口惜しいよ。けど、昼見世を何とか盛り上げていくしかないじゃないか。言っとくけど、あんたら女将が不景気面をするのだけは止しとくれよ。それが見世の者らに伝わって、そしたら吉原の町全体が沈んじまう」

「町、町って、こちとら生き死にが懸かってんだ。他人など、知ったことか」

「町あっての見世じゃないか。皆、ここで生きていくしかない」

無性に腹が立って、声が掠れようが上座の面々が呆れていようが、構っていられない。しかし、これほどの口喧嘩をしたのは子供時分以来だ。息が切れる。

「西田屋さん、そろそろよろしいか」

顔を右手に動かすと、多可が目を閉じて腕を組んでいた。

「気が済みなはったかと、訊いてます」

花仍は曖昧にうなずいて、すると見えていたかのように多可が「ほなら、坐りなはれ」と命じた。

「喜楽さんらも、腰を下ろしとくなはれ」と、弓も口を添えている。

多可はゆるりと腕を動かし、膝の上に掌を置いてから目を開いた。

「皆さん」

さほど大きな声ではないのに、一斉に場が引き締まった。

「傾城屋はな、御公儀から見たら悪所や。けど、それが必要なこともようわかってなさる。悪所を一掃しても、手の届かぬ所で陰商いをするのがわかってなさるからや。

そやから江戸の方々で好き勝手に商いをしてた傾城屋を一ヵ所にまとめようと親仁さんも考えはったんやし、御公儀もその意を汲んで町としての格を与えてくれはった。お大名の奥方らがどない思うてはるかは知る由もない、知る必要もないことや。わたいらは売色御免のお許しをいただいてる町の者として、矜りを持って見世を張らせてもろうたらよろし」

　ややあって、三浦屋の久が「そうですよ」と顎を引いた。

「苦しい時こそ力を合わせて、お客様に心地よく過ごしていただきましょう。何か困ったことがあったら、こうして寄合を持てばよいのです。互いに知恵を貸し合いましょう」

　多可と久の言いようを聞くうち、私とえらい違いだと花仍は畳に目を落とした。たぶん、さして変わらないことを言っている。けれど誰も抗わず、しんと耳を傾けている。

　寄合を終えた後も、花仍は放心したように動けないでいた。多可が立ち上がって座敷を去る時、大目玉を喰らうかと頭を下げたが、背中をぽんぽんと二度叩かれただけだった。

寛永十八年が明け、昼見世だけの吉原となって春をしのぎ、夏を越え、秋虫のすだく九月を迎えた。

夜見世禁止による打撃はやはり凄まじいものがあり、西田屋の売り上げは当初、八割減となった。そこで清五郎は仲間内の寄合や顧客接遇の場として使ってもらえまいかと、市中の大店を回った。一件、二件と座敷が埋まれば、唐橋らが酌をして舞を披露し、所望があれば閨の相手をする。

唐橋が恋仲となっている若殿も、訪いが間遠になった。どうやら御城での御役を得たようで、その奉公があるらしい。昼八ツ半に馬で駈けつけ、しかし昼見世は夕七ツには仕舞わねばならない。ほんの半刻ほどの逢瀬だ。顔を見て話をして、それだけで去らねばならぬ日もある。

けれど唐橋は愚痴ることもせず、まるで初心な小娘のような顔をして打ち明けた。

昼だけであってもお運びくださる若様の、あのお心がわっちには嬉しいのでありいす。

花仍にわざわざそう告げたのは、唐橋なりの優しさであろうと思った。

悪いことばかりじゃありいせんよ。わっちらは大丈夫。

なぜか、若菜の声に似ているような気がした。

そこで花仍は一計を案じて、台所に腕のいい料理人を上方から招いた。これまでは台所の料理番が酒肴を拵えていたが、自前で本膳を調えてみようとの思案を立てたのだ。

そもそも妓楼で供する膳は見栄えが大事で、味は二の次である。というのも上客は自邸で腹を埋めてから登楼するのであり、宴の席に並んだ料理にはほとんど箸をつけないのが尋常だ。残り物は遊女や店の者の口に入ると知っての配慮でもあり、たまに綺麗に平らげた客など「いじましい」と陰口を叩かれる。

旨いものを供することができたら、もっと宴席に使ってもらえるかもしれない。そこで、松葉屋の由蔵、改め幸兵衛に相談してみた。大坂で揚屋の主修業をしていたので、舌は肥えているはずだ。いつだったか、「江戸に帰ってきて困ったのは、とにかく喰い物が不味いことや」と零していたことがある。

大坂には身代の大きな町人が多いので、豪勢な膳料理だけを供する店もあるらしい。江戸にそんな料理屋があるとは聞いたことがなく、市中でも団子屋や煮売り屋、饂飩を商う小店があるばかり、廓内もしかりだ。

「江戸も海に面してるのやし、漁師も多い。けど、魚の目利きができる者が少ないわな。大坂やったら、大店の台所にもええ腕をしてる者がいてるのやが」

「だったら、招くわ。腕のいいのを紹介して」

「相応の金子が掛かると思うで。大丈夫なんか」

「何とかする」

上方から招いた料理人は幸兵衛と同じような喋り方をして、しかし腕は抜群だった。

「久しぶりや、この味」

幸兵衛は「これは、いける」と、小膝を打った。

人数の多い宴では、脚付きの大きな台に松竹梅や鶴、亀を象った縁起物の細工を飾り、そこに口取りや刺身、煮物、焼物を盛り合わせた。煮魚と酢の物は各々の膳で出し、しかも高価な砂糖を惜しみなく使ってある。

これが評判を取り、幸兵衛も上方から料理人を招くと言い出した。

「かまへんか。あんたの思案やが、真似しても」

「何言ってんの。弱蔵のおかげでお客様に喜んでいただいてるんだ。だいいち、旨いものが食べられる見世が増えた方が町の為になる。三浦屋さんや他の見世も紹介を頼んできたら、力になってやってよ」

「おおきに、合点や、楽しみや」

幸兵衛は息せき切って一度にいろんなことを言い、あれこれと世間話もした後、

「そういえば」と鼻の穴を広げた。

「喜楽らも、何とかやってるみたいやな。やれやれや」

「喜楽って、あの小見世の」

「あのおばはんもあんたも、えらい剣幕やったなあ。内所にも丸聞こえで、女中らの怖がることというたら。後で、お母はんも呆れてたわ。近頃、神妙に女将稼業に勤しんでると安堵してたんやが、いざとなったら見境が無うなる」

「はあ、それはどうも」

やはり、陰口を叩かれていた。

「で、お母はんから気ぃつけて様子を見とくようにと、うちの弓が命じられたのや。いや、喜楽の女将のことやがな。あの勝気さは危ない勝気や、ってな。そやから、お稲荷さんに詣でた帰りに小見世のある辺りへわざわざ遠回りしてたんやが、なかなかあの女将と顔を合わさへん。主は仏頂面で水を撒くばかり、わしらには大した挨拶も寄越さんとたちまち暖簾の中に入ってしまいよる。まあ、これほどの難儀に皆、喘いでるから仕方ないわな。そしたら何日か前に、仲之町の通りでばったりと女将と出くわして。嚙みつかれるかと身構えたんやが、平然としてたのや。愚痴りもせんと、わしに向こうて松葉屋さんの景気はどうですやなんて、愛想までええのやから驚いた」

　さすがは多可だと、花仍は恐れ入る。喜楽に「町がどうの」と言ってのけたものの己の見世のことで精一杯で、小見世の様子を気にもしていなかった。頭から飛んでいた。

　やれやれと息を吐くと、柝の音が鳴った。若い衆が柝を手にして二階を回り、見世仕舞いを告げるのである。日中だけの商いはどうしてこうも早いんだろうと、花仍は長火鉢の灰を掻き寄せた。

　遊女らは夜に躰を休めることができるが、稼ぎが減った分、店への借金返済が滞るので年季明けが先になる。二十三、四で廓の外に出られれば人並みの人生を歩めようが、二十五を過ぎて年季が明けた者は世間の風儀に馴染めず、さんざん苦労をして舞い戻ってくる。そんな女らを遊女として雇う大見世はほとんどなく、瀬川などは稀有な例だ。たいていは切見世でしか働けず、下の病に罹って早く亡くなる者が多い。

　そういえば、唐橋と朝霧の年季明けはいつだったかと思いつつ、灰に「年季」と書く。

　禿時分は年季に入れず、振袖新造として「水揚げ」を行ない、突き出しになって初めて一人前、年季奉公が始まる。それが十四だったたか。となれば、二人ともあと一年で明けるはずだった。

また若菜を思い出して、花仍は手を止めた。若菜は無心にきた親に年季が延びるのを承知で金子を渡し、そして鈴を産んだ。

唐橋や朝霧のことは、祝って送り出してやりたい。

灰の字を火箸で消し、商いへと頭を巡らせる。

料理のおかげで宴が増え、昼見世だけで比べれば以前より売り上げが伸びているほどだが、何せ元手が掛かっている。夜見世を開いていた時分の利鞘は取り戻せぬままだ。

考えあぐねているうち、屛風の向こうで鈴の髷が横切るのが見えた。

「鈴、奥に行く前に、お茶を一杯淹れとくれ」

「今から出掛けるの」

相も変わらず、つっけんどんな声だ。

「どこへ」

「おさよちゃんち」

「おさよって、誰だよ」

小声で鈴は何か答えたようだが、しかと聞こえない。

「すぐ帰っといでよ。秋の暮れは釣瓶落としなんだから」

今は煌々と灯りをともすわけもなく、日が沈めば大門を閉じる。町内の通りには買物や湯屋に出掛ける遊女や店の者がしばらく行き交うが、店も早々に大戸を下ろして宵五ツには寝静まってしまう。皆、灯用の油を始末するからで、まさに町は森閑として、犬の遠吠えが響くばかりだ。

「鈴、行ってきますくらい、ちゃんと手をついて挨拶するもんだ」

我知らず苛立っていた。まったく、何てぇ娘だ。

「お客が階段を下りてきなさるってのに、声を尖らせるんじゃないよ」

トラ婆がいつのまにか屏風の横に立っていて、丼鉢を回している。今日も稼いだようで、チャリチャリといい音がする。

「顔を直して、お見送りしな」

花仍は「はいはい」と、己の頰を両の掌で叩いてから腰を上げた。

茶羽織の年寄りと連れの数人が階段から下りてくる。小走りになり、満面に笑みを作った。

「ご隠居、どうも有難うございました」

「はい。お世話様でした。女将も大変だろうが、ここが正念場だよ。お気張りなさ親身な声でねぎらわれるとふいに胸が詰まり、作り笑いも消える。

「またどうぞ、お近いうちに」

暖簾の外で、ずっと頭を下げていた。

十日の後の夜、遅い夕餉を済ませて奥の自室に引き取った。客への礼や紋日の案内の文をしたためていると、女中が顔を出した。

「親仁さんがお呼びです」

うなずいて筆を擱く。襟許をつくろいながら、中庭に面した広縁に出た。甚右衛門の自室は客間の隣で、その横の書斎にしている小部屋を挟んで花仍の八畳、襖を隔てた隣が鈴の六畳だ。鈴はもう寝んでいるのか、欄間越しに漏れていた灯りがいつのまにか消えている。

「花仍です」

声をかけて障子を引くと、甚右衛門が正坐していた。ここも有明行燈一つを灯してあるだけなので、面持ちはよくわからない。「坐れ」と掌で示したので、とりあえず膝を畳んだ。こんな時分に、しかも清五郎が控えていないとは何の用件だろうと、内心で訝(いぶか)しむ。

「明日になってから話そうかと迷ったが、昼見世の準備でまた忙しいだろうから、やはり今夜、来てもらった」

ということは、また難儀なお達しかと、居ずまいを直した。今日はいつものように評定所と奉行所に回り、その後は名主の寄合に出ていたはずだ。

「じつは、風呂屋に遊女を派遣していた見世がある」

「風呂屋、ですか」

困惑して、目をしばたたいた。

「抱えの妓(おんな)らを風呂屋に行かせて、そこで遊女奉公をさせていたらしい」

茫然と甚右衛門を見返す。

「いったい、どこの見世です」

「一軒じゃねえ。十一軒もある。千草屋(ちぐさや)に備後屋(びんごや)、播磨屋(はりまや)、文長(ぶんちょう)……そして喜楽。いずれも小見世、切見世だ」

「喜楽」

「どうやら、最初に始めたのが喜楽らしい」

「あの女将の思案ですか」

「女将かどうかは知れぬが、春頃からその仕方で稼いでいたようだ」

「いつ露見したんです」

「遊女が客の頭を洗いながらあれこれと喋って、吉原言葉に気づかれた。何気なくそれを問われたので、妓もそうだと、愚痴混じりに話したようだ。夜見世の禁止で稼ぎが落ちてどうにもならないゆえ、ここに遣わされている、とな」

「何てことを」

背筋が崩れ、「ああ」と己の額を掌で摑んだ。

「湯女奉公させられていた遊女は、四十三人だ。今日、三浦屋と共に身柄を引き取って、会所に集めてある。清五郎と三浦屋の番頭が見張りについている」

「お咎めを受けるんですか」

「奉行所に相談してきた。遊女の処罰は、吉原町に任せるとのことだ」

「いかがなさるおつもりです」

甚右衛門は黙っている。花仍も息を詰めて待つ。片影になった顔がようやく動いて、低い声がした。

「見世を移すしか、ねえだろうな。どのみち、奉公先の見世は無くなる」

よく呑み込めぬ言だ。

「取り潰しだ。主の十一人は、磔刑（たっけい）に処す」

「たっけい」

「磔（はりつけ）だ。明日、大門の外で行なう。しばらく稼業がやりにくいかもしれねえが、それはこらえてくれ」

「親仁さん、待って。待ってください」

顎がわなないて、途切れ途切れになった。

「磔って、どういうことです。風呂屋に遊女を差し向けただけで、何で」

そこまでを言って、気づいた。

他人を責める暇があったら、ちったあ知恵を絞りなさいよ。

もしかしたら喜楽の女将は、浅い知恵を働かせたのではないか。だとしたら、煽（あお）ったのはこの私だ。

「親仁さん、どうか磔刑だけは堪忍してください。お願いします」

甚右衛門の膝に取り縋（すが）っていた。口から妙な音が洩れる。言葉にならない声が、ぶざまに流れ出る。

「花乃」

肩と腕を持たれ、半身を起こされた。

「風呂屋に遊女を差し向けただけとは、いかなる料簡で言っている」

薄暗い顔が間近で、覗き込んでいる。

「廓の外での傾城商いを法度で禁じていただいたのは、この吉原町だ。にもかかわらず、その傾城屋自身が禁を犯した」

冷たく乾いた目が花仍を見つめている。

「死を以て贖(あがな)わねば、すべてが崩れる。この町の何もかも、だ」

重い瞼(まぶた)を押し上げるようにして、目を据え直す。しかし、わからないのだ。まるで見覚えのない顔がそこにある。

この人は誰だ。

油が尽きてか、ふいに灯りが消えた。闇になる。ふと過(よぎ)る名があって、指先が震えた。

外道(げどう)だ。

総身がすくみ上がった。

六　香華

　朝から細い雨が降っている。

　大門を出て下水溜に架かった橋を渡れば、どこで耳にしたものやら、草地には見物衆が押し寄せていた。近所で誘い合わせて訪れたらしき面々は何やら小声で交わし合っては眼を輝かせ、その時を待ち構えている。編笠に羽織袴をつけた二本差しに、尻端折りをして天秤棒や桶を担いだ物売りの姿もある。まるで歌舞伎芝居に群がるがごとき熱気だ。

　人はなぜ、酷いものを見たいのだろう。

　中でも騒がしいのは、平素は吉原から締め出している不逞の輩だ。若い町奴どもで、月代をひときわ広く剃り上げ、着物は黄色地に大きく菱形を描いたような派手ないでたちだ。

「ええい、何を愚図愚図としてやがる。さっさとやらねえか」

「何なら、俺が一思いにやってやろうか。近頃、犬しか斬ってねえからの」

己の大刀に血を吸わせてやりたいなどと肩をそびやかし、仲間と馬鹿笑いをする。

人々はそれを耳にして眉を顰めるものの、立ち去ろうとはしない。町外れの河原ならまだしも、こんな市中で磔刑を行なうのがやはり珍しいのだ。

花仍が若い時分は葦の生う寂しい土地であったのに、年々、町家が建て込んできた。大門は吉原町の北に構えてあるのだが、この草地を隔ててすぐのところに長谷川町と富沢町が迫っている。南方にあたる堀川の向こうには大名や武家の屋敷が連なり、南西は公儀の銀貨を鋳造する銀座だ。

それでも甚右衛門は、この地で処刑を行なうと決めたのである。

江戸がいかほど繁華になったといえども、死は身近にある。市中に出れば、物乞いの行き倒れや誰に殺られたとも知れぬ屍に出遭う。ひとたび病を得た者は滅多と持ち直さず、むろん戦や疫病、火事では途方もない数の死者が出る。鈴の母親である若菜のように、お産で命を落とす者も少なくない。

なればこそ、此度の仕置は厳し過ぎはしまいかと花仍は思ってしまう。いかに法度を犯したとはいえ、十一もの小見世（こみせ）、切見世（きりみせ）を闕所（けっしょ）とし、主（あるじ）らを今から磔（はりつけ）に処するのだ。

羽織袴をつけた甚右衛門は、町の顔役衆と共に草地の先頭に並んでいる。三浦屋（みうらや）の顔も見え、硬い面持ちで若い衆らに指図（さしず）をしている。

見物衆が一斉に声を洩らし、顎を上げた。

一架、二架と、磔台が立ち上がっていく。立てられた角材は思いの外の長さで、九尺ほどもある。その上方の二ヵ所に角材が横に組まれてあり、主らは両手両足を大の字に広げて荒縄で括（くく）りつけられている。着物は剝がれていないものの胸ははだけ、裾が大きく開いている。

十一人とも髻（もとどり）を切られ、髪を無残に散らしている。ある者は項垂（うなだ）れて呻（うめ）き、ある者は声を嗄（か）らしてわめく。

「助けてくれ。金輪際（こんりんざい）、法度は犯さねえ」

「後生だ、頼む」

口々に命乞いをしながら躰（からだ）を動かすので、土に突き立てた角材が前後、左右に揺れる。三浦屋が指図をして、若い衆らが脇から材を支えた。

花仍は橋を渡り切った道の端に立っている。大門の外であるので、遊女らは出てきていない。おなごは花仍の他に四人、右手に立つのは松葉屋の隠居である多可と女将の弓、そして左手には三浦屋の女将、久とトラ婆だ。

「誰も好き好んで、こんな仕置を行なうんやない。そやけど、これが吉原町のけじめのつけ方やと、親仁さんは決めはったのや」

今朝、仲之町の通りで会った時、多可は重々しく言った。花仍もうなずいた。昨夜から今朝まで、一睡もせずに考えを尽くした。今も胸が塞がっている。なれど、処刑を見届けねばならないと思った。

私は西田屋の女将だ。罰する側に連なる者、当事者なのだ。いかに得心できずとも、この場に居合わせなければならない。

覚悟を決めて出てきた。けれどこうして雨の中を立っていると、また指先が小刻みに震えてくる。昨夜、甚右衛門に感じた恐ろしさが、どうしようもなく背筋を這い上がってくるのだ。抑えきれない。

甚右衛門は数歩前に進み出て、十一人が架けられた磔台に相対した。懐から折り畳んだ紙を取り出し、おもむろに広げる。

「千草屋惣十郎、備後屋佐吉、播磨屋七兵衛……」

いつもの落ち着き払った声音で、罪人の名を読み上げていく。

「喜楽権之助」

最後の名を告げた時、花仍は背中を激しく突かれた。腕にも衝撃があり、横ざまにたたらを踏んだ。弓に支えられて身を立て直せば、女が前に飛び出していくのが見えた。

「人でなし。己の面目のために町衆を磔にするか。よくも」

喜楽の女将だ。髷を振り乱し、足は裸足で、甚右衛門に摑みかかる。松葉屋の幸兵衛らがたちまち後ろから取り押さえ、草地の上に両膝をつかせた。

「放せ、放しやがれ」

脇からまた一人飛び出して「おっ母さん」と縋りついた。女将は途端に、顎をわななかせる。

「おさよ、お父っつぁんが殺されちまう。何で、こんな非道い目に遭わなきゃなんない。あたしら、これからどうやって生きてったらいい」

女将は何人もの男に躰を押さえつけられているというのに、また総身を激しく動かして止まらない。娘は「おっ母さん」と声を振り絞る。歳の頃は鈴と変わらない、十四、五に見える。

「風呂屋に女を遣らなかったら、うちの見世なんぞとうに潰れてた。おさよ、こいつらの顔をよっく見ておきな。血も涙もない、畜生どもだ」

その言葉に煽られたかのように、またも花仍の背中や腕を突くようにして飛び出す者らがいる。何人もが泣きわめき、亭主の足に手を伸ばし、若い衆らに羽交い締めにされてても叫び立てる。命乞いをしながら甚右衛門を責め、責めながら「堪忍してください」と濡れた草地に額をこすりつける。

「すいやせん」と、背後で清五郎の声がした。

「身内の者は橋の袂に集めてあったんですが、見張りの制止を振り切ったようで」

顔だけで振り返って、小さくうなずく。

「いいんだよ」

処刑の後、十一人の身内は皆、吉原を追われる。身許の慥かならざる者として、世間の埒外で生きていかねばならないのだ。それがいかほどの苦難か、察しはつく。ゆえに見張りの衆も、つい手を緩めたのだろう。制止し切れなかった。

しかし甚右衛門は眉一つ動かさず、声をさらに広げた。

「右の者、廓外での傾城商いを行ないし咎により、吉原町惣名主、庄司甚右衛門の名において磔刑に処する」

磔台の上から、「おのれ」と声が響く。

「庄司甚右衛門」

名指しをしたのは、喜楽の主だ。

「この怨み、七度生まれ変わろうと忘れまい。末代まで祟って」

語尾が潰れたのは、口から血反吐を吐いたからだ。両腋に槍を刺され、花仍の眼の中が血色に染まった。女房、子の叫び声や嘆きに見物衆の興奮が相俟って、奴どもが甲高い声で騒ぎ立てる。

やがて磔台の上が静かになった。順に事切れ、微動だにしない。

「お前さん、やだ、お前さん」

喜楽の女房は狂ったように叫び続け、そして目を剝いて倒れた。娘が母親の躰を抱え、他の者らも取り囲んでいる。

多可は懐手をしてじっとそれを見ていたが、「西田屋さん」と言った。

「引き上げますで」

「ええ」

返事をしたものの、花仍は一歩も動けない。喜楽の女将らが若い衆に引っ立てられ、見物衆の波が退いても、甚右衛門がまだそこにいるからだ。

血飛沫を浴びたまま、昂然と顔を上げて立ち尽くしている。十一人の屍を見つめている。

「怨みを一身に引き受けているんだろうよ」

トラ婆もまだ残っていて、しゃがれ声で言った。

「この甚右衛門が十一人の怨みを引き受けるゆえ、吉原町には祟ってくれるなと」

「そんなに町が大事」

「大事だろうよ。在所から売られてきた娘一人が、何人の身内を助けると思う。娘を売らずば、一家七人が首を括らなきゃならないんだ。そんな娘らが遊女になって、ここに千人いる。見世の奉公人も合わせたら三千人さ」

トラ婆の言いように従えば、一万数千人もの明け暮れを惣名主は預かっていることになる。いつもなら「大袈裟な」と流すのに、胸に沁みてくる。降りが激しくなって、目を開いているのもやっとだからかもしれない。

「町政は、厳しいものだね」

「厳しいさ。御公儀にちっとでも弱みを見せたら、潰しにかかられる」

やがて架台が横倒しにされ、屍が戸板に移された。罪人であるので小伝馬町の囚獄に運ばれ、刀の試し斬りに使われるそうだ。甚右衛門は三浦屋に促され、ずぶ濡れのまま駕籠に乗り込んだ。奉行所に報告に行くのか、駕籠の脇に清五郎が従って走り始める。

辺りは泥濘と化し、下水溜も土と血の色が入り混じって嵩を増している。

「トラ婆、もう帰ろう。風邪をひいちまう」

「あたしゃ、風邪はひかない」

そう言いつつ、腰の後ろに手を組んだままゆっくりと踵を返した。橋を渡って大門を潜ると、佇む人影がある。

「こんな所で何をしてるの」

鈴が傘も差さずに立っていた。髷から肩、裾まで濡れて、色が変わっている。

「戻るよ。昼見世の準備をしなくちゃ」

腕に手を置くと、鈴は邪険に払いのけた。

「こんな日によくも、商いのことを口にできるね」

「こんな日だからこそ、だ」

「お客なんぞ来やしないわ。誰が血塗れの道を踏んで、遊びに来るの」

声が湿っている。けれど頰を伝うのが雨の雫なのか涙なのか、よくわからない。

「鈴、男ってのはこんな時に昂ぶるのがいるんだよ。今日は稼ぎ時さ」

トラ婆が薄く笑えば、鈴は眉を弓形にした。

「トラ婆もどうかしてる。皆、おかしいよ。おさよちゃんのお父っつぁんをあんな、あんな酷い仕置にしといて、どうして平気でいられるの」

「おさよって」

口の中で呟いて、今しがたの娘の姿が眼裏(まなうら)によみがえった。喜楽の娘だ。

「あんた、見知りなの」

鈴はきっと、目の端を吊り上げた。

「ずっと一緒に遊んできたわよ。おさよちゃんちにも何度も上げてもらって、おっ母さんには饂飩(うどん)を食べさせてもらったこともある。女郎(じょろう)さんらも、女将さんの饂飩は躰が温まるって、皆、それはおいしそうに、大事そうに食べて。おさよちゃんのお父っつぁんはその脇で、にこにこしながら煙管(キセル)を遣(つか)ってて」

「あんた、そんなこと、私に一度だって話したことないじゃないか」

声が震えそうになる。

花仍はあの女将と、激しい口争いをしたことがある。

わっちら小見世、切見世はつまんない女郎しか抱えられないんでね。

そんなことを口に上(のぼ)せたのだ。遊女らにさぞ辛く当たっているのだと、思い込んでいた。

「何度も話したよ。ご馳走（ちそう）になるたび、着物の解（ほつ）れを繕ってもらった時もちゃんと言った。でもおっ母さんはいつも忙しくて、いつも上の空」

鈴は両の足を踏ん張るようにして言い捨て、背を向けた。撥（は）ねを上げながら走っていく。どんどん遠ざかる。

「鈴」

呼んでも、声が雨音にまぎれてしまう。いつのまにか、秋雨とも思えぬ降りぶりになっている。

トラ婆は黙って歩き始めた。

昼見世を終えて、客らも送り出した夕暮れ時である。

板間の上段に腰を下ろした花仍は、暖簾（のれん）前の内土間をずいと見渡した。煙草盆（たばこぼん）を挟んで隣に坐したトラ婆も、腕組みをして見下ろしている。

内土間には女衒（ぜげん）が連れてきた娘らが何人も立っていて、いずれもひどい身形（みなり）だ。十月、初冬というのに丈の短い単衣（ひとえ）で、肘から先や膝下が剝き出しになっている。皆、暗い目をして瞼（まぶた）も重そうで、それでいて花仍やトラ婆の様子を窺（うかが）い、見世の中をそっと盗み見る。怖気（おじけ）をふるっているはずが、互いに肘で突（つつ）き合い、口を少し開く。頰も緩む。

思いの外、豪勢な造りであるので、我が身が苦界に入ることを放念してしまうのか。それとも、これからはやっとまともな塒を得て、飯も喰えると安堵しているのか。

でも生憎だが、私があんたらを買わないことには何も始まらない。

「それにしても、今日は不作だわえ」と、トラ婆が口の中でそくそくと音を立てながらぼやいた。花仍もうなずいて、「次」と顎をしゃくった。

背中を押されて、一人がおずおずと前へ進み出る。

「いくつだえ」

名前は訊ねない。どのみち捨てる名だ。

「十三」

訛り交じりでそう応えるなり、娘は数歩、後じさった。女衒に「神妙にしねえか」と押し返されて、娘は上目遣いで花仍を見る。下膨れの吉相だが、目鼻立ちはいかにも土臭い。しかも気性がしんねりとして弱そうだ。

こういう娘は話下手で、せっかく遊びに来ているのに興が殺がれると、まず客に嫌われる。陰気は仲間の受けも悪く、苛められることも多い。花仍はよほど目に余れば注意もするが、遊女同士の揉め事には口を出さないことにしている。憂さ晴らしをされるのが辛いようでは、どのみち売色稼業なんぞ続けられるものではない。だが躰は丈夫そうだ。

「台所」

そう告げると、女衒が板間の下段に取りついた。

「下働きですかい」

台所は下働きの女中を指しており、遊女見習としては買わないという意である。十年の年季の間、台所の土間で料理人の手伝いや水仕事をして生きる。大釜で飯が炊ける匂いが流れてきた。大根を刻み、火を熾す音もする。衝立は立ててあるものの土間は一続きであるので、料理人らが夕餉の支度をするさまがここでもよくわかる。

「この娘は上物だと、踏んだんでやすがねえ」

遊女と女中とでは買値がまるで異なり、その分、女衒の実入りも違う。

「まったく、どこに目をつけてんだえ。何年、この稼業をやってる」と、トラ婆がせせら笑った。

「不服なら連れて帰りな。女衒はあんた一人じゃないんだから」

花仍もそう言い添え、煙管に火をつけた。女衒は揉み手をする。

「女将さんもトラ婆も、相変わらずきついや。おっしゃる通り見場は遊女向きじゃねえけど、せめて前だけでも見ておくんなさいよ。長いおつきあいだから他に回さずに、まず西田屋さんに連れてきたんですぜ」

トラ婆と顔を見合わせた。

女衒が「前を見ろ」と勧める場合、格別の道具を持っていることが多い。陰上が丘のごとく膨らんでいたり、さらに女陰の中心が大きく隆起している場合もある。それは「饅頭ぼぼ」と呼ばれ、客は得も言われぬ境地を味わって腰が離れなくなるのだという。

花乃はそれをまだ見たことがないし、この西田屋にいたこともない。生まれつき持ち合わせる道具であるので、一万人に一人いるかどうかだろう。

ゆえに娘の選別は、まず見目だけでつけるのだ。顔や姿の良い者には言葉遣いや行儀を仕込み諸芸を身につけさせて一人前に仕立てるが、そうでない者は下働きだ。もしくはこのまま女衒に引き取らせる。

女衒にも二種類あり、親が暮らしに困って遊女屋への斡旋を頼むのが「町女衒」、諸国を回って娘を買ってくる者は「山女衒」と呼ばれている。

甚右衛門は吉原町を開く際に「人攫いを取り締まれる」と口にしていたが、その昔は山深い村々や海辺を回って子供を攫ってくる女衒もいた。ある日突然、姿を消すので、親は「神隠しに遭った」と捉えたようだ。そうと考えねば己を慰めようがなかっただろうし、もしかしたら口減らしに娘を売ったことを周囲に知られるのが厭さに、そう言い立てた者もいるかもしれない。

真っ当に女衒が買い取ったとしても、精々が三両、多くて五両といったところだろう。町女衒が連れてくる者の中には没落した大店の娘や貧苦に喘ぐ武家の娘もいて、西田屋では今、五人の格子女郎のうち三人がその手合い、つまり江戸生まれだ。

しかし昨今は、また山女衒の訪れが増えている。二年前の寛永十九年に諸国で大飢饉が起きたためで、さらに昨年は田畑の永代売買が禁じられた。貧しい百姓が暮らしに困って、富裕な百姓に田畑を売る例が後を絶たなかったからだ。それによって当座はしのげるものの、田畑を手放した者は益々貧苦を極め、富裕な者はなお身代を肥らせる。御公儀はそれを阻止しようとの考えであったようだが、売ることを禁じられれば「質入れ」として金子を借り、結句、質を流して娘を売ることになる。

「前をお広げ」

花仍は煙管を横に動かして指図した。娘は咽喉をごくりと動かし、着物の裾に手をかけた。女衒に言い含められているはずだが、顔を紅潮させるばかりで手がさほど動かない。

「それじゃあ見えない。さっさとおし。日が暮れちまう」

娘はきつく目を閉じ、歯を喰いしばるようにして腕を上げ、裾を持ち上げた。細い毛先が見えて、花仍は煙管を持つ手を下ろした。

「ほう」と、トラ婆も前のめりになる。

「トラ婆、見えるのかえ」

近頃、目が薄くなっているようなのだ。客の顔を見間違えて違う名を呼んでしまうことも度々で、それでも長いつきあいの客は苦笑いを零すだけで勘弁してくれる。そしてトラ婆の丼に銭を投げ入れてやる。遊女の中には「お賽銭みたいだ」と笑う者がいるが、実際、柏手を打つ客までいるのだから長生きはするものだ。

「当たり前さね」

トラ婆は齢七十四、花仍は五十になった。娘らの目には、女衒よりも怖い婆さん二人に映っていることだろう。

「これは毛長だわえ。いや、噂では聞いたことがあったが、本物を目にするのは初めてだ」

縦にくっきりとした割れ目の線が伸び、その周囲はうっすらと紫を帯びて煙るだけでなく、艶やかな毛が細く長くたなびいている。鈍重そうな顔からは想像もつかぬ、品すら感じられる景色だ。

「毛長は喜ばれる。ことに縁起担ぎの大事なご隠居らには、めでたがられる」

花仍も思わず唸った。

「これは、とんだ拾い物かもしれない」

「そうでしょう。だからあたしも、大枚をはたいたってえわけでね」

女衒はさっそく手柄顔で、値組みを始めようとする。娘は俯(うつむ)いたまま、まだ下を剝き出しにしている。

「もういいよ。着物を下ろしな」

娘ははっとしたように目瞬(まばた)きをして、慌てて前を下ろして合わせた。

「お前、己の下(しも)が他人と違うことを知っていたかえ」

トラ婆が訊ねると、娘の顔がたちまち赤黒くなる。何度も咽喉を動かし、「いやらしい」と吐き出した。

「いやらしいと思うのか」

「おっ母あ、それから、姉(あね)さもそう言った。こんなところの毛がこうも長いのは気色が悪い、きっと好きものだって」

「その意味、わかるのかえ」

娘は曖昧に頭を振り、「最初はわからねかったども」と口ごもる。

「自分で何度も切ったけれども、いつのまにかまた伸びてしまう」

うなだれて、しゃくり上げ始めた。

「泣くんじゃない」

花仍はぴしりと声を張った。

「向後、いかほど辛かろうと、人前で泣くんじゃない。ここで遊女奉公をして、ちゃんとおまんまを食べていきたかったら肚を括ることだ。それができるんなら、お前は稼げる」

娘は顔を上げ、花仍をじっと見返す。

「その、厭でたまらなかった道具のおかげで」

「わだすみてえな不器量者でも、太夫になれるのすか」

「その面相で太夫は無理だよ。けど、精進おし。そのし甲斐はある町だよ、吉原ってとこは」

娘はおずおずと首肯した。トラ婆が手招きをして板間に上がらせた。さっそく遣手婆の瀬川に対面させるつもりのようで、階段を上がる音がする。

他の娘らをも検分して、花仍はさらに二人を遊女として、一人を台所の下働きとして買い入れた。

女衒と算盤を挟んで値の交渉をしていると暖簾が動いて、羽織袴をつけた建之介が現れる。

「ただいま戻りました」

「お帰り、ご苦労さま」

花仍がねぎらうと、清五郎も暖簾をかき分けて入ってくる。花仍の前に女衒がいるのに目を留め、「久しぶりだな。息災か」と声をかけた。

「番頭さんもお変わりなく」

女衒は立ち上がって慇懃に挨拶をしている。そのまま建之介に向き直り、

「若旦那、いつもご贔屓に与っておりやす、玉出し屋にござります」

女衒は「口入屋」、あるいは「玉出し屋」とも言う。世間での呼ばれ方は、今も「人買い」だ。

「こちらこそ、よろしゅう願います」

建之介は過不足のない挨拶を返し、草履を脱いで板間に上がった。

色黒で小柄、目は小さく団子鼻だ。トラ婆は陰で「似絵の描きやすい顔だわえ」と

腐して笑う。鈴の婿としては見栄えが悪いのではないかと、不足らしい。

しかし三浦屋の女将、久の遠縁の者だけあって、物腰が柔らかく、陰日向もなさそうだ。

建之介の生家は、数代前は下野のさる武家の家中であったらしい。しかし何がしかの事情で召し放ちとなり、江戸に出てきてからは書肆を開いたのだと久に聞いた。建之介は四男で、手代に交じって家業を手伝い、三浦屋にも書物を納めによく訪れていたという。三浦屋では太夫を三人も抱えており、皆、久の仕込みよろしく和歌の書を購い、しかも主の四郎左衛門は漢学を能くするので、贔屓客には文人大名が多いほどだ。そこで夫婦が、「鈴の婿にどうか」と話を持ってきた。三浦屋夫婦の薦めであれば人物に間違いはないと、甚右衛門も乗り気になった。松葉屋の座敷で両家が会い、その日に縁組みがまとまった。三浦屋夫婦の仲人で祝言を上げたのが今年の晩春で、建之介は二十四、鈴は十八という釣り合いの良さだ。

遊女らの手前を考えて、婚礼のための小袖を新たに作ることはあえてしなかったが、それでも菜種色に吉祥文様を散らした鈴の襠姿は大層美しかった。今、思い出してもうっとりとするほどに。そして心のどこかが、淋しくなるほどに。

「若旦那、内所で休まれやすか。今、茶を淹れさせましょう」

「いや、親仁さんがお待ちかねだろう、先に奥へ入る。お茶は鈴に淹れてもらうよ」

二人は奥に続く内暖簾へと向かう。その姿を見送って、女衒がしみじみとした声になった。

「西田屋さんはいい跡継ぎを得なすって、ご安泰でさ」

「お蔭さまで、よくやってくれてるよ」

世辞口かもしれないが、世間が婿を褒めてくれればやはり嬉しいものだ。しかし女衒はにわかに、案じ顔に転じた。

「親仁さんのお具合、如何なんです」

束の間、頬が強張ったが、「ああ」と笑みを作る。

「お具合も何も、右膝を痛めただけのことさ。評定所や御奉行所で、まさか片足を投げ出して囲碁のお相手を務めるわけにもいかないしね。それで近頃は若旦那に代わってもらってる。まあ、いずれこの西田屋を継ぐんだから、顔を憶えていただくのにちょうどいい契機さ」

「女将さんもそろそろ、鈴さんをお仕込みになるんで」

「おや、あたしはまだまだ踏ん張るよ。鈴はまだ若い。そのうち赤子ができて、子の世話に手がかからなくなってから仕込んだって遅くない。あたしなんぞ、三十の頃はまだ女将とも言えなかった。トラ婆に頭ごなしに叱られて、お前さんは甘いってね」

「へえ。女将さんに甘い頃があったなんぞ、想像もつきやせんがね」

「何だい、鬼みたいに」

「お褒め申してんですよ」

満面に愛想笑いを広げ、女衒は「このくらいで」と算盤の珠を動かした。

「駄目駄目、あんた、親に三両も払ってないだろう。下手に儲けた銭は躰に悪いよ。四人まとめて五十両、それ以上は鐚一文払わない」

この買物の値は、そのまま遊女や女中への「貸金」になる。むろん利息付きで、十年の年季の間の衣裳代から日々の飯代、身の回りの手拭い一本もすべて見世から与えるのではなく、娘らへの貸しだ。見世は貸した金子をいかに早く回収するかが商いであるし、遊女らは躰で稼いでその借金を減らしていかねばならない。客の人気を得て売れっ妓になれば、祝儀は己の懐に入れられる。しかし瀬川や見世の若い衆、後輩の遊女らにもそれを分配してやらねば、座持ちが上手く運ばない。

周囲に疎まれれば、遊女稼業は成り立たないのだ。かといって機嫌気褄を取るばかりでは侮られ、毟り取られてしまうだろう。手許には何も残らず、痛み切った躰を抱えるのみだ。

女衒は「厳しいなあ」とぼやきながら、渋々と首筋を掻いた。

女衒が帰った後、花仍は内暖簾を潜り、中庭に面した広縁を伝った。中庭はもう夜の闇に沈んでいる。ふうと、溜息を吐く。

いっそ芯から鬼になれたら、楽であろうに。

いつのまにか女将として西田屋を切り盛りするようになって、遊女らには確かに厳しくなったと己でも思う。甘言を吐いて無闇な夢を見せたら、当人にもかえって毒だ。けれどさっきの娘に、「精進おし」などと、つい励ましてしまう。

やはり私は甘いのだ。己に甘いから、若菜を死なせ、喜楽の女将を煽ることになった。あんな大事になって、どれほどの人間の運命を狂わせたことか。

三年前の九月、大門口前の草地で十一人の主らを磔刑に処してから、鈴は花仍と口をきかなくなった。目も合わせず、冷え冷えとした横顔を見せるばかりだ。縁組みが決まったことを甚右衛門と共に告げた日も、祝言の日も同様だった。

何度も話したよ。ご馳走になるたび、着物の解れを繕ってもらった時もちゃんと言った。でもおっ母さんはいつも忙しくて、いつも上の空。

あれきり、詰りも抗弁もしない。話すことを諦めたのだ。放擲したのかもしれない。甚右衛門に対しても、口の中で「はい」か「いいえ」と応えるのみだ。花乃はそんな鈴の振舞いを、正面から叱ることができない。

自身も同じだからだ。甚右衛門と目を合わせることが、どうしてもできない。何を話しかけられても素っ気なく返し、黙ったまま聞こえぬふりをした時もある。甚右衛門はそれを責めもしない。初めは怪訝そうに眉根を寄せ、もの問いたげな目をして見ていることもあったが、何かを口に出すことはなかった。

けれど夏の夕暮れ、甚右衛門が独りでこの広縁に坐って碁を打っている姿などを見かけると、花乃はたまらなくなる。まるで己の淋しさを見せつけられているかのようで、自室に引き返す。どうしようもない。

清五郎やトラ婆も気づいているはずなのに、このことについては触れようとしない。そこまでは立ち入れないと、二人で嘆息しているのかもしれない。

ただ、花乃にとってただ一つの救いに思えるのは、建之介と鈴の夫婦仲がうまく行っているらしいことだ。養い親をいかに嫌悪しようが、信頼できる亭主があれば何とか生きていけるだろう。

そう思い定めたのは、今年の晩夏であっただろうか。そして秋虫が中庭の草叢で鳴くようになってまもなく、甚右衛門が雪隠で倒れた。

目につく怪我はなかったが、清五郎はすぐさま医者の許へ遣いを走らせた。訪れたのは大名諸侯の脈も取るという名医で、西田屋にも登楼したことがあるので花仍も見知りだ。診立ては「心ノ臓の衰弱によって脈が乱れている」とのことで、安静、養生を言い渡された。

「この脈の乱れようは、昨日、今日に始まったことではないの。これまでも胸痛や立ちくらみがあったはずじゃ。食はいかがであった」

訊ねられても答えられなかった。甚右衛門と共に膳を摂らなくなって久しく、外出の際の着替えも女中に任せきりであったのだ。女将業にかこつけて、顔を合わせるのを避けていた。

「そういえば、このところあまり食が進まないようでしたが、もともと大食なさる方ではなかったんで」

清五郎が代わりに答え、「申し訳ありやせん」と花仍に頭を下げる。

「あたしがお付き申していながら、行き届きませんでした」

「いいや」と、俯いた。

障子を引くと、清五郎と目が合った。甚右衛門の寝間である。床の間の前の枕許には建之介も坐しており、そして鈴の姿もある。蒲団の手前に花仍は腰を下ろした。建之介は会釈を寄越すが、鈴はいつものごとく顔も上げない。

甚右衛門は寝入っているのか、瞼を閉じている。眉間に幾筋も縦皺を刻み、このひと月の間に頬も随分と削げた。病に相当痛めつけられてか、険しい面貌だ。しかし甚右衛門はどうあっても、薬湯を受けつけない。

妓楼の奥が薬臭くては、お客が興醒めだ。

そんなことを言い、女中にも「煎じちゃならねえ」ときつく言い渡したそうだ。

清五郎が腰を上げ、足許を回ってそばに膝をついた。

「ちょいと、よろしいですか」

「何だえ」

「親仁さんが、堀江六軒町に移るとおっしゃるんです」

堀江六軒町はこの吉原町の西手にある町で、甚右衛門は何軒かの小体な家と長屋を持っている。

「何でだい」

「このところ、雪隠に自らお行きになれねえ日があるのを気に懸けておられるんでさ。そのうち寝ついて下の世話をされるようになったら、その臭いが稼業に障る、と」

花仍は甚右衛門の寝顔を見返し、溜息を吐く。

親仁さん、そこまでかい。そこまで稼業を考えるかい。

「この町を造ったのは、他ならぬ親仁さんです。にもかかわらず、ここを去るとおっしゃる」

清五郎は語尾が湿ったのをごまかすかのように、咳払いをした。

「それが親仁さんの望みなら、従うしかないね。私が一緒に引き移るよ」

「いいえ、女将さんには見世を頼むとおっしゃってました。私もお世話をさせていただきたいと申し出たんですが、きっぱりと断られました。夜見世を再びお許しいただけるよう、若旦那と共に御公儀に陳情を続けろと」

「鈴もお世話を申し出たんですが、それもならねえと禁じられました」と、建之介も声を落とした。

「小女(こおんな)一人を連れていく、それで充分だとおっしゃって、お引きにならないんです。しかしそれじゃあ、あんまりだ。親仁さんが目を覚まされたら、おっ義母(か)さんから考えを変えていただくようお願いしてくださいませんか」

建之介は心から案じてくれているのだろうが、むろん婿としての世間体もあるだろう。当然だ。

「困ったねえ」と花仍は首を傾げ、蟀谷(こめかみ)に指を置いた。

「弱った親仁さんを身内が面倒を見ずに町の外に出したとあっては、口さがない連中が黙っていないだろうよ。松葉屋さんや三浦屋さんには事情を話せても、皆に一々、申し開きをして回るわけにもいかない。でも、私の言うことなんぞ、親仁さんが聞き入れたりするもんかね。一度決めたら何があってもやり抜くお人だ」

死にようまで決めちまうなんてと、甚右衛門に目を戻す。

あれと、花仍は目瞬きをした。面持ちが変わっている。眉間が開き、口の端が上がっている。薄く笑っているように見えて、花仍は甚右衛門の頰に手を伸ばした。

「外道（げどう）は外道らしく、死なせてくれ。親仁さんの考えは、たぶんそういうことなんだろう。なら、私はそれに従うまでだ」

ねえ、親仁さん。本当は起きてるんだろう。

これで、いいんだろう。

花仍は久しぶりに、亭主の頰を掌（てのひら）で包んだ。

十一月十八日、甚右衛門は息を引き取った。

小女が裏庭で洗濯をしている間のことであったらしく、本人が望んだ通り、誰もその最期に立ち会わなかった。

葬儀は馬喰町の雲光院で営んだ。甚右衛門が生前、すでに話をつけてあったのだ。何から何まで手配りをして、「夜見世の再開」だけを悲願として逝った。

十代で遊女稼業を始め、やがて江戸に打って出た後、傾城屋を回って「我らの町を造らん」と説いた。そして御公儀から「売色御免」を取り付け、町を普請したのだ。己の見世は二の次で、町政に心血を注いだ。六十九歳だった。

葬儀に参列したのは大見世から切見世までの主と揚屋の主、さらには町内で古着や喰い物屋を営む者らも合わせて五百人を超えた。遊女は太夫に限って参列を受け容れた。香華の匂いの中、太夫らは静かに合掌している。他町の町名主らは申し合わせてか、代参の者を寄越した。むろん武家の参列はない。それで構わない、こちとら亡八だと思いつつ、胸の底が冷えるのをどうしようもできない。

トラ婆は魂が抜けたかのように背を丸め、手の中で数珠をすり合わせてはひたすら口の中で経らしきものを唱えている。

清五郎はいつもながら泰然として、建之介と共に寺とのやり取りや客の出迎えに坐る暇もない。しかし今朝、若い衆らに交じって棺桶を担ぐ姿を見て気がついたことがある。鬢に白いものが幾筋も走っているのだ。ふだんは見世の中なので目立たなかったけれども、外の光の中では躰も一回り薄くなっているような気がした。

いったい、親仁さんに何十年仕えてくれたのだろう。花仍が幼い時分に拾われた時にはすでに西田屋にいたから、四十数年になりはすまいか。

ふと「追腹」という言葉が泛んで、寺に着いてからも立ち働く清五郎をつくづくと見つめた。今でも武家の間では、主君が亡くなれば後を追う家臣があると聞く。清五郎は元は二本差しであったはずだ。

「女将さん、ご用でも」

近づいてきた清五郎に、思わず口にしていた。

「お前さんまで、逝ってしまわないでおくれよ」

不意を衝かれたような顔をして、清五郎は顎を引く。が、たちまち目許をやわらげてうなずいた。

「親仁さんに禁じられておりやす」

「そんなこと、いつ」

「もう何年も前のことです。追腹は禁じると言い渡されました」

「そう」と、花仍は目を伏せる。

「花仍が後の始末に難儀するだろうから、と」

また、「そう」と呟いた。

読経が終わって境内に下り立つと、唄声がどこからともなく湧いてきた。空耳かと思って耳を澄ませば、確かに聞こえる。近づいてくる。

「木遣り唄や」

かたわらにいつのまにか、松葉屋の幸兵衛が立っている。

かつて、吉原が町開きをした時、名もない若衆歌舞伎の役者であった猿若勘三郎が町衆の練り歩きと遊女の道中の殿軍を務めたことがあった。千歳緑の法被に身を包み、仲間を三十人ほど引き連れて、朗々とこの唄を謡いながら歩いた。

勘三郎が野辺送りに来てくれている。

今では中橋から禰宜町に座を移し、十年ほど前になるだろうか、御公儀の御座船である安宅丸が江戸に入港した際にも木遣音頭を取り、褒美を賜ったと幸兵衛から聞かされたことがある。今や押しも押されもせぬ、大役者だ。しかも今日は三十人ではきかない人数の声で、五十人はいるかもしれない。

その中でひときわ大音美声の持ち主を花仍は目に泛べ、手を合わせた。

親仁さん、聞こえるかい。

境内の榎の梢を見上げれば、冬晴れの空が冴え渡っている。

昼見世を清五郎に任せ、松葉屋での寄合(よりあい)に顔を出した。三浦屋の久と上座に並び、他の女将らの参集を待つ。

「鈴さんの様子はどうですか」

「おかげさまで、吐き気は治まったようです」

鈴が身重(みおも)になっていることがわかったのはちょうど甚右衛門の一周忌法要を営んだ日のことで、気がついたのはトラ婆だった。甚右衛門が亡くなって気落ちしているふうであるのを皆は心配したが、四十九日の法要の後はいつもの矍鑠(かくしゃく)さを取り戻した。客に「おしげりなさいまし」と声をかけ、丼で銭を受ける。そうも貯め込んでおきながら、未だに餅菓子一つ遊女らに振る舞ったことがなく、膳もすべて西田屋の内所で済ませてから町内の長屋に帰る。

どうせなら長屋を引き上げて西田屋の奥に住めばいいと勧めたことがあるが、「やなこった」と断られた。

わっちは心置きなく寝るのを楽しみに、遣手婆を勧め上げた。今さらお前さんちに厄介になったら、寝覚めが悪くなる。

夜見世をしていた頃は遣手婆も客の様子に気を配り、ろくろく寝入ることができないのが尋常だった。

ますよ」
「私は子を産んだことがないもんで、何かと気に懸けていただいて、ほんに助かって

花仍が頭を下げると、久は「何の」と微笑む。
「ちゃんとお育てになったじゃありませんか。鈴さんを」
「育てたと言えるんですかねえ」

語尾が萎む。鈴が花仍に対して冷淡なのは甚右衛門が亡くなってからも変わらぬことで、久はそれをよく承知していてか、黙って膝の上に置いた手を揉んでいる。「もう年の瀬ですね」などとわかりきったことを言い、花仍も「さいですね」と応えるばかりだ。
「そういえばお多可さんのお見舞い、二、三日のうちにいかがです」

久に訊かれたので、「ええ、ご一緒します」とうなずいた。

松葉屋の隠居、多可は今年の正月に風邪をひいたのが因で体調を崩し、本所の隠居家で養生している。甚右衛門と同じく揚屋稼業に障るのを配慮してのことか、それとも嫁の弓への意地もあるのかもしれない。花仍らの前では互いに矛を収めているが、幸兵衛いわく、忘れた頃に悶着が起きるらしい。

ほんまに、二人ともええ歳をして、勘弁してほしいわ。椎茸の切り方一つで揉める

んやで。石突の取り方が悪うて歯が欠けるとお母はんが文句を言うたら、弓は弓で、おや、まだまだお若いくせに、石でも煎餅みたいに齧れる丈夫な歯をお持ちやおませんかと切り返しよる。ほんまに、益体もない。

花仍は笑いながら、少し羨ましくもある。姑と嫁の間でそんな口争いができるのに、鈴との間には波も立たない。血のつながらぬ者同士であるのに、何ゆえこうも違うのだろう。

当の弓が現れて他の女将らも揃い、寄合が始まった。懸案は、太夫についてである。

「皆さんもご承知の通り、今、太夫が増え過ぎて、値打ちが目減りしてます。お客様からは吉原の芸もすたったと嘆かれたりお叱りを受けることもしばしばで、親仁さんがおらぬようになったら、こうも落ちるか、と」

そこで弓は花仍に向かって小さく頭を下げ、「けど」と言葉を継いだ。

「これは親仁さんという重しを失うたからやなく、前々から起きてたことだす。太夫を俄か仕立てで座敷に出して、それは格子も同じこと。今では風呂屋の方が、情が濃うて品のええおなごが多いと噂される始末だす」

つまり、吉原と風呂屋の女の質に違いが無くなってきたのだ。費えは吉原が何倍も掛かるので、客離れの歯止めがきかない。

「そうはいっても、商いは水ものだからねえ」と、太夫を五人抱えている大見世の女将が眉間を強張らせた。

三浦屋でも三人しか太夫を出しておらず、西田屋では長年、花仍の念願ではあるが、まだ一人も抱えていない。格子女郎も唐橋と朝霧の年季が明けて吉原を出たので、今はこの春に格上げしたばかりの三人のみだ。手薄であることはわかっているが、行儀や素養が間に合わぬまま太夫にしてしまえば、弓が言う通り、吉原の落魄を客に晒すことになる。

「今、太夫は何人いてると思わはりますか」と、弓が座を見回した。

「七十人近いんだっせ」

そんな数に上っていたのかと、花仍は久と顔を見合わせた。

「なるほど、太夫となれば揚げ代の桁が違います。けど、ろくに和歌も詠めん、字を書かせたら金釘流、琴も弾けねば、扇子片手に舞わせたら裾を踏む」

そこまでひどいのかと、花仍は眉を上げた。他の見世の太夫は道中で見かけるだけで、座敷の中のことはやはり揚屋の方が数段、把握している。他の揚屋も同調してか、若い女将が嘆息した。

「先だってなど、気安く酌をして回る太夫がいましてね、芸妓衆が後でそれは臍を曲げまして」

吉原の内では、太夫と客は夫婦の仲である。そのための儀式を何百両もかけて行ない、ゆえに太夫は客の同伴者にも酌をしないのがしきたりだ。それをするのは芸妓の役割で、そのもてなしによって祝儀を稼ぐ。

「ちょいと、それは手前どもの太夫のことをおっしゃってんですか」

別の大見世の女将が声を尖らせた。

「あの儀については、詫びを入れさせてもらったじゃありませんか」

すると方々で声が上がり、隣同士で愚痴りあったり非難したりと、場が乱れるばかりだ。花仍はうんざりして、けれど近頃はしばらく口を噤むことにしている。つい喧嘩腰になって、思いも寄らぬ言葉が火種となる。その怖さを思い知っている。

隣の久が、「皆さん」と呼びかけた。

「今のことをとやかく言ってるんじゃなくて、向後、太夫の格をいかに守っていくかという話に戻しませんか」

「じゃあ、どうすりゃいいんだえ。うちの太夫を、格子に戻せとでも」

「だから、そんなことを言ってるんじゃありません」

「そりゃあ、三浦屋さんの太夫らはご立派ですよ。西田屋さんも涼しい顔をして、結構なことだ」

　思わず「うちですか」と訊いた。

「うちは太夫をまだ抱えられていない。それは先刻ご承知のはず」

「毛長がいるから、左団扇じゃありませんか。手前らは衣裳や簪にそれは大金を注ぎ込んで太夫にしましたけど、西田屋さんはそりゃあ珍しいのを持ってらっしゃる。ゆえに、結構ですねと申しました」

　語尾を強めて言い放ったので、花仍は奥歯を嚙みしめねばならない。

　去年買った娘は端女郎として、今年の初夏から客を取るようになった。源氏名を常磐津とつけたものの相も変わらず土臭く、遊女言葉を遣いながら訛りがどうにも消えない。化粧を施せば施すほど珍妙で、張見世に坐ればかえって目を引く。吉原始まって以来の不器量だ。

　常磐津は泣きたいのをこらえてか、白塗りの下で顔を赤黒くして、脂汗を蟀谷に粒粒と浮かべていた。何日も、いや数十日もお茶を挽き、しかしひとたび同衾した客の口によってたちまち評判になった。今では確かに、西田屋の屋台骨を支えている一人だ。

「ええ、よく稼いでくれてますよ。でも最初に、お前は太夫にはなれないと、言い含めてあります。西田屋が欲に駆られて筋目を崩せば、歯止めが利かなくなる」

そこまでを口にして、ああ、またやってしまったと天井を仰いだ。あんのじょう、「欲に駆られてとは、いったい誰のことです」と、何人もが突っかかってくる。

ええい、面倒な。

「いっそのこと、新しい格を作ったらどうです」

すると、皆が一斉にこちらを注視した。

「花仍さん、それはいかなる思案ですのや」

弓まで促してきて、今さら、半分自棄(やけ)で口にしたこととも言えない。

「それは、すなわち、新しい格の遊女を設ける、ということです」

「そやから、どういうことだす」

「だから」と腕を組み、西田屋の遊女らの顔を思い泛べた。

「格子と端女郎の間に、開きがあり過ぎるんですよ。格子は太夫に次ぐ高級遊女で、滅多となれるもんじゃない。そうよ、そうだから値打ちがある。で、その下はといえば、皆、端女郎だ。格子に近い端もいれば、それこそ、器量が悪けりゃ愛嬌もない、座持ちも閨(ねや)も駄目ってのもいる」

皆がうなずいて、「まったく」と口の端を曲げた。この女将連中が一つにまとまる話題といえば、亭主の悪口と遊女の愚痴を吐く時だ。

「いえね。そんな女郎の様子を見るつど、己の目の無さに愕然とするんですよ。いっそ台所女中にしてやった方が、当人もよほど甲斐があっただろうにってね。不得手なことに挑んでどんどん己を変えていける妓もいますけどね、そんな人間ばかりじゃありませんよ。たとえ綺羅を飾れなくても、水の合う仕事に就けた方が幸せな者だっているんですから」

なら、常磐津にとってはどうなんだろう。格子女郎に格上げしてやるにはやはり不足が多過ぎるし、けれど端女郎のままでは本人も精が無いかもしれない。

「格子と端の間に、そうだ、たとえば局。局女郎という格を置いたら、どうでしょう。客が払う花代もその間くらいにして、何と言うか、うちの常磐津のように他人と違う道具や芸を持っているとか、皆さんのところにもそういう妓の一人や二人、いやしませんか」

「いる、いる」と、さっそく後方から声が上がった。

「客の話を聞いてやるのがそれは上手くて、身の上を相談されちまって」

「そういえば、うちの端女郎はもう三十路近いんだけど、筆おろしの相手がやたらと得意でね。兄さんが弟を連れて来なすったこともある。最初が肝心だからって」

笑いが起きて、弓と久がほっとしたような目を寄越した。

「太夫の件から逸(そ)れちまって、ごめんなさいよ」

「いいえ。今のやり取りを見ていて思いましたよ」と、久は眉を下げた。

「太夫もこうして、談合で決めればいいんじゃないかって」

「太夫を、だすか」と、弓が膝をこちらに向けた。皆はまだ口々に喋って、騒々しさを増すばかりだ。

「たとえばですが、ある見世がこの妓を太夫にしたい、この妓ならふさわしいと思えば、この寄合に申し出るんですよ。そこで皆で検討して、いいんじゃないかとなれば、町ぐるみで盛り立ててやるんです」

「皆で検討して、これはあかんと却下したら、また逆恨みするのと違いますか」と、弓は慎重だ。

「そうかもしれないけど、少なくとも今の凋落(ちょうらく)を喰い止める一助にはなるんじゃないでしょうか。恥をかきたくないと思えば、仕込みにも手間暇をかけるはずです」

久の言い分がすとんと腑(ふ)に落ちて、花仍は「皆さん」と呼びかけた。言葉を継ごうとしたその時、半鐘(はんしょう)の音が聞こえた。皆も途端に顔を動かし、腰を浮かす者もいる。

襖(ふすま)が動いて、幸兵衛が顔を出した。

「火事や。富沢町や」

下水溜と草地を隔てて、すぐ北に隣接した町だ。

皆と共に松葉屋を飛び出し、各々が蜘蛛の子を散らすように駆け出した。

花仍は足袋裸足で、仲之町の通りを北に向かう。正面、右手の空に火の手が上がっているのがはっきりと見える。

「鈴、鈴」

裾の乱れるのも構わず、叫びながら走った。

「誰か、助けてやって。あの子は身重なんだ。やっと授かった子なんだ」

江戸の冬は北東の風が強い。富沢町から出た火が草地と下水溜を越えたら、大門口のすぐそばにある西田屋は手もなくやられる。そんな想像が頭の中を巡り、また鈴の名を呼ぶ。大門が近づくほどに、逃げ出した者らが前を塞ぐ。

吉原町の出入り口は北と南に一ヵ所ずつ、しかも南は水道尻で、町の周囲を巡る堀川にはふだんは橋が架かっていない。しかし町の奥に当たるその南に三浦屋がある。

万一、町の中に火が入れば四郎左衛門か久が指図して、小橋を下ろすだろう。

それよりもまず、火の手が町内に回るのを防がねばならない。清五郎と建之介はその火消しの指図で、男らの陣頭に立っているはずだ。ならば鈴は、遊女らは何をどう判断して動く。私が早く着かねばと気が急いて爪先立つのに、だんだん額が熱くなる。火の粉だ。風に煽られて、火の粉が落ちてくる。富沢町に近い町の北東部は、もう火に捕まっていた。風向きが少しでも変われば、通りを隔てた西田屋に火が移る。ようやく木戸を潜り、西田屋の暖簾をかき分けた。すでに焦げたような臭いがする。

「女将さん」

瀬川が遊女らを連れて、土間に下り立ったばかりのようだ。

「長谷川町を目がけてお逃げ。今ならまだ、大門口の橋は焼けていない」

瀬川はうなずき、「若女将はお位牌を取りに、奥へ」と唇を震わせた。

「わかった。さ、早く。一刻を争うよ」

「女将さん、ご無事で」

瀬川はそう告げ、遊女らに声をかけて外へ飛び出した。

花仍は板間に駆け上がり、内暖簾へと向かう。常磐津が顔を出した。鈴を抱きかかえている。

「どうした」

鈴が蒼い顔をして呻いた。

「仏間に入って引き返している最中に、お腹が痛くなって」

「常磐津、あんた、鈴を捜しに入ってくれたのかえ」

「若旦那に頼まれたのでありいす」

礼を言う暇も惜しんで鈴の腋に肩を入れ、背中に手を回した。

「大丈夫かい、しっかりおし」

「おっ母さん」

詫びめいた口調を遮って、「いいから、足を動かして」と叱咤した。

ようやく外へ出て、しかし通りの向こうの家々はすでに炎に包まれていた。轟と火柱が立ち、障子や襖が赤い紙片のように落ちてくる。叫び声を上げながら、町衆が橋へと向かう。

「通して。この子は身重なんだ。お願い、道を分けておくんなさい」

花仍はあらん限りの声を振り絞るが、人の群れが押し寄せて前に進めない。誰かが「ああ」と叫び立て、見上げれば大門の端に火が移っている。闇雲に人々が逃げ惑い、束の間、目の前に開いた人波の隙を突くようにして常磐津が躰をぶち当てた。鈴を引き摺るように前へ進み、花仍も背後から鈴の背中を押す。橋の上に出て、渡り切り、西へと折れた。

他町の火消し衆が橋を渡っていったが、すぐに引き返してくる。振り向けば、町の中央を貫く仲之町の通りを火の波が真っ直ぐ走るのが見えた。そして逆巻き、東西の家々を炎の中に沈めてしまう。かつては江戸の夜を彩った家々の二階が焼け落ち、太夫らが外八文字（そとはちもんじ）を踏んで道中をした通りが火の海だ。

「鈴、大丈夫かえ」

肩を抱き寄せて訊ねると、「ええ」と応える。

「建之介さんは」

「わからない。でもきっと清五郎と一緒だ。皆を水道尻から出している」

そこまでを言い、花仍は辺りを見回した。

「トラ婆は」

鈴は首を振り、常磐津の横顔が口を開いた。

「半鐘が聞こえた時、長屋にちょいと帰ると言って飛び出したのす。瀬川さんが止めたのに、すぐに戻るからって」

訛り交じりに言い、そして押し黙ってしまった。

金子を貯め込んだ壺でも取りに戻ったのだろうか。火事場泥棒にやられてなるものか、と。

「大丈夫だよ。トラ婆はひょっくり顔を出すに決まってる」

甚右衛門が精魂を傾けて造った吉原は、たった一晩で全焼した。

トラ婆も、避難先のどの寺にも姿を見せることはなかった。

七　宿願

花仍は煙管を持ち上げて、火をつけた。

煙をくゆらせながら、半分だけ透かした障子越しに中庭を見やる。今日は小春日和で、土蔵の壁際に植えてある南天が粒々と赤い実をつけている。

明後日の亥ノ日は玄猪の祝いで、西田屋では仲之町の餅屋に亥ノ子餅を山と拵えさせて方々に配り、遊女や奉公人にも供して無病息災を祈り合う。ただ、炬燵開きの日でもあるのでなかなかに気忙しい。昼見世を始めるまでに二階の座敷の大火鉢や手焙りを拭き浄め、火箸も磨いて揃えておかねばならない。

花仍は女中の手をわずらわせることなく、自ら冬支度をする。この自室に火鉢を入れ、炬燵を開く。若い時分は暑がりで難儀したほどであったのに、近頃は手足が冷えていけない。もう齢六十二であるので無理もないのかもしれないが、隙間風の多い家ではある。

「大女将、よろしゅうございますか」

大番頭である清五郎の声がして、「お入り」と応えた。先に姿を現したのは、この西田屋の当主、二代目甚右衛門だ。

十一年前の正保二年、富沢町から出た火が因となって吉原町は全焼した。花仍はその再建の目鼻をつけた後、鈴の婿である建之介に庄司甚右衛門の名を襲わせたのである。それを機に女将の座を鈴に譲り、花仍は「大女将」と呼ばれる身になった。

「ただいま戻りました」

甚右衛門が膝を畳み、辞儀をする。今朝、町奉行である石谷将監、神尾備前守から呼び出しを受けた甚右衛門は肩衣と袴をつけ、他の顔役らと共に奉行所へと出向いた。今は羽織であるので、自室で着替えを済ませてからここに足を運んできたのだろう。「ご苦労さんでした」と労いの言葉をかけながらも、甚右衛門の顔色が優れぬことに気がついた。背後に控えている清五郎をちらりと見たものの、こなたはいつに変わらぬ平静な面持ちで、何も察しをつけられない。

甚右衛門は目を伏せたまま大きな息を一つ落とし、おもむろに顔を上げた。

「難儀な御沙汰が下されました」

「突然、奉行所に呼び出されるってのは、たいていがろくでもないお言いつけだ」

花仍は小さく笑い声を立てたが、甚右衛門は狭い眉間をしわめたままだ。ようやく、

「御奉行が仰せになりますには」と言葉を継いだ。

「権現様の入国以来六十年、開府より五十年が過ぎ、江戸も京、大坂に劣らぬ繁華の土地と相成り申した。吉原も商い殷賑を極めて祝着である。さりながら、市中にかくも大きな傾城町があっては江戸の風儀にかかわる。まして近在の家々が建ち並び、今や櫛比の様相を呈しておるではないか。ついては者ども、早々に彼の地を明け渡し、他地に引き移れ、と」

「何だって」と、頭に血が上った。

「冗談じゃない。明け渡せとは、どういうことだ。この吉原は親仁さんが十二年も御公儀に掛け合って、ようやく売色御免を頂戴した町だよ。定められた町役は疎漏なく務めて、毎年師走には御城大奥の煤払いにも人手を差し向けてきたんだ。にもかかわらず出て行けとは、罪人か浮浪の輩を追い立てるかのごとき御指図じゃないか。私らにいったい、何の咎がある」

「もちろん、到底、承服できる御沙汰ではござりませぬ。なにとぞご再考のほどをと、

伏して願い上げました」

「それで」

甚右衛門は蒼く色の変わった唇を震わせている。平素は常に穏和な性で、声を荒立てることはおろか気を乱す様子も目にしたことがない。しかし今は何とも頼りなく、もどかしい。

清五郎が「大女将」と、身を乗り出してきた。

「旦那は、はい、さようですかと、引き下がられたわけじゃありやせん」

「そりゃ、そうだろうよ」

だがこの様子からして、再考の願いはすげなく却下された。それが透けて見えるのが余計に腹立たしい。

「他の顔役らも額を板間にすりつけて、格別のご憐憫を賜りたいと愁訴されやしたが取り合うていただけませんでした。吉原町の土地は元来が幕府の御用地である、代地を下げ渡すゆえ拍子木一本残すことなく、速やかに引き移れとお命じになるばかりで」

清五郎をしばし見返して煙管を持ち上げたものの、吸口を咥えそこねて舌を嚙みそうになった。

「一つは本所の内、もう一つは浅草寺の裏手、日本堤の辺りです。この二地のうちより選べ、との仰せにて」

「代地ってどこだよ」

どちらも市中から遠く離れた片田舎だ。本所は大川の東、市中からは舟を使わねば渡れぬ地で、田畑や沼沢が広がっているばかりだと聞いている。花仍はそこに足を踏み入れたこともない。浅草寺の裏手にはかつて西田屋が寮を持っていたので多少の覚えがあるが、日本堤の周辺は茫々たる草地、そしてやはり田圃ばかりだ。俗に「浅草田圃」と呼ばれるほどに。

「そんな僻地をお示しになるとは、つまりまた己らの手で土地を拓けと仰せなのか。この、親仁さんが精魂を傾けて造り上げた吉原町を召し上げて、また一からやれ、と」

鼻の奥が湿りそうになるのを、花仍は懸命に抑えながら言い継ぐ。

「だいいち、ここが御用地だったとは初耳だ。親仁さんが御奉行所に願い上げをした時分は誰も顧みることのない、目もくれぬ葦原だった。え、そうだったろう、清五郎。ゆえに、傾城町を造って良しとのお許しが出たんじゃないか。御公儀の土地に忍び入って、そのまま居ついたわけじゃない。親仁さんが奉行所に通い詰めて願い上げ、ようやく得た場末だ。葦しか生えない湿地に土を入れて濠を巡らせて、それでも湿気と草と蚊に悩まされて」

そしてようやく、天下随一の盛り場に育て上げた。売色稼業の者が誰に引け目を感じることもなく生きていける、そんな居場所を造った。

甚右衛門が息を吐き、再び口を開いた。

「御用地との言い条は方便でしょう。それは私も承知しております。ですが手前らは、その一事だけを採り上げて抗弁するわけにはまいりません。御公儀が返せと仰せになれば従うしかない立場です」

「何と情けないことを言う」

思わず本音を口にしていたが、もうどうしようもない。甚右衛門は頰を強張らせている。

「だから、私らがいったい何をしたというんだえ。御公儀と交誼を結んでさ、評定所に太夫を差し向けた頃もあったじゃないか。今の御老中や御奉行だって皆、お若い時分からうちで遊んで、おくつろぎになったお歴々だよ。なのにいざとなれば、塵芥を掃いて払うような扱いをなさる。吉原の名主たる者が、そんな御公儀の言いなりになってどうする」

「大女将」と、清五郎が声を低めた。目が合う。清五郎は小さく頭を振った。

「親仁さんの頃とは違うんです」

嚙んで含めるような言い方だ。

「ちょっと待ちなよ。え、どういうこと。この私がわからず屋だってえのか」

「時代が変わりました」

「変わった」と、花仍は口の中で呟く。

「吉原の移転、これはもう決まったことなんです。いったん下した御沙汰を御奉行の一存で引っ込めるなんてことは、いかに掛け合おうと今はできることじゃありやせん。盾突いてみたところで、ならば売色御免を取り消すぞ、風呂屋の連中に代わりを商わせるぞと脅されるのが落ちでしょう。脅しだけじゃありやせん。万一、旦那や顔役らが御奉行の勘気をこうむって奉行所に引っ立てられたらどうなります。いや、御公儀は本気だ。本気で市中を変えたがっている。それでも抵抗したら、大門から雑兵が雪崩れ込んできて家々を取り壊す。力ずくでここから引きずり出される。そうなれば代地どころか、江戸十里四方に住まうことも許されねえんですよ。皆をそんな目に遭わせることができやすか」

そこを突かれたら、返す言葉はない。

けれど苦心惨憺の四十年だったのだ。御公儀はそれを、むざと捨てよと言う。

愕然とする。

「明日、主だった者らを集めて寄合を開きます」と、甚右衛門が言った。

「その席で、向後のことを話し合います」

上の空で曖昧にうなずき、己の眉間を揉んだ。

「鈴も同席させますが、大女将もお願いします」

「どこで集まる」

「うちの奥座敷です」

「鈴が出るんなら私はいいだろう。もう、年寄りの出る幕じゃない」

親仁さんの頃とは違う。時代は変わった。

清五郎の放った言葉が思いの外、こたえている。

「此度の件は、町始まって以来の大事です。三浦屋さんと松葉屋さんにも出て下さるようにお願いしてあります」

清五郎を見れば、微かにうなずいた。

「わかった。なら、出よう」

「よろしゅうお願い申します。では、手前はこれで」

甚右衛門はすっかりと平静を取り戻しており、静かに部屋を出て行く。清五郎はそのまま残っている。足音が遠ざかってから、花仍は大息を吐いた。

「年甲斐もなく、大きな声を出しちまった」

清五郎はそれには何も言わず、「一服、つけてよろしゅうございやしょうか」と煙管を取り出した。「むろん」と、花仍は首肯した。「助かるよ。独りだと、ここんとこがどうしようもない」

己の胸を手荒くさすった。清五郎の眉間にも深い皺が刻まれている。鬢には幾筋もの白い筋だ。互いに、年を取った。

「ここを出て行くしかないんだね」

呟けば、部屋の中の何もかもが白々として素っ気ない。いつも師走に入れ替える畳でさえ、もうどうでもいいことのような気がしてくる。

「明日は荒れるでしょうから、よろしく願います」

「わかってる。私はもうさんざっぱら噴火したから、おとなしく聞くことにするよ」

「さて、それはどうでしょう」と、横顔に苦笑いが泛ぶ。

「いけないね。いくつになっても、すぐに頭にきちまう」

「それはもう治らねえでしょう」

「おや、今日は次々と言ってくれるね」

「旦那がやりにくかろうと思うだけですよ。事あるごとに親仁さんを引き合いに出されちゃ、かないません」

それは仕方のないことだ。初代には初代の、二代目には二代目の苦労がある。

それを口にしかけたが、障子の外で気配がする。「祖母様」と声がする。障子が動いた。外はすっかりと暮れ、中庭の闇越しに内所の障子窓がぼんやりと灯っている。

「お茶」

「菜緒が淹れてくれたのかえ」

「ううん、運んできただけ」と、大きな目玉をくるりと回した。盆を持ち上げて中に入ってきたはいいが、七つの歳から踊りを習っているとは思えぬ裾捌きだ。

「ちょいと、何だえ。相撲取りみたいに、どすどすと」

菜緒は母親に似た色白だが、肥っている。顔も丸々として顎がないほどだ。

「相撲が好きだもん」

実際、ついこの間まで、相撲取りになるのだと言い張っていた。

「大番頭さん、どうぞ」

「恐れ入りやす」

は高過ぎず低過ぎず、何よりも口許が愛らしい。「祖母様」と呼んで笑むたび、大きな白い前歯がのぞく。

「祖母様」

贔屓目かもしれないが、顔立ちは悪くないのだ。頬はいつも桜色を帯びて光り、鼻

「有難うよ」

茶碗を差し出されるだけで鬱屈を忘れ、目尻が下がる。いつもこうだ。鈴につれなくされて気が塞いでも、菜緒を胸にかき抱けばあたたまる。

菜緒は、あの火事の翌年に生まれた。花仍は有難くて泣いた。赤子の誕生はむろんだったけれども、鈴が死にはすまいかと恐ろしくてならなかったのだ。産み月が近づくにつれて厭な夢を見て、何度も夜更けに飛び起きた。

「大番頭さんのお膳もこちらにお運びしましょうかって、台所が言ってるけど」

菜緒が訊ねたので清五郎を見やれば、「手前は内所でいただきやす」と頭を下げた。

「昼見世の帳面付けは番頭らが終えてるだろう。たまには、ゆっくりおしよ」

勧めたが、清五郎は一息で茶を飲み干した。

「明日の準備がありますので、これで失礼します」

「そう」

清五郎は膝で退り、辞儀をしてから菜緒と共に部屋を出た。

夕餉の膳を済ませ、ぼんやりと茶を飲む。

人恋しい時に限って独りぼっちだと、花仍は溜息を吐く。こんな時にトラ婆がいてくれたらと、詮無いことを考える。

火事の後、町の再建のために奔走したのだ。高利も厭わず町ぐるみで金子を借り受け、葭簀掛けの小屋で商いを再開して家々を普請した。ゆえに存分に意匠を尽くすことはできず、かつての贅を凝らした景色は取り戻しようもない。むろん遊女らの衣裳、道具も焼けて灰になった。

稼ぎ頭であった遊女を喪った家の痛手も大きかった。歳月を懸けて育てた太夫や格子女郎が二階から逃げ遅れて焼け死んだ、そんな遊女屋は十軒、二十軒ではきかない。

西田屋の遊女や奉公人らは無事であったが、トラ婆はついに帰ってこなかった。何もかもが灰燼に帰した土地では骨の拾いようもなく、かえって希みを捨てきれなかった。トラ婆のことだ、笑いながらひょいと姿を現すような気がしていた。

けれどある日、清五郎が欠片を拾ってきた。長屋の普請場を通りかかって見つけたらしい。

「もう半年になります。駄目かもしれやせん」

胸が詰まった。客らからの祝儀を受けていた丼鉢、その欠片だ。安手の土もので、墨でさっと丸が描いてある。

「信じられない。こんな欠片一つで、人ひとりの死を受け容れろっていうのかえ。あんまりだ」

しかし西田屋を普請し終えて足を踏み入れた時、ふと聞こえた音がある。

客が丼に祝儀を投げ込んだ時の、銭が鳴らす音だ。

旦那、精々、おしげりなさいまし。

法被をつけて玄関の薄暗がりに蹲り、客の登楼を待ち受けてはニタリと声をかけていた。客の顔を見て面白可笑しいやりとりをして、二階の遊女の許へ景気よく送り出す。無闇なべんちゃらは遣わなかった。胡乱な客には厭味の一つも吐いたし、それだけにトラ婆に褒められた客は素直に歓んだ。これでおれも、一人前だと。それでいつしか常連客は賽銭のように銭を入れ、トラ婆に柏手を打ったりした。

貯め込んだ祝儀は百両できかぬらしいとの噂だった。あの日、半鐘が聞こえた時も、長屋にちょいと帰ると言って西田屋から飛び出したようだ。金子が気になってのことだろう、火事場泥棒に遭うのが我慢ならなかったのだろうと花仍は推したし、周囲も同じような見方をしていた。帰ってこないとは思わなかった。

トラ婆にとって祝儀はどうしても守るべきものだったのだと、新しい床板を撫でながら思った。西田屋での明け暮れ、そのものだったのかもしれない。

それから一年の後、町のすべてを普請し終えて、花仍はようやく雲光院に出向いた。和尚に読経を頼み、甚右衛門の墓の隣に小ぶりな石を建て、丼の欠片を埋葬した。

それから数年後、臥せっていた松葉屋の女将、多可も逝き、昨年、七回忌が執り行なわれた。そして今年の夏、かつては甚右衛門の片腕として吉原の重鎮であった三浦屋の主、四郎左衛門も病で没した。三浦屋は娘婿が跡を継いでいるが、花仍同様、久も大女将である。変わらぬのは松葉屋の幸兵衛と弓の夫婦で、倅がいるものの、今は京の島原で修業中だ。

みんな、いなくなっちまった。

この窮地を、どうやって乗り切ればいいのか。

背中から倒れるようにして、畳の上に大の字になった。

トラ婆、私、頑張ったんだけどねえ。ようやく町を建て直したのに、御公儀には逆らえないいんだって。この土地を追われるんだって。

天井の杉板模様が滲んで揺れた。

翌日、奥座敷の襖という襖を外して三間を続き間にした。

それでも総勢で五十人ほどが集まったので、人いきれや鬢つけ油の臭いで噎せ返るほどだ。

「そんな無体な話があるものか」

「とんでもない御沙汰だ」

「市中から離れたら、客が来なくなるに決まってるじゃないか。御奉行は私らに死ねとおっしゃるのか」

寄合は口火を切るなり荒れ、血相を変えて責め立てる者もいる。

「お名主さんらも、よく黙って引き下がってきなすったものだ。気が知れねえ」

花仍は下座で、三浦屋の久と松葉屋の弓、そして鈴も並んでいる。おなごはまだ誰も口を開かない。

難儀な沙汰を伝える場では、いつもこうなる。奉行所に出向いて直に命を受けてきた者の言葉に皆は憤り、苛立ちをぶつけるのだ。昨日、まさに花仍自身も同じことをした。こんなふうに目を吊り上げていたに違いない。けれどこうして傍で見ていれば、甚右衛門らの役回りがいかに難しいものかがよくわかる。

「御公儀は吉原をお潰しになる気ですか」

まだ跡目を継いだばかりの、若い主が声を尖らせた。近頃、見目の良い遊女が出揃い、にわかに伸してきている中見世だ。

「ご本心はそうでしょう」と、甚右衛門が応えた。ごまかしのない、率直な言いようだ。

「馬鹿な。吉原の主客はお武家様、御旗本や御大名ですよ。色を買うだけじゃない。ここで宴を催して、ゆるりと歌舞音曲を愉しんでおいでじゃありませんか。いつもご満悦で、手前の機嫌を取るような物言いをなさるお方もある。それとも何ですか、もしや悪所嫌いの大奥のお差し金ですか」

「相馬屋さん、それは今に始まったことじゃありません」

「じゃあ、何がお気に障ったというんです」

「御奉行が口にされた言葉の通りです。江戸は急速に大きくなった。誰の予想をも凌ぐ速さで市中が広がって、辺鄙な場末が場末でなくなったんです。ここはもはや、江戸の中心地だ」

「私らの後からここに来て、周囲を取り巻くように家をおっ建てたんじゃありませんか。なのに風儀を乱すと言って、私らが追い出されるんですか」

甚右衛門が首肯すると、またも騒然となった。相馬屋は「信じられない」と、ひときわ声を張り上げている。

「こうなれば、手前が懇意にしている御旗本に内々にお願いしてみますよ。お名主らに任せてはおけません」

「そんなことをしはったら、相馬屋さんはお武家様のお客をすべて失うことになりますやろうな。その覚悟はできてはるのか」

相馬屋に言ってのけたのは、松葉屋の主、幸兵衛だ。相馬屋は青筋を立てて幸兵衛を見返したものの、やがて口の端を下げて黙り込んだ。

甚右衛門は皆の衆をゆっくりと見回している。

昨日とはまるで違う落ち着きぶりだと、花乃は内心で胸を撫で下ろした。

お前さん、一晩をかけて肚（はら）を括（くく）りなすったね。

「此度のご命令は、大樹（たいじゅ）公の代替わりも遠因ではないかと思われます」

「どういうことです」と、別の者が訊ねた。花乃も意図がわからず、久と顔を見合わせる。

三代将軍家光（いえみつ）公が薨去（こうきょ）したのは五年前、慶安（けいあん）四年の四月だ。跡を継いだのは家綱（いえつな）公で、当時はまだ十一歳との噂だった。

「代替わりの直後、七月にとんでもない謀が発覚したでしょう」

方々で頭が動き、「謀叛」「乱」との声が立つ。

「あの、謀叛を企んだとかいう軍学者の、由井」

「由井正雪だ。忘れもしない、あの秋は常連様のお越しも途絶えて、どれほどお茶を挽いたことか。算盤を手にするたび、川に身投げする己の姿が泛んだ」

由井ら一党は江戸と駿府で同時に挙兵し、大坂城をも乗っ取る企てであったという。

甚右衛門は皆が鎮まるのを見澄まして、静かに羽織の裾を払った。

「謀叛人の真意は知る由もありませんが、あの頃も大名家の改易が相次いでご家臣らが牢人と化しておりました。由井はその救済措置を講じぬ御公儀に業を煮やし、不満の輩を束ねて挙兵の準備をしておったと耳にしております。しかもその企ての最中に、強権で知られた家光公がお亡くなりになった。御公儀としては、かほどにお若い御世嗣が跡を継がれるのは初めてのことで、幕閣の中には不安もあったようです。まさにその不安が的中して、由井らは一気に打って出ようとしました」

しかし謀叛の儀は事前に露見して由井正雪は駿府で自死、もう一人の首謀者、槍術の指南役であったという男は鈴ヶ森の仕置場で磔刑となった。

「皆さん、もしかしたらこの江戸は戦で焼野原になっていたかもしれないのですよ。天下の主が変わっていたかもしれません。ゆえにあの後、各町に自身番が設けられたでしょう」

不審の者が出入りいたさばすぐさま奉行所に申し出るようにと、吉原町にも厳しい達しが幾度も届いた。

「あくる年には、若衆歌舞伎まで禁じられました。男色の風潮を抑えるが目的です」

花仍はうなずいた。武家には男色の慣いが色濃く残っており、ひとたび結んだ紐帯の強さは男女の色恋とは比べものにならぬという。御公儀にとって、男色は武者の共謀を招きかねぬ、危うい風潮であるのだ。おなごによる歌舞妓芝居が禁じられた後、美しい若衆らが女の役を演じるのがもっぱらとなっていたが、若い役者は前髪を切られて野郎頭となり、今では「野郎歌舞伎」と呼ばれている。

勘三郎ら大芝居の座元はすでに御公儀から興行の許しを得ており、いつでも芝居が打てる。公許を得た吉原が女歌舞妓を一掃してもらったように、芝居も御公儀の統制下に入ったのだ。しかしそのぶん、上つ方の指図には刃向かえない。

「此度は、この吉原が槍玉に上がった。私はそう解しています」

「でも、この町は不逞の輩を入れないことになっているじゃありませんか」

前の方の誰かがそう言い、すると後列の者らの首筋が動いてすぼまった。小見世や端見世の主らで、皆、顔を伏せてしまっている。

その様子で、花仍は思い当たった。確かに、吉原では身分、居どころの定かならぬ客は奉行所に突き出すことになっている。花仍や清五郎は一目で、どこぞの家中か牢人かを見抜くことができる。しかし小見世や端見世ではどうか。眼のある者が見世にいるとしても、知らぬ振りを通す可能性もある。ただでさえ客足が落ちた火事後だ。背に腹は替えられない。

「仲間で徒党を組んで談合すれば、必ず御公儀の目につきます。ゆえに学問の私塾や剣術、槍の稽古場で落ち合う。由井の一件以来、塾や稽古場はことに取り締まりが厳しくなりましたから、もはや使えません。ならばどこを選ぶか。まともな武家に身を窶し、ここ傾城町で落ち合う。確かめようがありませんが、私ならそうする」

甚右衛門の生家は、かつては武家であった。

「そして御公儀も、そう察しをつけられたのではありますまいか。ゆえに膝元から遠ざけたい。市中なら大門を潜るにも人波に紛れられますが、本所や日本堤なら目に立つ。すなわち、見張りやすい」

気を呑まれたように場が鎮まり返っていたが、「本所」「日本堤」と声が立ち始めた。

風が動いて、見れば障子が引かれている。一礼をして清五郎が入ってきた。手には大きな紙を持っている。

座の中央に広げられたのは畳一畳ほどの大きさに貼り継いだ紙で、地図が描かれている。それを取り囲むように、皆が幾重もの車座になった。後ろの方は立って、首を伸ばしている。

「代替地として御公儀から提示された二ヵ所は、この本所と日本堤でさ」

清五郎が火箸の先で指し示した。方々で、むうと息が洩れる。

「本所なんぞ、大川で隔てられている。渡し賃を払ってまで、わざわざ遊びにくる客がいるもんかね」

「親仁さんみたいに橋を架けるか」

「とんでもない。この近辺の堀川（ほりかわ）と大川とじゃ幅が違う。御公儀でなけりゃできない相談だ」

「となれば、浅草田圃の方がまだ歩いて来てもらえるな」

「だが、こんな人気（じんき）の少ない寂しい土地で、どうやって傾城商いをする」

「いや、見なよ。これ、浅草寺だろう。参詣を装って、北へと足を延ばしてもらえるかもしれない」

不思議なことに、地図を目にした途端、誰もが頭の中で思い描く。

本所より、日本堤を選んだ方がまだ幾分かはましだ、と。

甚右衛門は頃合いを見計らったかのように、皆の衆に告げた。

「もし皆が新地として日本堤を選ぶと決めるなら、奉行所に条件を掛け合おうと思います」

人差し指を立てた甚右衛門に、皆が気を集めた。

「一つ、ここよりも広い土地をお下げ渡しいただく」

「ってぇと、どのくらい」

「今は二町四方ですが、新地は五割増しで下されるようお願いしてみます」

「そんなこと、お願いできるのか」と、さっきとは打って変わって弱腰な者がいる。

しかし甚右衛門は取り合うことなく、二本目の指を立てた。

「次に、引き移りにかかる費えを出していただくよう願い上げます」

「費えなんぞ無理だろう」と、また口々に言い立てる。

「何もかも、一から造らねばならぬのです。これは何が何でも、掛け合わねばならぬ条件です」

「それはいかほど」と、誰かが声を上ずらせた。甚右衛門は地図のかたわらに坐している清五郎に目で指図し、清五郎はゆるりと座を見回した。

「今の家々の間口一間につき十四、五両はいただかねば、引き移りは無理でやしょう」

「ということは」

「一万両は頂戴せねばなりません」

座がどよめいた。金子の高に顔を上気させる者もいれば、「馬鹿な」と冷めた者もある。

「芝居じゃあるまいし、そうも出していただけるわけがない」

鼻で嗤ったのは、またも相馬屋だ。若造がと、花仍は一瞥した。

これほどの人数が集まれば、一人や二人は必ずこんな者が交じる。異を唱えることで、己が最も賢いという顔をしたがる馬鹿が。

だが甚右衛門は「おっしゃる通り」と、話を引き取った。

「ですが、踏ん張ってみますよ。引き移らせたいのは御公儀の方だ。しかもどうやら御奉行は御老中から即刻、立ち退かせよと急かされておいでです」

やはり、自信がある言いようをする。

花仍はもしかしたらと、甚右衛門を見返した。

昨日、御公儀が返せと仰せになれば従うしかない立場だと言ったのだ。花仍の耳には情けないほど、不甲斐ない言葉に聞こえた。しかし当人は、その先を考えていたのかもしれない。

従うしかないのであれば、いかに吉原にとって有利に事を運ぶか。情けないのは私の方だと、となれば、私は感情にまかせて詰っただけじゃないか。

片目を瞑った。

今になって、松葉屋の多可の偉さを思う。いかなる難儀が出来してもどっしりと構えて采配を振り、女たちをまとめた。花仍はよく叱られた。それがいかほど有難いことであったか、頼る者のない身になって思い知る。

「三つめは、町役を免除していただきます。今、山王と神田の御祭礼、そして出火の際は跡火消しを承っていますが、日本堤では遠方に過ぎます。それを理由にします」

町役の務めを果たすには人を雇わねばならず、それが決して軽くはない負担になっていた。

「ちょいと、よろしいですか」

皆が一斉に下座を向いた。声の主が鈴であることに気がついて、花仍は眉を上げた。いつも素っ気ない横顔は皆の注視を浴びて、頬が微かに赤みを帯びている。

「今なら、立ち退きを受け容れる代わりにと、御奉行に掛け合うことができるんですね」

甚右衛門は女房を見つめ、先を促した。

「何なりと」

「いかにも。今は、こちらに分がある」と、甚右衛門が首肯する。

「ならこの際ですから、もう一つ願い上げを」

鈴が何を言い出すのか、花仍には想像もつかない。

「西田屋さん、もう一つって何だすのや」

問いを発したのは、幸兵衛だ。

「御法度破りの売色をやめぬ湯女風呂ですよ。市中二百軒余りをお取り潰しいただく。これが、私らがこの地を去る条件です」

唸り声が湧き、しばし誰も口をきかなくなった。四十年近くも御公儀へ願いを上げ続け、湯女禁止令や人数の制限令を度々発してもらってきたが客足は衰えることがなく、風呂屋の営業も暮六ツまでとなったのはやっと三年前だ。

それにしてもと、鈴の横顔を見返した。

湯女風呂は鈴にとって、そして花仍にとっても辛い記憶がある。商売敵である湯女風呂に遊女を遣わして稼いでいた廉(かど)で、十一もの小見世、切見世が闕所(けっしょ)となり、主らは大門前で磔刑に処せられた。ところがそのうちの一軒の娘と、鈴は親しくしていたのだ。家にも出入りしていたようだが、それを知ったのは処刑の直後だった。ただでさえ花仍に隔(へだ)てを置いていた鈴は、あれ以来冷淡さを増した。一つ屋根の下で暮らしていても、しくしくと淋しさが沁(し)みるほどに。孫の菜緒にも触らせてもらえなかったら、もうとうに叫んでいたかもしれない。

いい加減にしないか。お前さんはもう三十を過ぎてんだよ。根に持つにもほどがある。

しかし言えないのだ。鈴の母親を死なせた。その自責の念は消えることがない。

鈴が何を考えてこの思案を思いついたのか、花仍には見当がつかない。湯女風呂が御法度破りの商いを続けたゆえ友達の父親が磔(はりつけ)になった、そういう理屈だろうか。

しかし座は一気に沸き返っている。

「鈴さん、湯女風呂によう気づかれました。私など、長年、敵対してきただけに、かえって頭になかったほどですよ。無理だと思い込んでいました」

三浦屋の久が感心したふうに声をかけると、鈴は神妙に頭を下げた。

「吉原が市中から出れば、湯女風呂を繁盛させるばかりです。この機に潰しておかねば、吉原に先行きはないと思いまして」

含みのない言いようをした。

「お名主、いかがです」と、久が上座に顔を向ける。

「むろん、条件に入れますよ」

甚右衛門は請け合った。座を見回せば、皆の顔つきが変わっている。清五郎と目が合い、花仍は胸の中で呟く。

お前さんの言った通りだね。もう、若い者の時代だ。

けれどこの町では昔から、こうして皆で額を寄せ合うようにして事を決めてきた。そのやり方は変わらない。それが先代、甚右衛門の仕方だった。

あの人が誰の言葉にも耳を貸さなかったのは、掟破りの主らを磔刑に処すと決めた時だけだ。

鈴のことを言えた義理ではない。処刑後、花仍は亭主に対して目を合わせることができなくなった。

その寂寥が今はよくわかる。私はほんに、酷いことをした。

十一月になれば、早や十三回忌だと考えを動かした刹那、「あ」と声を洩らした。

松葉屋の弓が「どないしはりました」と、腕に手を置く。我知らず両膝立ちになっている。皆が呆気に取られて見上げているのがわかるが、またも「ああ」と叫んでいた。

「おっ母さん」と、鈴までが傍に寄ってきた。不審げな面持ちだ。

「大丈夫だよ。私は正気さ。いっち大事なことを思い出しただけだ」

あの人の宿願を。

冬枯れの地に槌音と人声が響く。

花仍は畦道に立ち、田圃の彼方を眺めている。待乳山辺りから土を運び、すでに田の埋め立てを始めているのだ。もっこを担いでいる人足は百人できかぬだろうか。おなご四人が間近で見物するわけにもいかぬので、こうして遠目で見るのみだ。

年の瀬も迫った師走のことで、寒気が肌に嚙みついてくる。花仍は背筋を震わせ、朱色の布をぐるぐると巻いた襟許に顎を埋めた。三浦屋の久に松葉屋の弓、そして鈴も並んで立っている。久と弓も臙脂や濃茶の首巻をつけているが、鈴はすらりと白い首を剝き出したままだ。

田圃の中に幾羽もの鶴が舞い降りている。花仍は思わず笑った。

「こんな所に傾城町ができるとは、鶴も驚いてるだろう」

年内は今のまま営業をして、来年三月にはここに引き移ることになった。

「そうだすなあ。土の中の蛙もおちおち寝てられまへんやろうな」

「それにしても、お名主さんらはよくぞ粘ってくださった」

あの合議の後、甚右衛門らは奉行所に通い詰め、石谷、神尾の両奉行から「遠方に引き移る代償」を取り付けた。

目の前に広がる新地は望み通り、従来は二町四方であったものを東西三町、南北二町、すなわち二万坪の土地を獲得したことになる。引き移り料は間口一間につき十四両となったが、先月の二十七日、浅草御蔵で締めて一万五百両を受け取ってきた。その金子は西田屋の土蔵で預かっている。

町役も御免となり、鈴の出した思案、湯女風呂についても来年六月十六日を限りとしてすべての見世が取り潰しとなることが決まった。主らは尋常な湯屋に暖簾替えをする者が多いだろうとの推測だが、およそ千人の湯女は吉原で引き取ることになっている。

「湯女の連中を仕込むのは、また苦労でしょうが」

久はそう言いつつも、張り切った声だ。

「いや、湯女といえども風情の優しいおなごもいますよ」

「西田屋さん、よくご存じで」

「昔、鈴と一緒に潜り込んだことがありましたのさ。トラ婆もね」

「鈴さん、敵情視察をしなはったのか」と、弓が目を丸くしている。

「そんなんじゃありませんよ」と、鈴は頭を振る。

「内所で事あるごとに湯女が、湯女がと耳にするもんで見てみたくなったんです。まだ子供時分のことでしたから」

「子供といったって、十四だったよ」

「そうだったかしら。もう随分と昔だもの」

花仍の言葉に鈴が応えた。ふだんは口にしないが久と弓も事情は察しているので、目を丸くしている。

「残るは、花仍さんの出した思案だけですね」

久が声を改めた。

「さて、いかが相なりますことやら」

花仍はまた田圃の彼方へと眼差しを投げた。

今日も、甚右衛門と清五郎は奉行所へ出向いている。もう何度目の願い上げになることか、誰も憶えていないほどに難航している。二人の町奉行は吉原がそこまで要求してくるとはと機嫌を損じ、その旨を取り上げようともしなかったようだ。しかし甚右衛門は退かなかった。

江戸市中より遠方にての稼業となります。近在には民家もなく、風儀を乱す仕儀には決して至らぬことと存じます。何とぞ、昼夜の商いをお許し下さいますよう、どうか。

花仍は「夜見世の再開」を、引き移りの条件に加えさせたのである。

それこそが先代甚右衛門の悲願だった。

そして当代の甚右衛門が粘り抜き、とうとう根負けした御奉行が上役である御老中に「吉原、願い上げの一件」を上げ、今日、沙汰が言い渡されるはずだと聞いている。

花仍は内所にじっと坐って待っていることができず、久と弓を誘ってここ浅草田圃に出かけることにした。それを告げると、鈴が「私も」と腰を上げたのだ。

「あんな調子で、三月に間に合うのかねえ。整地の後、濠も造らなきゃなんないのに」

「どうですやろう」と弓が応え、久は「きっと間に合いますよ」と心強いことを言う。

「夜見世ができるようになったら、ここも景色が一変するでしょうねえ」

そういえばあの家があったのはどの辺りだろうと、見回した。目印になる大木もなく、よくわからない。名主屋敷の離屋であったものを先代の甚右衛門が茶室を造るつもりで買い取ったので、当時から古家だった。それでも家守を雇って保っていたが、火事で財を失った時に手放した。本当はずっと残しておきたかったけれども、手許金はいくらあっても足りなかったのだ。迷う余地もなく売ることを決めた。

「からっ風の冷たいこと。そろそろ引き上げよう」

四人で畦道を引き返す。待たせていた四挺の駕籠に近づくと、人足らが一斉に立ち上がった。身を入れて腰を下ろすと、まもなく動き始めた。駕籠に揺られながら、花仍は目を閉じた。

不思議な縁だ。

鈴が生まれ、若菜が息を引き取ったこの地に、皆で移ってくることになろうとは。

夜見世の許しは出ぬまま、明暦三年が明けた。

正月十八日の昼八ツ頃、「火事だ」との叫び声が吉原を駈け巡った。甚右衛門と清五郎はすぐさま番頭や妓夫らを引き連れて外に出ていく。花仍は台所の若い衆に指図した。

「竈の火を落とすんだ。ありったけの竹筒に水を用意しとくれ」

そう言いざま、鈴と常磐津を呼んだ。毛長の常磐津は年季を終えても西田屋に残り、隠居した瀬川の後を継いで遣手婆を務めている。

「二階廻しに命じて、皆を下に降りさせるんだ。荷は小さく一つだけ。落ち着いて。慌てて階段を転げ落ちないように気をつけさせるんだよ」

常磐津が二階へ駈け上がる。

「鈴、菜緒はどこだい」

「奥で踊りの稽古を」

「すぐにここへ」

鈴は蒼褪めているものの、すぐさま奥へと向かった。花仍は帳場格子の中に戻り、巾着袋に証文の束と金子を詰める。多くは持てないし、場合によっては逃げる最中に捨てねばならない。しかし遊女らを守るための金子は持っておかねばならない。

「大女将」と、清五郎の声がして顔を上げた。土間から呼んでいるようだ。巾着袋の紐を閉めて懐に押し込みながら、土間の前まで小走りで動いた。

「本郷丸山の本妙寺近辺が燃えているようです」

ここからは遥か北西だ。「じゃあ、随分と遠い」と、肩肘を緩める。

「それが北西の風に煽られて、火がこっちに向かってきているようでさ。大名家から火消が出てはいますがなかなか消し止められないようで。風向きが変わらねば、まともにやられるかもしれません」

「甚さんは」

「皆に避難するよう、指揮をお執りになってます。西田屋も速やかに南の方面へ逃げろとのご伝言です」

「承知した」

南方にある寺や神社を頭の中で探る。火事の際は寺社を頼るしか術がない。

「大丈夫ですか」

「当り前さ。ここはまだ火に包まれちゃいない」

前の火事は隣町が火元であったので、吉原もたちまち火の海になった。

「私は土蔵を守らねばなりませんのでお供できやせんが、ご無事で」

「土蔵」

「引き移り料、あれだけは溶かすわけにはいきやせん」

一瞥して、うなずいた。

「無理はしないどくれよ」

死なないでおくれ。

そう念じて、階下に降りてきた遊女らに声を張り上げた。格子女郎に局、端女郎、禿も合わせれば七十人近い。皆、息を詰めて花仍を見つめている。年内で売色の営業は終えていたので、客のいないことがまだ救いだ。

「揃ってるかい」

常磐津が「はい」と返事をした。

「鈴、菜緒」

鈴が前に出てきて、菜緒も一緒だ。二階廻しの衆を遊女らにつけ、他の若い衆には甚右衛門の指図を仰ぐように言い置いた。

「草鞋をつけて。急がなくてもいいから。ああ、そこ、押し合うんじゃない」

外に出る前に、大声で言い渡した。

「ここから南へ向かって、お寺か神社に避難する。いいかい、決して一人になるんじゃないよ。誰かと手をつないで、必ず二人一組で動く。もしはぐれたら無闇に歩き回らず、ともかくお寺に逃げ込むように」

大門の前はもう人波が押し寄せていた。見知った顔が多く、互いに会釈のみを交わす。

甚右衛門と幸兵衛を始めとする顔役らの姿が、大門の内外で見えた。台座のようなものの上に立っているのか、口許に両掌を立てて声を発している。

「先に子供と足の弱い者、年寄りを出してやってくれ」

「南へ逃げるんだ。京橋方面だ」

西田屋の遊女全員が大門の外に出るのに半刻ほどもかかり、ともかく南へと進んだ。しかし往来も大変な混雑で、それというのも所帯道具を車長持や荷車に山と積んでいる者らが道を塞いでいる。気持ちはわからぬでもないが、迷惑な我欲だ。

ようやっと京橋付近に入り、小さな寺を見つけた。門は開放されているが、境内はもう一杯だ。無理に入りようもなく、土塀際に皆を坐らせた。花仍も竹筒に口をつけ、水を飲んだ。もう声が嗄れている。鈴が近寄ってきて、「おっ母さん、指図を替わります」と申し出た。

「大丈夫だよ。それよりお寺で、火の具合を訊いてきておくれでないか」

「それは今、菜緒に」

まもなく菜緒が戻ってきて、「駿河台に日本橋方面が焼けたみたい。小伝馬町の牢獄も」と告げる。

「となれば、近いね」と、鈴と顔を見合わせた。

やはり吉原も火を受けるのかと思えば、暗澹となる。三月には日本堤に移転する。

家は取り壊しが決まっているが、商い道具や家財は運ぶ手筈をつけていた。それらを失えば、またすべてを買い揃えねばならない。

甚右衛門や清五郎は大丈夫だろうか。

禍々しいほどの緋色に焼けた空を見上げた。今、何刻だろう。空の色ではまったく判別がつかない。若い衆が駈けてきて、川沿いに空地を見つけたと言う。花乃はすぐさま「わかった」と立ち上がった。

「移るよ」

またぞろ歩きに歩き、足許が暗くなってきた。しかし空は紅く、火の粉が方々で舞い上がっている。空地に辿り着いた時、六人ほどがもうはぐれていた。こんな時は捜さぬことにしている。捜しに出た者が火に巻き込まれる恐れがあるからだ。しかもこの機に乗じて逃亡する遊女もいないではなく、いずれにしても生きていればいつかは戻ってくる、そう思うしかない。

千坪ほどの空地はたちまち人で埋まったが、新春とはいえ夜はまだ寒さが厳しい時分だ。腰を下ろせば尻の下からじんじんと冷えてくる。しかし額は熱いのだ。気も張り詰めているので、皆を横にならせた後も空を見つめ続ける。

かたわらの鈴が、「おっ母さん」と言った。

「ちょっと寝た方がいい」

「うん。そうだね」

「そうだねと言いながら、私のいうことなんぞ聞きやしない」

「うん」と、また生返事をする。

片側には菜緒が坐しており、こくりこくりと舟を漕いで花仍の肩に頭を倒してくる。

「菜緒こそ、寝かせておやりよ」

言うと、鈴は「もう寝てるわ」と小声で返す。そのまま黙って空を見た。いつのまに寝入っていたのか、気がつけば土の上で目を覚ました。

朝露が降りたか、背中がぞくりと冷える。半身を起こし、瞼(まぶた)をこすった。鈴が覗き込んでいる。

「皆は大丈夫かえ」

「ええ。でも」と、言い淀む。

「吉原、駄目だったみたい」

覚悟していたものの、声が出ない。

「周辺の芝居小屋から霊岸島(れいがんじま)まで焼けたって」

「まだ焼け止まらないのかえ」

「風が変わったみたいで、火が南に下りてきている」

「じゃあ、すぐさま移ろう」

「いや、吉原に戻った方がいいかもしれない」と、鈴が声を低めた。じっと見返して、「そうだね」と即断した。

「鈴、ここからは頼むよ」

手綱（たづな）を渡すのは今だと思った。鈴はうなずいて立ち上がり、皆を集めて告げる。

「今から、吉原に帰るよ」

すると若い局女郎が、泣き声を出した。

「火の中に戻れと仰せになるのでありいすか」

常磐津が「こんな時に口応えするんじゃない」と叱りつけた。鈴は皆を見回し、声を張り上げる。

「安心しな。もう燃えるものなんぞ、残ってやしないのだから」

髷（まげ）は根方（ねがた）が緩み、顔も煤と汚れにまみれている。着物も火の粉に焼かれてか、あちこちが焦げて破れている。もっとも、皆、おっつかっつで、一目で遊女とはわからぬ様子ではある。

ということは、私なんぞもっと酷（ひど）いのだろうと、手の甲で頬をごしりと拭った。

「祖母様」

　菜緒が身を寄せてきて、背中に手を当てた。

「何だえ」

「おっ母さんが、祖母様から離れないようにって」

「また年寄り扱いをして。要らぬ節介だ」

　鼻を鳴らし、皆を先導する鈴の後ろ姿を見やった。

　帰り道は火の手が上がっている所を避けて選んでいるので、随分と遠回りだ。それにしても大変な焦土が広がって、縦横の道が一目で見て取れるほど家屋敷が焼け落ちている。往来には焼死した者が附木のごとく転がっており、堀川にも屍がびっしりと浮き沈みしている。遊女の中には屈み込んで吐く者があり、吉原に辿り着いた時には午の刻近くになっていた。

　やはり大門も何もかも焼け落ち、煙が方々から立ち昇っている。土蔵だけは残っており、その前に火事装束の甚右衛門と清五郎が立っていた。

「六人が欠けました。申し訳ありません」と、鈴が亭主に頭を下げている。「ご苦労だった」と甚右衛門は言い、花仍に向かって頭を下げた。

　焼け跡を片づけて場を作り、遊女らを休ませた。昨日、ここを出てから水以外は口にできていないが、いかんともしようがない。鈴と菜緒が土蔵の裏手から干し柿を見つけてきて、それを皆で少しずつ分け合った。

その日、吉原周辺は火が鎮まったものの、別の場所からまた火が出たと清五郎が聞いてきた。

「小石川の大番衆与力の宿所だそうで」

そうこうするうちに、火は神田、竹橋方面へと広がり、濠を越えてついに御城へと達した。天守が炎に包まれて崩れ落ちる刹那はこの地からも見え、さすがの甚右衛門と清五郎も声を発しない。やがて本丸はもとより二之丸、三之丸も全焼、大小の大名小路の屋敷も焼き尽くされ、日暮れ頃にようやく鎮火したと聞いたのは十九日の夜だ。

しかし翌朝になって、昨日の夕刻に今度は麴町の町家から火が出たらしいと若い衆が聞いてきた。外桜田から愛宕下まで類焼し、今朝、ようやく鎮まりつつあるらしかった。

江戸の半分が焼けたのではないかと、甚右衛門は眉根を曇らせた。たった三日の出来事で、しかも火元が三ヵ所とも離れているので、付け火ではないかと囁かれているようだ。

城まで焼け落ちたのだ。

江戸ももう、これで終いではないか。

空を仰いだ。青い初春の空であるのに、目の中に炎の色が残って消えない。


一月の末、吉原の焦土に掘立小屋が何十も並んだ。棟梁に頼み込んで材木を融通してもらい、男たちが自ら普請したものだ。とてもではないが大工は呼べなかった。大名屋敷が百六十余、寺社三百五十余、そして甚右衛門が推した通り、江戸の半分にあたる四百町余が灰となった。焼死した者は十万人を超えるのではないかと噂されている。

吉原では五百人近くが避難先で火にまかれたようで、戻ってこなかった。小見世の端女郎は逃げた可能性もあったが、誰も追おうとはしない。西田屋では六人が帰ってこないが、再建の方が先決だった。毎日、江戸の方々で普請の音がしている。上方からも続々と大工、左官のできる者が入ってきているらしいが材木と手間賃が急騰し、浅草の新地の普請は止まったままだ。

二月に入ってまもなく、甚右衛門らは数ヵ月ぶりに奉行所に呼び出された。御奉行の役宅も焼けてしまったので、急拵えの屋敷であるらしい。

甚右衛門は帰ってくるなり、春空の下に主らを集めた。

「落ち着いて聞いてくださいよ」

前置きをしたうえで、皆を見回す。

「すぐさま、引き移れとのご命です」

「すぐって、どこにです」と、主らの詰る声も疲れている。

「新地は家が普請できていないじゃありませんか」

「そうだ。三月中だって無理だろうに、すぐさまとはどういうことだ」

花仍は懐手をして、甚右衛門に問う。

「まさか、せっかく焼けたんだから家を壊す手間が省けた、小屋に居つかれぬうちに出ていかそうとのお心かえ」

「そうは仰せになりませんでしたが、この大火を機に江戸を建て直すことが急務となっておられるのはたしかです」

「それで」と先を促したのは、松葉屋の幸兵衛だ。

「ひとまず今戸と新鳥越、山谷辺りの百姓家を借りてそこに引き移れとの御指図で、ついてはそこで商いを始めても良し、大火前より職人や人足の数が増えておるゆえ、市中の治安を守るためにも傾城商いを早う始めよとの御沙汰です」

「ほんに身勝手な言い分だ」と花仍は吐き捨て、ややあって「ん」と首を捻った。

「ということは」

「うん、そうやなあ」と、幸兵衛も気がついた。

「とうとう、や」

皆はまだ気づかないようだが、花仍の背後で鈴が「あ」と声を洩らした。久と弓も隣に立っており、「花仍さん」と声をかけてくる。

「御公儀としては、職人らには日中、何が何でも仕事に精を出させさんとならん。となれば、夜しか遊べんわなあ」と、幸兵衛が皆に解き明かす。

「松葉屋さん、それがどうしたっていうんだよ」

「つまり、夜見世再開や」

幸兵衛が得意げに鼻の穴を広げると、背後で歓声が上がった。振り向けば、遊女らが方々の小屋から出てきていた。化粧道具も揃わぬのでほとんどの者が素顔だが、久しぶりに頬が明るい。互いに手を取り合い、泣き笑いで賑やかだ。

そうだと、花仍は思いついた。

ただ引き移るだけでは、つまらない。吉原から追い払われて、惨めな者どもよと同情されるのも嗤われるのもまっぴら御免だ。

どうせなら趣向を凝らした衣裳を女たちに着せ、霞をまとった菩薩が動くかのごときさまを見せてやろう。市中は焼野であっても、ここから今戸や鳥越、山谷までの道筋には桜樹も残っているはずだ。落花の舞う中を道中する、そんな遊女らの姿が目に泛んだ。

「三浦屋さん、松葉屋さん、鈴。思案がある。聞いとくれ」

思わず、声が弾む。

八　不夜城

大きな花の群れが、ふさふさと動いていく。

花仍は最後尾からそのさまを眺めては、目尻を下げる。神田川を渡り、北へ、浅草寺へと向かう一群は朝風に袂を膨らませ、裾を翻しては角を曲がる。見物の衆はそのつど熱い息を吐いてどよめき、もはや人垣をなしている。親仁橋を渡った辺りから、騒ぎながら延々と従いてきている連中もいるほどだ。まだ焼野原の残った江戸の市中で、しかも御城の天守閣が焼け落ちて無残を晒したままの景色の中で、久方ぶりに目にする「佳きもの」なのだ。

花仍はぐいと前を向き、胸中で口上を述べ立てる。

老いも若きも男も女も、さあ、存分に味わっとくれ。

これが吉原だ。

先導は甚右衛門を始めとする名主五人で、紋入りの肩衣と袴をつけての行列だ。西田屋の女将である鈴や三浦屋の久は羽織袴姿の楼主らと共に歩き、その後ろに各家の遊女が数百人も続く。若い衆らは長柄の傘を太夫に差し掛け、遣手婆は禿と格子女郎らの付き添いだ。その後ろを下働きの若い衆が荷車を曳き、花仍は松葉屋の夫婦と孫の菜緒と共に殿軍を務めている。

「ええなあ」

かたわらで松葉屋の幸兵衛が呟けば、弓も「ほんまに」と相槌を打った。

「あれほどの地獄を見たのだすさかい、皆さんがこれほど歓んでくれはるのも無理はおません」

江戸が火の海に包まれたのは半年前、正月のことだ。

後で知ったのだが、小見世の女たちの中には火に追われ、橋下に下りた者が少なからずいたらしい。腰まで浸かった川水は凍るように冷たく、しかし焼死や溺死の屍がだんだんと増えて水面を埋め、尻を突いたりする。寒さと恐ろしさで震え上がって岸に上がり、しばらく市中を彷徨したようだ。吉原からは逃げ出すつもりだっただろう。しかし結句、喰っていけずに舞い戻ってきた。

「尾羽打ち枯らして去るのと、市中の耳目を輝かせながら行くのとでは、それこそ地獄と極楽の差がある。この思案は大当たりやった。大きな声では言えんが、胸が空く思いや。奉行所め、ざまあ見さらせ」

「お前様、その声が大きおす」

弓に窘められても、幸兵衛はなお胸を反らせる。

「そやかて、一矢報いた心地がするやないか。なあ、鬼花仍」

四十余年も営々と続けた傾城町を取り払え、市中から出ていけとの指図を受けたのは前年の冬だ。

甚右衛門ら名主は浅草という辺地に移転する費えとして一万五百両、新地は二万坪、そして湯女風呂の全面禁止を条件にして掛け合った。奉行所はそれを呑んだ。それほどまでに、吉原町を江戸の埒外へと追い払いたかったのだ。が、談合がまとまった直後、三日続いた大火で江戸の半分余が焦土と化した。奉行所は約定の移転日を繰り上げ、ともかく一日も早く去れと矢のごとき催促を寄越した。将軍の膝元である町の再建が何よりの急務になった御奉行らは、まさに尻に火がついたごとくであったようだ。

甚右衛門はその命も受け容れた。ただし引き換えに、長年の宿願を果たした。ついに「夜見世再開」の許しを引き出したのである。

そこで、花乃は一計を立てた。御公儀相手に、ここまでの達引をしてのけたのだ。にもかかわらず皆が肩を落としてぼそぼそと歩いては、こなたが敗軍のようではないか。むろん繁華な市中から片田舎への移転は都落ちだ。どこをどう取り繕っても惨めで、虚しい。

けれどそんな心のままを江戸者に晒したら、末代までの語り草になるだろう。

どうせ去るなら落花の舞う中を、堂々と道中しようじゃないか。

甚右衛門はもとより、松葉屋や三浦屋、そして鈴も同意した。

ところが今度は、家の手当てで難渋した。新地の普請はいかほど急いでも、秋になるという。全く間に合わない。近辺で家を借りようにも浅草田圃は民家がまばらで、たまに百姓家があっても傾城商いを申し入れた途端、にべもなく断られた。しかしこれ以上、商いを止めてはいられない。移転費用の一万五百両は町普請で用いる金子だ。皆、すぐにでも遊女らを働かせねば干上がってしまう。

そこで周辺の、耕されぬまま放置されていた畑地を見つけて借り受け、仮の家を急拵えした。今戸と山谷、新鳥越の三町に分かれてしまったが、ともかく身を落ち着け、商いを始めることが肝要だ。急場凌ぎの家々を整えた頃にはとうに桜は散り、梅雨も過ぎ、移転は今日、六月も半ばになった。

肌が炒りつきそうな陽射しで、ひとたび風が止まれば汗が噴き出しては滴り落ちる。腋の下や乳房の合間まで濡れているのがわかって気色が悪い。花仍がもぞもぞと衣紋を抜いていると、

「祖母様、大丈夫かい」と、菜緒が背後から訊ねてくる。この半年ほどでまた躰が大きくなり、頬も福々としている。

「何がだえ」

「強情を張ってないで、荷車に乗ればいいのにさ」

黒目勝ちの目が鯰の形になっている。からかっているのだ。

「遊女らがああも涼しげに歩いてんのに、あたしだけ道具に囲まれて汗みずくで運ばれろってのかえ。そんな暑苦しい真似、やなこった」

何もかもを火で失ったので、道具といえば土蔵に収めてあった夏物ばかりだ。蚊帳に夏提燈、夏火鉢、着物は麻帷子である。ただ、上布の反物も何疋かあったので、せめて太夫や格子女郎には張りのあるものを着せようと、吉原じゅうの女将や遣手婆が総出で仕立てた。

花仍は根っからの針嫌い、しかももう目が遠くて針穴に糸を通せない。指図で気張

っていると、菜緒の手が利くことに驚かされた。猫のように丸い手をこまめに動かしては縫い上げていく。西田屋にも針女が何人もいるが、びっくりした顔をして見上げていた。

「嬢さん、相撲からお針までできなさる」

「うん。苦手なのは踊りにお茶、お花くらい。あと、書と歌も空っ下手」

「随分と多い」

皆は大きな声で笑ったが、花仍は感心していたのも束の間、先が思いやられると口の端がへの字に下がった。鈴に注意しておかねばとの考えが過ったが、すぐにそれを打ち消す。女将がいかほど忙しいか、誰よりもわかっているのは花仍自身だ。あのトラ婆がなにくれとなく鈴の面倒を見てくれたように、祖母である己が菜緒についていてやらねばならない。

何だ、つまるところ、この祖母が至らぬせいか。

「祖母様、夏負けしたって知らないよ。だいいち、顔に汗を掻かないのは遊女の務め、祖母様は遊女じゃないだろ、西田屋の大女将だろう」

おやおや、向こうが世話を焼いてくる。

「知ったようなことを言う。私は何にも負けるつもりはないよ。明日の木母寺だって行くさ」

「え」と、三通りの声がする。

「明日も出るのか」「それは無茶だす」「祖母様、何とかの冷や水」

幸兵衛と弓、菜緒が同時に攻めてきた。

仮家への引き移りは、今日と明日の二日をかけて行なう。何しろ、遊里に住む二千人、米屋に麩屋、呉服屋、畳屋、その奉公人らも皆、ひっくるめて動く大引越だ。

そこで道行の組を三つに分けた。今日は、浅草寺に詣でてから奥州街道を北へ歩いて山谷町の仮家に入る組と、浜町の河岸から舟に乗って駒形に着き、そこから歩いて新鳥越町に入る組に分かれている。舟を使う組は、三浦屋の当代と西田屋大番頭の清五郎らが先導している。

そして明日の組は、屋形舟を仕立てて大川の対岸に渡り、木母寺の古跡を見物してから再び舟で岸に向かう。待乳山の下、竹屋ノ渡しの桟橋から陸へ上がり、今戸町に入るという道程だ。

「せっかくだから、木母寺にも詣でてみたいじゃないか」

木母寺は天台宗の古刹で、創建は六百八十年ほども前に遡るらしい。その昔、都で人買いに攫われてこの地で亡くなったという梅若丸の塚があり、梅若山王権現の霊地でもある。我が子を捜し求めて彼の地を彷徨った母親の言い伝えは能にもなっているらしいが、花仍はそれを観たことがない。ただ、座敷で声色を用いて語ってくれた僧侶の客があり、太夫や禿らと共に涙しながら聞き入ったものだ。遊女にとって他人事ではない話であり、それこそ花仍など江戸に攫われてきた身であるのか親に捨てられた身か、未だに知らぬままだ。ゆえになおのこと、母の面影を抱いて死んでいった梅若丸が憐れでならないし、母親が狂わんばかりに我が子を捜し歩く姿も胸に迫った。

「塚の脇には、阿闍梨が植えてあげなすった柳の木があるらしい」

「わかった。じゃあ、明日も私がお供をするよ」

「要らないよ、結構毛だらけ」

松葉屋の夫婦はもう黙っているが、祖母と孫娘のやりとりに可笑しそうに眉を下げている。花仍としては、何かにつけて庇いにかかられるのが不服だ。陰で鈴が指図してのことだと察しがつくだけに、大きなお世話だと思っている。

鈴には何もしてやれなかった。だからお願いだから、私のことも構わないどくれと思うのだ。でないと嬉しくなる。あの世の若菜に申し訳が立たない。

やがて浅草寺に入った。

参詣道から三門、随身門の間には早や見物の群衆が犇めき、本堂の東西の欄干にも鈴なりだ。見れば町の衆のみならず、武家の姿も少なくない。諸藩の家中なのだろう、聞き慣れぬ訛りで盛んに「吉原、吉原」と、声を上ずらせている。

「仮宅ゆえ、揚代も安うするらしい」

「それは重畳。江戸土産に行こまい、行こまい」

なるほど、「仮宅」とは響きのよい呼び方だ。仮家は新地が整い次第取り払うのであるから掘立小屋に近く、座敷のしつらえもろくにできていない。屏風や蒲団も間に合わせだ。そのぶん揚代と祝儀は気安くすると、方々に触れてある。

「いよォ、高尾ッ、二代目ッ」

欄干から声がかかり、御堂を持ち上げんばかりの騒ぎだ。これはよほど寄進を弾まねば後でお叱りを受けるだろうと思いつつも、やはり胸は高鳴ってくる。

二代目高尾は三浦屋が手塩にかけた太夫の一人で、あの火事がなければ今春に披露目をするはずだった。が、客や他の妓楼から贈られた祝儀の品々も焼けて灰になった。南蛮渡りの反物に襠、小袖、金銀の扇子、珊瑚樹と翡翠で作られた松竹梅の盆栽やギヤマンの虫籠まですべて失ったと、久も嘆いていた。火事場盗人も随分と横行したのだ。

ゆえに今、高尾が身につけている襠も西田屋の土蔵にあった上布で仕立てたものだ。針女らは腕が立つとはいえ、太夫の着るものは平素は呉服商の抱える本職が染めから手掛ける。それに比べれば見劣りがするのもやむを得まいが、こうして離れた所から眺めればいっそ潔い。生地を絞りや縫箔で埋める手間暇が掛けられなかったので片身に大きな余白が残ってしまい、それがかえって意匠を引き立てている。肩先から裾にかけて描かれた大輪の菊は鮮やかな濃紅と露草色の古布を縫いつけて表したもので、裾から勢いよく伸びる葦葉は濃淡さまざまな緑糸による刺繡だ。

高尾はそれを匂いやかに着こなし、間に合わせの数珠を手にした立ち居振る舞いも麗しい。押しも押されもせぬ太夫だと、花仍は目を細める。

久の姿を見つけたので近づいた。互いに髷は薄く、色も白銀交じりだ。

「三浦屋さんは、ほんに育て方がお上手だ」

つくづくと感心すると、久も「おかげさまで」とへりくだることなく返してくる。

つと、欄干を見上げた。

「こんな所までお出ましになって。太夫も果報者でござんすよ」

あまりの人波であるので、誰を指して言っているのか、花仍にはわからなかった。

西田屋の一行は山谷町の仮宅に入った。

奥州街道に面して建てた小屋の一軒で、機嫌よく市中から繰り込んだものの、そして覚悟をつけていたものの、侘しさは如何ともしがたい。街道の先には何もなく、沼沢地に盛り土をしただけの一本道だ。背後には田畑や茫々たる湿地が広がっているので、蚊もひどい。

花仍は奥の部屋に横になったきり今朝は起き上がることができず、木母寺に参詣どころではなくなった。腰が痛むし目眩はするし、吐き気もやまない。明らかに暑気あたりだ。

「おっ母さん、具合はどうですか」

鈴は夜もとっぷりと暮れてから奥に入ってきて、枕許に坐った。以前の西田屋では花仍と鈴一家は部屋が別であったが、仮宅では八畳一間で共に過ごさねばならない。気が兼ねるが、こればかりはどうしようもない。

「お疲れさまだった」

身を起こそうとすると、「いいよ、そのまま」と、鈴が押しとどめる。

「すまないねえ、とんだ役立たずだ」

「だから荷車にのせてもらったらって勧めたのに、祖母様は私の言うことなんぞ、いっかな耳を貸さないんだから」と、かたわらの菜緒がご注進だ。

「お黙り。昨日のことを蒸し返したら、また暑くなる」

鈴は苦笑しながら団扇であおいでくれるのはいいが、どうにも気怠そうだ。引き移ったかと思えば遊女らの世話に追われたので、やはり草臥れているのだろう。手狭な家であるので、部屋の割り振りがことに難しい。今も西田屋には太夫はおらず、自身の座敷を持っていたのは格子女郎の初音と雲井で、しかしこの二人の稼ぎ頭がともかく仲が悪い。

火事の際は皆を引き連れて逃げるのが精一杯で花仍は気づかなかったが、行き帰りにも何かと悶着を起こし、今では若い女郎らも派に分かれているのだという。その二人が同じ広間で雑魚寝をしなければならないと知った途端、どちらが上座の下座のと揉め、ついに妹分らが摑み合いの喧嘩沙汰になった。それは寝ていても聞こえていて、遊冶郎も顔負けの罵り合いだ。

割って入った遣手婆の常磐津も終いには堪忍袋の緒を切らせ、「やい」と裾を捲って凄んだ。

せっかく拾った命をむざと使うて、図に乗るのもいい加減にしねえか。いいさ、ここが気に入らねえんなら、そこの寺に行きな。ちゃんと焼いてくれらあ。

たぶん、近くの火葬寺の方角に向けて顎をしゃくったのだろう。ここから十町と離れていないので煙がはっきりと見え、風向きで臭いもする。今戸焼の竈の煙と火葬の煙が家の中にも入ってきて、しかし障子を閉てたら暑くてたまらない。余計に吐き気がこみ上げてくる。

横になったまま、鈴に訊ねた。

「甚さんは」

「大番頭さんと普請場です。今晩も打ち合わせることが多いから、隣で寝るそうですよ」

西田屋は雇人も含めれば百人近い大所帯だ。この家の両隣にも掘立小屋を建てて分かれ住み、ここには用心のために不寝番が泊まり込むことになっている。

となれば今夜は女三人きり、水入らずだと気がつくと、我知らず口許が緩む。

「今日、夢か現か、澄んだ鈴の音を聞いたよ」

縁起棚の天井に吊るした大鈴の音は、花仍が幼い時分から聞いてきた繁盛の音だ。亡くなった亭主、先代甚右衛門が傾城屋を開いて間もない頃、客の訪れに景気をつけるために鳴らしたのが始まりであるらしい。それも火事で失ったので、今、注文している最中だという。

「早く新しい吉原に移って、大鈴を鳴らしたいものだ」

天井を見ながら呟くと、団扇が動いて風が頰を撫でる。

「おっ母さんが聞いた音は、棺桶を担いだ野辺送りですよ。この前の道を通って、寺に向かってんです。日に何度も」

「お鈴だったのかえ」

途端に白けてくる。

「祖母様、あたしも見たよ。それに若い衆らが噂してたけど、寺の手前には罪人の仕置場があるらしい」

「明日からは、念願の夜見世を再開できるんじゃないか。たちまち賑やかになる」

心とは裏腹なことを言った。

花仍の存念は仮宅での商いではなく、新しい吉原町にある。ここから目と鼻の先なのだ。浅草寺裏は片田舎だと覚悟はしていたものの、こうして実際に身を置いて気づかされることも多い。広がっているのは青々と粒をつけた稲穂ばかり、夜にいかほど提燈を掲げても蛍ほどにしか見えぬだろう。夕暮れからは虫の声が寥々と響き、夜はまた野犬の鳴声が恐ろしい。

普請ができて本営業を始めるのは八月中旬になるだろうとの見込みだが、こんな所に客は本当に遊びに来るのか。馴染んでくれるだろうか。

「大丈夫さ。何とかなるよ」

言い足したが返事はなく、風も止まっている。鈴は団扇の柄を握ったまま、うたた寝していた。


菜緒と共に市中へ出て買物を済ませ、舟で大川を遡った。日のあるうちに帰ろうと舟を使ったのだが、対岸には松や水楢に交じって桜がぽつぽつと見える。

水上の花見もいいものだと首を伸ばしかけると、乗り合わせた客らが互いの肘を突き合っている。

「やい、久しぶりだな、山谷へ行くのは」

「おうよ。この日のために、おらァ、酒代を工面してきたのよ」

「恵比寿屋に、いい妓が入ってるってぇ聞いたぜ」

「どんなのだ」

この頃、「山谷へ行く」が、「新吉原に行く」の隠語になりつつあるらしい。市中のどこを歩いても木槌の音が響き、木屑まじりの白い風が舞っている。諸国から集まった大工や人足らも「これほど大きな再建は滅多とない」「稼ぎ時だ」とばかりに働いているそうだ。

おかげで仮宅の間も大層賑わって、以前は昼の登楼が難しかった商人や職人の贔屓が増えた。

何しろ、平素は格子内の顔見世には坐らない太夫が間近で拝めるのだ。むろん一見ではいかに金子を積もうが盃も交わせないのだが、現世の菩薩をひとたび目にすれば憧憬はいやます。懸念していた客離れどころか仮宅のおかげで客層が広がり、評判も高まった。湯女風呂の方が気楽でいい、吉原はお高く留まってやがると敬遠していた男たちまで、取り込んでのけたのだ。

繁盛、繁盛。

花仍は菜緒と顔を見合わせ、しのび笑いをした。

日本堤の長い土手を行くと高札場があり、道を隔てては大きな柳の木が緑を揺らしている。元から生えていたものではなく、曲がり角の目印になるようにと植えたものだ。ここからは大門へと向かう一本道で、三曲がりのなだらかな下り坂になる。

元は真っ直ぐ伸びる坂を普請したのだが、南北両奉行が実地検分をしに訪れた際に変更を指図された。土手から大門が直に見えるのは良俗に反するとのお叱りで、うねうねと曲がる道に造り直したのだ。おかげで五十間もの長い道になってしまったが、こうして己の足で歩くと徐々に気分が浮き立ってくるのが花仍にもわかる。

恋しい女にもうすぐ会える。

今日、どんな女と出会えるだろう。

思わず緩む頰をつるりと撫で下ろし、咳払いを落とし、衣紋をつくろう。

「一服、いかがです」

「お着替えもできますよ」

両脇には早や茶店や小間物屋（こまものや）が並び、賑やかに客を引いている。大門の前では客待ちの駕籠（かご）も多く、顔馴染みの男らが煙管（キセル）を遣（つか）う手を止めて立ち上がった。

「大女将、お帰りなさいやし」

「景気はどうだえ」

「へい、おかげさんで」と頰被りの手拭いを取って頭を下げる。菜緒に目くばせをして、心づけを渡させる。

「気張っとくれよ」

駕籠舁（か）きにも巧（うま）い下手があって、この男らの駕籠は揺れが少なく、腰も背中も楽だ。

と、背後で鳴声がして振り向けば、白装束（しろしょうぞく）の群れが坂を下りてくる。

白い馬の手綱（たづな）を引いているのは旗本（はたもと）やまだ十代の子息らで、大胆な文様を配した小袖に白革の袴、佩びている刀も白鞘だ。この出で立ちで吉原に通うのが今、武家の間で大変に流行っており、その端緒となったのが町開きの日である。

昨年、明暦三年の秋、吉原はついに新しい町を開いた。八月十五日の夜、ちょうど中秋の名月で、家々の出格子窓には萩の花を活け、柿や芋、団子、栗と枝豆を三方に盛って供え、客を出迎えた。

夕刻が近づいて、花仍らは法被をつけて仲之町に居並んだ。甚右衛門らは紋付きの羽織と袴だ。

長年の贔屓客には妓楼の主が挨拶に出向き、松葉屋ら揚屋も毎日のように市中に挨拶回りを繰り返していた。仮宅は賑わったものの、主客である大名や旗本らの足は間遠だったのだ。屋敷を焼失して仮住まいを余儀なくされている武家も少なくなかったので、御公儀や諸方の目を憚ったようだ。

客が訪れぬ景色が何度も瞼の中に泛んで、けれどそれは誰にも口にできないし、誰も口にはしない。皆、口許を引き結んで、身を硬くして立っている。

ところが、黒塗りの駕籠が次々と着到した。にわかに歓声が上がり、花仍は鈴と手を取り合った。無言で、鼻の奥が湿りそうになるのを懸命にこらえながら「うん」「うん」とうなずくばかりだ。

そしてほどなく現れたのが、白馬に白革の袴、白鞘刀の武家だったのだ。先頭はまだ二十歳ばかりの若武者で、花仍は呆気に取られて馬上を眺めた。と、かたわらに立っていた三浦屋の久が背後に控えている若い衆に低声を飛ばした。

「高尾さんにお伝えしなさい。伊達の殿様がお出でくださった」

聞けば奥州仙台の伊達家、三代当主の綱宗公だという。大門前に並んだ白馬は十頭近くになり、遊び仲間もやはり揃いの白装束だ。あまりの凜々しさに目を奪われ、花仍は久に囁いた。

「有難い御祝儀にございますねえ」

八月朔日、「八朔」は権現様、すなわち家康公の関東打入りの日とされ、御城では大名らが大樹公に御目見する行事が行なわれる。御公儀にとって正月に次ぐ祝日であることは、江戸の町人なら皆、心得ている。大奥でも二十四節気の「白露」にちなんで御台所や御女中らが地白の帷子を着るとされ、吉原でも仲之町を道中する太夫は身を浄め、白無垢の総尽くめで練り歩くのを慣いとしてきた。

しかし今年の八朔はまだ仮宅であったので、道中などできようがなかった。おそらくそのことも踏まえ、祝いの装束を調えて馬道を駈け、衣紋坂を下ってきてくれたのだろう。客が自らの姿で、新吉原に縁起をつけてくれた。

「浅草寺にもいらしてくださったのですよ。お忍びの姿ではありましたけれど、すぐにわかりました。高尾も気づいたようでした」

「高尾さんはさすがだ。吉原一の太夫だけのことはある」

昔、トラ婆がよく口にしたものだ。

遊女の値打ちは客筋で決まる。いかに見目形が優れていようが歌舞音曲ができようが、不思議といい客のつかない女もある。巡り合わせが悪いとしかいいようがないが、当人ではどうしようもない運も含めての稼業だわえ。

とはいえ、果たして「いい客」とはどんな客なのか、花仍には未だに判然としない。ただ、虚々実々の駆引の世界でも、こんな実を見せてくれる客がある。

綱宗公を迎えに出た高尾の華麗な道中も江戸雀の評判を呼び、やがて若い旗本らが白馬、白尽くめの装束で新吉原に繰り出してくるようになった。今も毎日のように見物衆が詰めかけ、女や子供も少なくない。町開きからおよそ半年で、もはや元吉原の繁華をしのいでいる。

大門を潜れば、すぐ右手が西田屋だ。清掻が聞こえる。

暖簾を潜ろうとして何かが気になって、花仍は振り向いた。背後の菜緒が「どうした」とばかりに丸い顎を引く。

「私、忘れ物をしたような」

首を傾げた。仲之町はもう賑わっている。元吉原とは異なるのがこの通りの景色で、麩屋や米屋、畳屋を最奥の水道尻近辺にまとめ、とっつきには松葉屋ら揚屋がずらりと集まったのだ。建物はいずれも二階建てで、軒先の提燈には早や灯が入っている。

まもなく、遊女の張見世の始まりだ。格子越しに目と目が合う、その時が勝負。

こなさん、わっちをお選びなさいまし。

いい夢を見せてさしあげいすよ。

「祖母様、何を忘れたの。巾着は持ってるよね。あ、煙管か。日本橋の茶店だ」

「違うよ。でも、何なんだろう」

「まさか、わかんないの」

何を忘れたかを忘れるなんて、私もとうとう老いぼれた。

七月、前年の大火によって「万治」と改元された。

万治二年も師走を迎えた半ば、大川に大橋が架けられた。

大川は武蔵国と下総国の境でもあるので「二州橋」、客の中には洒落て「両国橋」と呼ぶ人らもいる。

昼見世が終わった時分に隠居部屋で煙管を遣っていると、鈴が顔を出した。

「おっ母(か)さん、ちっとよろしいですか」

「ああ、お入り」

鈴は湯呑(ゆのみ)を二つ盆にのせており、手焙(てあぶ)りの前に腰を下ろして花仍に差し出した。

「有難い。近頃、煙草(たばこ)をくゆらせてると咽喉(のど)が渇いて仕方がない」

鈴は黙ったまま、自身の湯呑を両手で持ち上げている。心なしか顔色が悪い。こんな時にとやかく言うと煩(うるさ)がられるのは昔からであるので、黙って茶を啜(すす)る。するとそのうち、鈴は口を開く。あんのじょう、湯呑を膝の上で回しながら唇を動かした。

「料理茶屋ってのができてるの、ご存じですか」

他の者の耳がない場でもこういう丁寧な言葉遣いをする時、たいていは何か含みがある。

「ああ、浅草寺様の近所にできた奈良茶飯(ならちゃめし)の店なら、菜緒と何度も行ったよ。他にも増えてるんだってね。風流な構えの家で酒や肴(さかな)を出すって小耳に挟んだけど、それがどうした」

「おっ母さんも、鋒(きっさき)が鈍りなすった」

「お待ち。ポツリと凄いことを言うね」

目をすがめた途端、気がついた。

「もしや」

「そう、その、もしや」と、鈴は大息を吐く。

「料理茶屋を始めたのは、どうやら湯女風呂屋を営んでた連中みたい。一膳飯に煮物、団子、むろん酒も出す。景色を眺めながら板間に腰かけて一杯やってたら、茶汲み娘が妙に色っぽいんだって。流し目までするのでついてったら、奥に屛風で仕切った部屋があったって」

「しぶといねえ」

「御公儀の禁令なんぞ、連中は何とも思っちゃいないんですね」

「ま、それは、うちも同じこったろうけど」

「肩を持ってどうするんです。私らが湯女を仕込み直すのに、どれだけ骨を折ってることか。その間に料理茶屋は遊び好きの娘をどんどん雇い入れて、荒稼ぎですよ。こちとら、いい面の皮だ」

湯女風呂の禁止令が出た直後はこちらも受け容れがしがたく、この夏にようやく三百人ほどが奉行所から送り込まれてきた。湯女らを欲しがったのは主に小見世や端見世で、それというのも女衒に金子を払う必要がなく、五年から十年はただ働きさせられるからだ。しかし中には見目のよい湯女もおり、それは希望する見世による入札になった。

「お前の目利きで買った湯女だろう、愚痴る筋合いじゃない。だいいち、禁令を出していただいても裏で売色稼業をする者はいくらだって出てくる。鼬ごっこだってことくらい、西田屋の女将なら心得てそうなもんだけどね」

「仰せの通り」と、鈴は湯呑を畳の上に戻している。

「どうした、やけに素直だ」

「いえね」と、俯いたまま呟いた。

「高尾さん、駄目だった」

花仍は息を呑んで、鈴を見つめ返した。懸命にこらえている様子だが、語尾が湿っている。二代目高尾は秋に風邪をひいたのが長引いて、臥せっていた。

「いくつだったえ」

「十八。いい太夫だったのに」

「そうだ。これからが全盛だった」

「三浦屋の大女将、寝込んでしまわれたって」

これを告げにきたのかと、どこかで腑に落ちた。料理茶屋云々をわざと愚痴っておいて、本筋を持ち出したのだ。花仍の気持ちを慮ってが半分、鈴自身も口にするのが辛かったのが半分だろう。

「高尾さんみたいな太夫を育てるのが、私の目途だったのに」

「それは変わらないだろう」

「でも、気が抜けちまった。三浦屋さんなら、なおのことだろうと思って。どうする、おっ母さん。今からお見舞いに行くんなら、私も一緒に」

三浦屋は路地を挟んで真向かいだ。

「いや、今日はやめとこう。弔いは三浦屋で出してあげなさるだろうし、取り込みの最中に上がり込んじゃ迷惑だ」

久の落胆は察するに余りある。

馬上の白装束が目の中を駈けた。


年が明けて一月十四日、江戸はまたも大火に見舞われた。湯島天神門から火が出て民家が二千余戸も灰になり、堺町の中村座と葺屋町の市村座も焼失したという。

猿若勘三郎は、明暦四年の六月上旬に亡くなっている。花仍がそれを耳にしたのはひと月ほど後のことで、思わず西空を仰いだ。

そっちでも、木遣り唄をうたっているのかえ。

若菜とは、もう会えたのかねえ。

今でも二人のことを、ふとした拍子に思う。

寝ついてしまった久はすっかりと気弱になり、枕から頭が上がらなくなった。半年ほど臥して、息を引き取った。あれほど聡明で太夫を育てる手腕に長けた久は最期は赤子のごとくになり、花仍のこともわからなかった。それでも「大女将」と呼ぶと、灰色に淀んだ瞳を微かに動かした。

法要が済んでまもなくの秋、伊達陸奥守綱宗公が隠居に追い込まれたとの噂が流れてきた。

甚右衛門を自室に招いて真偽のほどを訊ねると、首肯する。

「御公儀より不作法の儀を咎められ、隠居を命じられたと伺いました」

「不作法」と呟いたきり、後が続かない。

「酒色に溺れて政を顧みない、すなわちこの吉原での遊興も含んでのことだそうで」

「遊興って、高尾さんが亡くなってからは登楼されていないって聞いてたよ」

幕閣や大名がどの見世で遊んだかは、その日のうちに知れるものだ。松葉屋などの揚屋でまず宴を開き、そこへ太夫は妹分の格子女郎や禿を引き連れて迎えにいく。つまり道中する。大見世同士は商売敵ではあるが、一軒が寂れるよりは繁盛してくれる方が町のためになる。少なくとも花仍はそう捉えてきたし、鈴も同様のはずだ。

「むろん」と、甚右衛門は声を低くした。

「それは表向きの理由で、どうやら御家の内紛が因のようですな。叔父上の一関伊達家が本家に子飼いのご家臣をお持ちのようで、何かと口を出されては御家を割っておられるとも耳にしました。さような騒動は幕閣の耳に必ず入りますゆえ、当主として不行届との烙印を捺されなすったのやもしれません」

「新しい殿様は」

「ご実子ではありますが、まだ二つか三つだと」

「呆れた」と、花仍は首を振る。

「二、三歳の若殿様に政がおできになるのかえ」

「ご家老らが采配を振られるのでしょう」

　苦々しさを隠そうともしない。

「陸奥守は京の帝の御従兄弟にもあらせられるお血筋、真にもってお気の毒な成り行きに思えてなりません」

「これから、御大名や御旗本が大門を潜りにくくならなけりゃいいけど」

花仍は懸念しつつ、煙管に火をつける。甚右衛門は溜息を落とした。

「これは要らぬ差し出口。年寄りの繰言だと思って聞き流しておくれ」

甚右衛門は「いいえ」と呟き、目を上げた。

「もう、すでにその兆はありましょう」

「そうなのかえ」と、煙管の吸口を離した。

「これからは町人が擡頭します。自らの手で稼ぐ、商人が」

「商人。いや、分限者が増えてるのは知っているけれども、まさか大名や旗本ほどの上客にはならないだろう」

言いつつ、火事の度に身上を大きくする商人がいることに考えが移る。明暦の大火の際に木曾の山林を買い占め、巨利を得た商人のことが座敷で評判になっていた。

「何て言ったか、河村」

「河村平太夫様のことですか。材木商の」

「ああ、たぶん、そのお方だ」

「元は人足頭ですよ。元吉原を造る際にはもっこで土を運んでいたと、耳にしたことがあります。それが材木商いを手掛けるようになって、大火のつどすぐさま材を仕入れる手際の良さはやはり才と申すものでしょう。今では御奉行とも親しく交誼される間柄とか」

「なるほどねえ。商人か」

御公儀の抜け目のなさにも感心していた。その時々の時世に合わせて、役に立つ者を上手く遣う。

「景気の良し悪しはこの町を覗けばすぐに知れると仰せの御仁もおられますほどで、実際、飢饉が起きれば米屋が儲けてお大尽遊びをなさいますし、大火の後は材木商が惣仕舞いをなさる。そうそう、五年前になりましょうか。明暦元年に糸割符制が廃止されて、相対交易となりました。向後、その交易で財を成した者らも続々と現れましょう」

花仍は黙ってうなずいた。

「市中から切り離されたはずの新吉原は、まさに江戸の、天下を映す鏡になりました」

背筋がぞくりと波を打った。

夢幻の不夜城が映す天下の、何と生々しいことか。

「ただ、鈴はこう言い張るのです。金子をいかほど持っていようが、野暮で下品な客は御免蒙る。選ぶのは、こなただと」

甚右衛門が口の端を上げたので、花仍も「それはそうだろうけれども」と笑った。

「亭主は御公儀に屈せず、女房は富貴に媚びず。まったく、お前さん方はとんでもない夫婦だ」

中庭の草叢で虫がすだく。

この頃、ようやく虫の声も侘しくなくなった。

左腕を懐に入れた遊女が、後ろを見返っている。

ちょうど仲之町に立てた行燈の下で、髷は髱先を上げた兵庫だ。それはいいとして、遊女の顔が何とも簡単、風情も何もあったものじゃない。しかも見世の中で客と遊女が妙な姿態を取っているのが、気に喰わない。

「ちょいと、あんた。嘘を描いちゃいけないよ」

この数日、見世の前をうろついては小筆を走らせている男がいると番頭から聞いていた。この男かと剣突を喰らわせると、もっそりと顔を上げた。歳の頃は五十代も半ば過ぎに見える。

「こんな、通りから見える場で乳繰り合うわけがないじゃないか。それに何だい、この婆さんは」

端の老女を指して咎めた。

「これは、傾城屋の女将ですが」

「駄目駄目、こんな、業突に陰険を張っつけたような女将なんぞいやしないよ。もっと優しげな美人でさ、品もいいもんだ。それでいて、いざとなればおっかない」

「祖母様」と袂を引かれて、「ちっとお待ち」と制した。曾孫の小吉だ。

菜緒は五年前、寛文八年に松葉屋の孫のうち三番目を婿に取った。ちょうど、陰商いをしていた湯女や茶汲み娘らが五百人ほども吉原に送り込まれてきた年だ。

その際、行儀を仕込み直すのに嫌気が差していた鈴ら女将が集まって策を講じ、甚右衛門らに掛け合った。結句、敷地内の空地に堺町と伏見町を新たに普請し、主らも一緒に引き移らせたのである。

ここで切見世をやらせた方が、目も届きますゆえ。

鈴は涼しい顔をして、長年の商売敵を丸ごと呑み込んだ。

その翌年、菜緒は小吉を産んだ。甚右衛門と鈴はすでに隠居し、三代目甚右衛門と菜緒夫婦が西田屋を切り盛りしている。

男は無精髭を掻きながら、「どちらさんで」と訊く。

「そっちこそ、どちらさんだよ」

「あたしは、絵師の菱川吉兵衛と申しやす」

「あたしゃ、江戸町二丁目の西田屋の者だよ」

「西田屋。あの、角の」

飛蝗のごとく身を起こす。

「遣手婆さんで」

「遣手婆に見えるの。この私が」

ホホと笑ったつもりが、ケケという音になる。歯が何本か抜けてしまったので、音まで具合が悪い。

「ちょいと、何とかさん」

「菱川で」

「偉そうな名だね」

「そいつぁ、どうも」

「絵師なら、真を描いてくれなきゃ困るよ」

「そう仰せになっても、私は登楼れやせんから」

「何で」

「何でって」と、筆を握ったまま懐を横にさする。

「文無しか」

「まあ、当たらずとも遠からずでやすな。切見世なら、たまには何とか」

「はっきりしない男だねえ。ああ、面倒だ。ついといで」

西田屋の暖簾を潜ると、若い衆らが駈け寄ってくる。

「大女将、お帰りなせえまし」

花仍が要求したわけでもないのに、見世も町の者も未だに、「大女将」と呼ぶ。鈴は「ご隠居」で、そう呼ばれるたび不機嫌になっている。

菱川はいい歳をしているのに、若者みたいに「うへえ」と中を見回している。土間には米俵と酒樽を積み上げてあり、荒神棚(こうじんだな)の下では大竈(おおかまど)が湯気を立てている。昼四ツ過ぎであるので、あと一刻(いっとき)ほどで昼見世が始まる。大広間では寝惚け眼(ねぼけまなこ)で膳を摂っている女がいれば、朝風呂から上がって髪結いを待ちかねている女もいる。

「まだでありいすか。今日は髷の形を変えてもらいたいのに」と足を踏み鳴らしつつ、花仍の姿を目にして腰を下ろし、「お帰りなさいまし」と手をついて辞儀をする。花仍に向かって皆が居ずまいを正して頭を下げるのを見て取ってか、菱川は目を白黒とさせた。

「この人、絵師の菱川さんとやらだ。中を見物しなさるから、皆、粗相のないように頼むよ」

若い衆の一人に、花仍は目配せをした。

妙な真似をしたら、叩き出しておしまい。

かしこまりました。

咳払いをして、「清五郎は」と訊く。

「ご隠居と碁を打っておいでです」

清五郎も十年ほど前に大番頭を辞し、廓内の長屋に独り住まいだ。とはいえ、しじゅう西田屋に出入りして、毎日のように顔を合わせている。先だっては二人で中村座に歌舞伎芝居を観に行って、度肝を抜かれた。市川團十郎という役者が坂田金時を演じたのだが、それは豪気な芝居を打ったのだ。

「あんな荒事、初めて観るよ」

「あたしもです」

「歌舞伎はなよやかなもんだと思ってたけど、変わったねえ」

「あたしはもう、ついていけやせんや」

「そうかい。私は気に入った」

「また、若ぶって」

そんなことを言い合いながら、帰りは日本橋の本町に寄り道した。京の呉服商で越後屋というらしいのだが、呉服といえば京が本場であるだけに、江戸の呉服商らは戦々恐々となっているらしい。店先を見物して、黄金の稲穂が波打つ田圃を眺めながら帰ってきた。花仍はまだ杖をつかないが、清五郎は数年前に膝を痛めてからこっち、外出の際は杖を使っている。

菱川を手招きして、階段脇の刀掛けを指して教えてやり、大階段を上る。

花仍の姿を見るなり、遣手婆の常磐津や二階廻しの連中が寄ってくる。また菱川を紹介して、若い衆に案内してやるように命じた。その後ろ姿を見送った常磐津が、耳のそばに顔を寄せてきた。

「あの絵師、随分とむさい形ですけど、大女将が見込みなさったんですかえ」

「いや、へぼだ」

「じゃあ、何でお拾いになったんです」

「あんな歳喰ったの、拾わないよ。いやさ、出鱈目を描いてるのが目に余って、ちゃんと中を見てから描けって」

「ご酔狂にござんすねえ。先だっても、ほら、俳諧の殿様がお連れになった男にえらく親切にしなすってたじゃありませんか」

「あれも、中庭を見せてやっただけさ」

俳諧の殿様と呼ばれているのは陸奥磐城平、内藤左京大夫のことで、和歌、俳諧に長じ、ことに江戸の俳壇の後ろ盾として知られている文人大名だ。文人なるもの不思議な紐帯があるようで、お仲間の顔ぶれは身分を問わず、大店の主から大名家の御家中、果ては僧侶も伴って登楼する。

今は西田屋にもようやく太夫が生まれ、源氏名は花里という。江戸生まれの俠な性質で、笑うと口の横に笑窪が出る。この花里に見物させながら連句の会を開くのが殿様の愉しみのようで、先日はまた新顔を連れていた。

伊賀上野の出だという男は松尾宗房と名乗り、俳諧の点者として世間を渡っているのだという。三十過ぎに見えるが声は若かった。花仍の耳にも才気に溢れた句を吟じ、弾むような音律も心地よい。ただ、生真面目な性質のようで、点者を務めている間は生き生きと目を輝かせていたのに、宴が始まれば何ともつまらなそうな顔をしている。

それで、中庭に面した広縁に誘った。二階にも庭があることに初めて気がついたようで、松尾はひどく驚いていた。

「あの樹ぃはどうやって植わっておりますのか」

上方訛りで訊かれて、花仍は懐かしかった。

「二階の屋根に土を敷いてありますのさ。木々は、じつは鉢植えでございましてね。根許に土をかぶせて、築山に見せかけてあるだけですよ」

松尾が数瞬、眉根を曇らせるのが見えた。花仍はゆっくりと言い継ぐ。

「吉原は造り物の世界。虚実を取り混ぜてお見せする、夢の世界にござりますれば」

親に捨てられ、売られた娘が躰も魂も磨き抜いて、大名とも対等に渡り合うのだ。江戸の者らはもう、その「逆転」に気づいている。そこは真なのだ。なればこそ、皆は喝采する。

松尾は黙っている。

「でも、この中庭には屋根を架けておりませんので鳥は来ますのさ。春は梅樹に留まって鶯も鳴きます」

そう言った途端、中空で不如帰が囀った。

「真は嘘の皮、嘘は真の骨、迷うもよしわら、悟るもよしわら、ってね。手前どもは昔から、そんなことを戯れて言うておりますよ」

松尾は首を回らせて空を仰ぎ、いつまでも鳥を探すような目をしていた。

常磐津と別れて座敷を覗けば、菱川が障子窓の欄干から身を乗り出している。仲之町を見下ろしては筆を走らせているようだ。声をかけると、「へい」と返事はするが振り向きもしない。

「あんた、修業中かえ」

「まあ、読本の挿絵や絵双紙で喰ってはおります。この頃、出板物も増えておりますから」

「そういや、『江戸名所記』ってのがあったろう」

十一年前の寛文二年、浅井了意という僧侶が刊行したものだ。その巻七で、新吉原も案内された。ついに江戸の「名所」となったと皆で歓んだ。あの頃はまだ、松葉屋の幸兵衛と弓の夫婦も生きていた。

「むろん、知ってやすよ」

「じゃあ、新吉原の条も読んだだろう」

「はい。ただ、あれじゃあ物足りねえでしょう。いずれ、この吉原だけを採り上げた案内書が出ますよ」

「そうかえ。いつ」

「いつかはわかりやせん。けど、いずれ必ず出板されると踏んでやす」

「ああ、早く出ないもんかねえ」

想像するだけで、雀躍りしそうになる。菱川に肩を並べて、「ごらん」と手をかざした。

「新吉原はさ、東西が百八十間、南北は百三十五間ある方形の土地だ。総坪数は二万七百六十坪、周囲には五間の濠を巡らせてある。今は遊女も二千人を超えたよ。妓楼の主一家や雇人、それに米屋から質屋、料理の仕出し屋まで、ここには町のすべてが揃ってるからね、商家の者らも入れたら八千人ほどになろうか。一日に動く金子はそうさね、まもなく三千両に届くだろう。なにしろ、町人が力をつけてきている」

仲之町では昼見世に訪れた武家らが編笠で顔を隠しながら、籬の中を覗いて品定めをしている。揚屋の見世先に腰を下ろし、煙草をくゆらせているのは西田屋の花里だ。朱色地に七色の鶴が縫箔で遊ぶ襠を羽織っており、馴染み客の訪れを待っている。今ではこれを「仲之町張り」といい、道中と共に太夫だけに許された仕方だ。かたわらで太夫につき従っているのは妹分の格子女郎二人に禿も二人で、妹分は揚屋の者と何やら話をしている。太夫は揚屋の雇人とは直に口をきかず、すべて格子女郎を通すのが尋常だ。

かざした手を胸に移してあて、息を整えた。

「どうしなすった」

「いや、何でもないよ。喋り過ぎて息が切れちまったらしい」

笑い濁し、また欄干の下へと眼差しを投げる。

「おや、見初められたらしい」

腰掛けている間に他の客に見立てられることもあり、その際は揚屋を通じて太夫の都合を訊ねる。太夫が承知すれば、いったん西田屋に戻ってから改めて茶屋へと客を迎えに行くのがしきたりだ。

空を見上げれば、白い月が出ている。

「夕暮れはまた何とも言えない景色だよ。千もの提燈に火が入って、一階も二階も百目蠟燭(ひゃくめろうそく)で照らし出される。けれど空にはまだ青みが残っていて、西空の赤とせめぎ合うんだ」

「わかりやすよ。淋しいような嬉しいような色でね」

「そうなんだよ。あの色は何とも言えない」

「いつか、色付きの絵双紙を出したいもんです」

「だから、ちゃんと本当を描きな」

「お言葉ですが」と、菱川が頭を搔いた。

「そのまんまを描いたら、遠ざかるんでさ。真と嘘の間(あわい)を、あたしは摑みたい」

　菱川の横顔に目をやった。この、ぱっとしない無精髭の男が、急に上々に見えてくる。

「なら、お気張りよ。下りなさんな、その道から」

　この頃、奇妙だ。俳諧師の松尾といい、この菱川といい、さほど若くもないのに一念を通しているらしき者と出逢う。

　菱川は口の中で礼を言ったようだが、よく聞こえなかった。

見上げれば霞がたなびくさまにも似て、けれど風が一筋渡れば降るように散る。

仄赤(ほのあか)く、白い花が散っている。

髷や袂、長柄の傘にも、ほら。

　花仍は広縁に坐って煙管を遣い、またうっとりと眺める。隠居部屋の前に植わった彼岸桜が蕾(つぼみ)を膨らませているのだ。陽射しも薄紅色に染まっている。

「清五郎、私はとんだことを忘れていたよ」

　またですかい。菜緒様にもさんざん注意されてなすったじゃありやせんか。

「ほんにねえ。どうしてこんな大事なことを、長いこと忘れてたんだろう。その昔、あれは、元吉原が御公儀から売色御免(ばいしょくごめん)をいただいた年だったから」

元和三年でやすから、五十七年も前でやすよ。

「そうかい、そんなになるかえ。目瞬きするほどの時間だったけどねえ」

亭主の甚右衛門が築こうとしている町が、城に思えた。

その城を、桜花の風で彩りたい。

「あの時、たしかに念じたはずなのに、今頃、思い出すなんて」

何度か、思い出しかけておられやしたけどね。

「ほんに面目ない」

胸をまた押さえながら、そういえばと考えが移った。

「清五郎、親仁さんは何でまた私を女房にしたんだろうねえ」

他に引き取り手がなかったからじゃありやせんか。

「それは知ってるよ。んもう、茶々を入れないどくれ。そうじゃなくて」

私にも、どうだ、もらわねえかとお訊ねになったんでさ。きっぱりとお断り申しました。私の手には余りますってね。

「中村座の帰りに、それも聞いたよ。そういうことは、ふつう墓まで持ってくもんだけどねえ。ほんに、気が悪いったらありゃしない」

ちっとばかし、後悔したこともありやしたよ。一瞬でしたけどね。

「うるさいよ。今さら何言ってんだい」

結句、わかりはしないのだ。甚右衛門が何を考えていたのか。私はどこで生まれて、誰の子であったのか。でも、何でも知りたがる女は野暮ってもんだ。

そうです。あんたは西田屋の女将になりなすって、良かった。良かったんだ。

「そうかなあ。よくわかんないね、己のことは」

私はあの、稀代の楼主に拾われて女房になった。

でも、まだやり残したことがあると、花仍は顔を上げた。

仲之町の通りに、桜を植え込みたい。

秋になれば葉が黄変(おうへん)して景色が侘しくなる、落葉掃き(おちばはき)に手間がかかる、冬は裸の枝が寒々しい。昔はそんな理由を並べて反対された。でも何か、手立てがあるはずだ。

桜の下草には山吹や雪柳(ゆきやなぎ)を添えて、そうだ、周囲は青竹で垣根を巡らせよう。中に雪洞(ぼんぼり)を立てれば、夜も花を眺められる。「夜桜」だ。白い落花の吹き流れる中を、太夫は外八文字(そとはちもんじ)を描いて進む。

さあ、皆々、仰いでやっておくれ。性根(しょうね)は菩薩じゃないよ、でも鬼にもなり切れない。狭間で揺れてもがいて、凄いような笑み方ができるようになった。

親仁さん、そんな景色をお前様に捧げよう。この、情の薄かった女房が、お前様が最も苦渋を嘗めた時に最も冷淡であったこの女房が、せめて花の景色を手向けよう。

そんな想いを巡らせつつ、花仍は目を閉じる。

「清五郎」

呼んでも、もう応えない。わかっている。昨秋、清五郎も先に逝ったのだ。しばらく顔を見せないので下男が長屋を覗いたら、すでに息を引き取っていた。蒲団の上で掻巻も乱れず、何もかもが綺麗に片づいていたそうだ。ただ、碁盤の上には白と黒の碁石が並んでいた。

少し眠くなってきた。春陽の中はどうしてこうも眠いのだろう。

ありいす、ありいす。

太鼓の音がして、挑んでくるような唄声が聞こえる。女歌舞妓の連中だ。おや、まだ踏ん張っていたか。ほんに、しぶとい連中だね。いいよ、もちろん受けて立つ。

私は、外道の女房だ。

「大祖母様、またこんなとこでうたた寝をして」

後ろで足音を立てるのは菜緒か、曾孫の小吉の匂いもする。まだ母親の乳房を恋しがるので、乳臭い子だ。すぐにわかる。

「あれ、大変だ。小吉、祖母様を呼んどいで。祖父様も、お父っつぁんもだ。ああ、もう誰でもいいから、早くっ」

うるさいねえ、何を騒いでいる。

「大祖母様、しっかりしてください。お願い」

そうか、そろそろなのかと気がついた。

ふん、まあ、いいだろう。菜緒、後は頼んだよ。お前が無理なら小吉でも、その先の子でもいい。

いつか、この傾城町に桜を。

媚びず屈せず、咲かせておくれ。落花狼藉の極みと誇られようと、吉原の嘘と真を見せるんだ。

爛漫と咲いて、散れ。

解説

朱海青（脚本家・俳優／劇団前進座）

〝亡八（ぼうはち／忘八）〟と呼ばれた職業があった。人間が持つべき八つの徳、仁・義・礼・智・忠・信・孝・悌。それらすべてを捨てた者の生業、人非人の仕業。大変な言われようだが、それが遊女屋（傾城屋）の経営者だ。

江戸時代、人々は現代よりもはるかに「性」に対して開放的だった。吉原などの遊郭で遊ぶことは男たちにとって、特に珍しいことでも恥ずべきことでもなかった。年季が明けた遊女と所帯を持つことに抵抗のない者も多かったという。その時代にあっても、遊女屋の経営者への嫌悪感、差別は強烈であったことが「亡八」の呼称からうかがえる。

本書『落花狼藉』の主人公は、この亡八稼業に身を置いた若い女性。彼女の名は花仍。吉原創設の立役者・庄司甚右衛門の妻、そして傾城屋・西田屋の女将だ。

乱世の記憶が生々しく残る江戸時代初期。みなしごの花仍は、甚右衛門に拾われ、養育され、長じて妻の座に納まる——ところがてんで納まってはいないのだ。この鬼(おに)花仍(かよ)の二ツ名を持つ若き女将は。

何しろ喧嘩っ早い。かっとすると見境なく手が出る、口が出る。西田屋のマネージャー的存在、遣手(やりて)のトラ婆も、甚右衛門の右腕である番頭・清五郎もあきれ顔。養い親から夫となった甚右衛門は苦笑いだ。

点在していた傾城屋を現在の日本橋・人形町付近に集結させた甚右衛門は、粘り強い交渉の末、幕府公認を勝ち取る。売色御免の町、吉原誕生時の熱気が物語の発端で描かれる。

傾城町で育ち、外の世界で生きる術(すべ)を持たない花仍。彼女にとって、遊女たちは「そうなっていたかも知れない自分」。商品と割り切って扱うことも、遊女たちの夢を無情に刈り取ることもできない。むしろ自らの夢を重ね、がむしゃらに突っ走る。しかしその夢は大方無残な結果に終わるのだ。

物語の中核を占めるのは、傾城商いの華やかさに酔いつつも、亡八になり切れず苦しむ花仍の姿。そして自分たちの城である遊郭を守るためには非道も辞さない夫・甚右衛門の姿——夫婦のすれ違いとそれぞれの孤独だ。

芝居や落語、多くの物語で描かれる、江戸文化の粋が集結した別世界《吉原》がいかに築かれ継承されていったのか。作者の緻密な筆で、読み手は傾城屋の内所から暖簾越しに吉原の変遷、遊女たちの明け暮れを覗いているような心持ちになる。

このように、「読者が知っているようで、実はよく知らない事柄」に独自の角度から切り込んでいくのは、作者・朝井まかての得意技だ。

デビュー作『実さえ花さえ』（文庫化に際して『花競べ　向嶋なずな屋繁盛記』と改題）をはじめ、園芸や植物に関わる職業人を描いた作品が多数あり、植物好きにはたまらない。

それら「植物系小説群」の代表作『先生のお庭番』では、日本研究にのめりこむシーボルトと彼の妻、〝お滝〟の姿が、庭師の若者の視点から描かれている。お仕事小説としても歴史小説としても引き込まれること請け合いだ。

『恋歌（れんか）』は、水戸天狗党の血みどろの抗争を、歌人・中島歌子（樋口一葉の歌の師匠）の視点から描いた直木賞受賞作。

『眩（くらら）』では、画家・葛飾北斎の娘であり、父の右腕として絵筆をふるった葛飾応為（おうい）が、仕事に恋に迷いながら時代を駆け抜ける姿を活写した。

『残り者』は異色の大奥もの。幕末・明渡し前夜の江戸城を舞台に、大奥最後の一日を目撃した奥女中たちの葛藤、彼女たちの誇りと友情を克明に描き出している。

《吉原》に話を戻そう。本書の舞台であり、陰の主役とも言える吉原は、作者の他の作品にも登場している。本書読了後に前述の『眩』『花競べ　向嶋なずな屋繁盛記』を再読した。葛飾応為こと〝お栄〟は、絵師仲間・善次郎に連れられて、生まれて初めて吉原の大門を潜る。吉原芸者たちの奏でる音曲に激しく心を揺さぶられたお栄は《三曲合奏図》を描く。そして《吉原格子先之図》では、吉原の光と影を描くことに心血を注ぐのだ。

『花競べ　向嶋なずな屋繁盛記』は文化文政期の向嶋が舞台。花見の席で人々の注目と羨望の的となるのは、吉原の名妓「吉野花魁」だ。苗物屋を営む主人公は、吉野花魁の名を秘蔵の桜木に冠し、吉原仲ノ町の夜桜の催しのために植え付ける。

〈……二月の末に根付きのまま植えつけ、三月の末に催しが終われば抜いて持って帰る。／夜桜では、仲之町の通りの中心に桜並木がしつらえられ、青竹の柵に沿ってぐるりと見物できるようになっている。〉

吉原の風物詩、満開の桜並木は芝居の書き割りさながら、季節限定の景色だったのだ。雪にもまごう桜吹雪の中を、吉野花魁の花魁道中は進んでいく――。

〈……白い落花の吹き流れる中を、太夫は外八文字を描いて進む。〉——花乃の生涯を通じた宿願が時代を超えて花開いたことが、作者のデビュー作に記されている。登場人物の願いが実り、時を超えて別の人生に繋がっていくことに、不思議な感動と希望が湧いてくる。

束の間花開き、風に舞い散る落花。地面にたたきつけられた花びらの無残。その様は古から歌に詠われている。

〈落下狼藉風狂後　啼鳥竜鐘雨打時（落花狼藉たり風狂じて後、啼鳥竜鐘たり雨の打つ時（和漢朗詠集））〉

しかし、花は散っても、春は再び巡ってくるのだ。

〈花落春仍在（花落ちて春仍あり）〉

作者が人間と自然に対して持つ、ゆるぎない信頼、希望の証が主人公〝花乃〟の名に込められているのではないだろうか。

『落花狼藉』で朝井まかての作品に初めて触れた、という方は是非、他の作品も手に取って欲しい。

筆者は朝井まかてさんの作品『残り者』の舞台化（劇団前進座公演・二〇二〇年上演）に際し、脚本を担当させていただいた。駆け出しの身、大いに緊張し、張り切った。大奥という閉じられた空間での一昼夜。個性的な登場人物……まさに舞台化にうってつけの物語。まかてさんの執筆の足跡を追いかけるように参考文献を漁り、江戸城の絵図面を集め、作品を読みふけった。

まかてさんは、天璋院（篤姫）の愛猫・サト姫を語り手にするという演劇ならではの工夫や、原作にはない入れ事を楽しんで下さり、非常に的確なアドバイスを下さった。それもそのはず、女子高時代のまかてさんは、演劇部所属（「あまり人には言っていないから！」と照れておられましたが、お許しを得てご紹介させていただきます）。

折しもパンデミックで世の中が揺れていた時期、コロナ禍の間隙を縫うように稽古を重ね、感染者を出さないように細心の注意を払い、全日程無事に上演することができた。まかてさんは御多忙の中、劇場に足を運び、皆を励まして下さった。

終演後のロビーで「まかて先生、あの、次回作も楽しみにお待ちしております！」と、今思い出しても誠に芸のない言葉を発した筆者。まかてさんは「あなたもでしょ？」と背中をトンと押すような言葉と、両目でウインクをするような魅力的な微笑みを残して、劇場をあとにされたのだった。

あの日掛けていただいた言葉が、まぎれもなく、今の自分を動かすエンジンになっている。

参考文献

『江戸いろざと図譜』高橋幹夫　筑摩書房
『江戸三〇〇年　吉原のしきたり』監修／渡辺憲司　青春出版社
『江戸の色里　遊女と廓の図誌』小野武雄　展望社
『江戸の色町　遊女と吉原の歴史』監修／安藤優一郎　カンゼン
『三大遊廓　江戸吉原・京都島原・大坂新町』堀江宏樹　幻冬舎
『新吉原史考』東京都台東区役所
『図説　浮世絵に見る江戸吉原』監修／佐藤要人　編／藤原千恵子　河出書房新社
『吉原という異界』塩見鮮一郎　河出書房新社

本作品は二〇一九年八月、小社より単行本刊行されました。
文庫化にあたり加筆・修正をしています。

双葉文庫

あ-62-02

落花狼藉（らっかろうぜき）

2022年 8月 7日　第1刷発行
2022年10月31日　第4刷発行

【著者】
朝井（あさい）まかて

【発行者】
箕浦克史
【発行所】
株式会社双葉社
〒162-8540 東京都新宿区東五軒町3番28号
［電話］03-5261-4818(営業部)　03-5261-4831(編集部)
www.futabasha.co.jp（双葉社の書籍・コミックが買えます）
【印刷所】
大日本印刷株式会社
【製本所】
大日本印刷株式会社
【カバー印刷】
株式会社久栄社
【DTP】
株式会社ビーワークス

【フォーマット・デザイン】
日下潤一

ISBN978-4-575-52590-8 C0193
Printed in Japan

双葉文庫